드래곤
킹덤

BBULMEDIA FANTASY STORY

드래곤
킹덤

BBULMEDIA FANTASY STORY

3

공작과 엘프, 시작하다

SWORD OF DRAGON LOAD

강유 판타지 장편 소설

뿔미디어

드래곤킹덤
SWORD OF DRAGONLOAD

3권 공작과 엘프, 시작하다

1판 1쇄 찍음 2007년 1월 22일
1판 1쇄 펴냄 2007년 1월 24일

지은이 | 강 유
펴낸이 | 정 필
펴낸곳 | 도서출판 뿔미디어

출판등록 | 2002년 9월 11일 (제1081-1-132호)
주소 | 부천시 원미구 심곡2동 163-2 3층 (우)420-822
전화 | 032)651-6513,6092,6093 / 팩시밀리 032)651-6094
E-mail | BBULMEDIA@paran.com

값 8,000원

ISBN 89-5849-368-2 04810
ISBN 89-5849-365-8 04810 (세트)

제3권

공작과 엘프, 시작하다

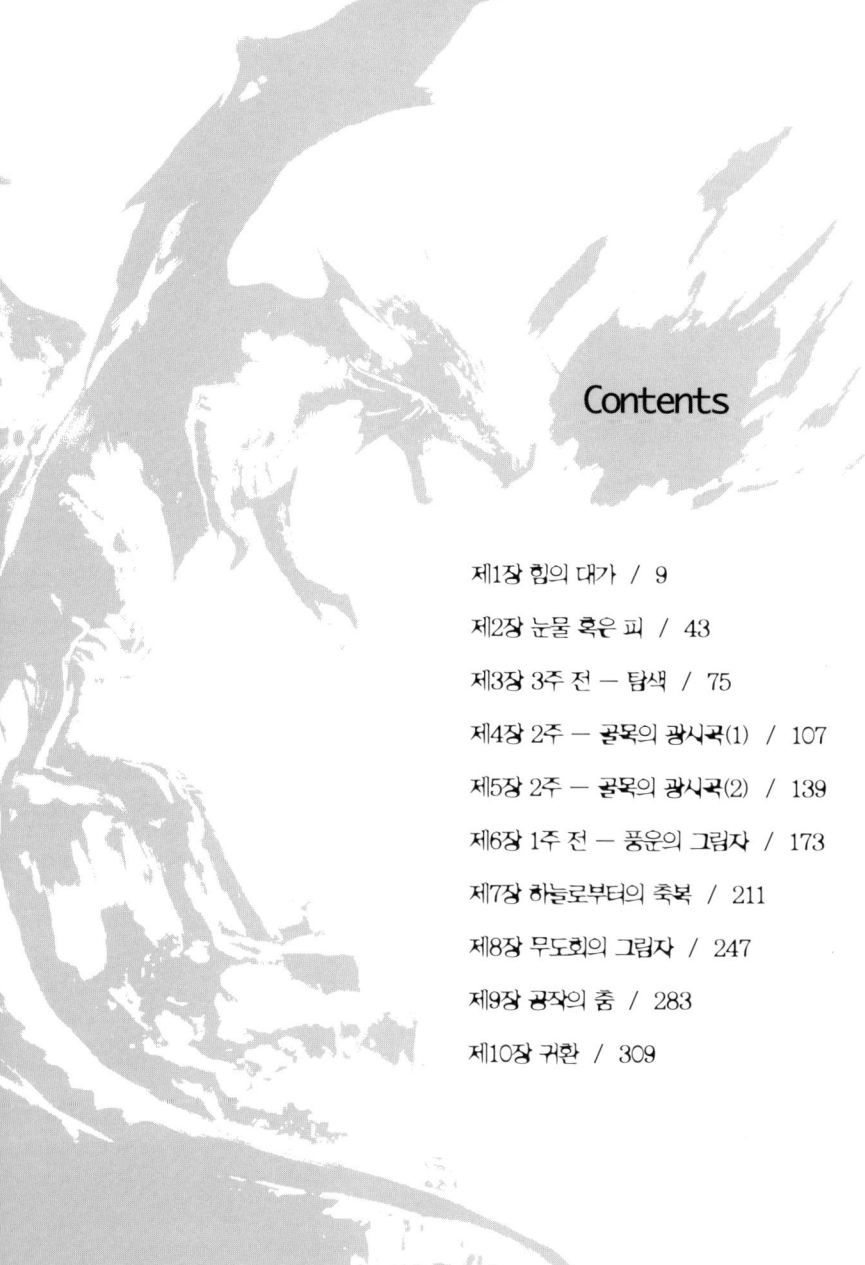

Contents

SWORD OF DRAGON LOAD

제1장
힘의 대가

힘을 원했다.

누구에게도 지지 않을 그런 힘!

발아래 무수한 귀족들이 엎드려 스스로 경배를 바치도록 하고 싶었다. 설령 황제라 해도 내 앞에서 꼼짝 못하고 따를 수밖에 없도록 할, 그 정도의 힘을 원했다.

내가 그들에게 등을 돌려도 그 누구도 나를 해칠 생각조차 하지 못하고, 나의 등에 대고 오체를 엎드려 절하게 하는 그런 힘!

감히 그 누구도 나를 해할 생각조차 하지 못하는…….

절대지존의 힘!

나에게 힘은 곧 생존이었다.

나는 절대로 아버지처럼 죽지 않겠다고 생각했다.

"누구의 책임인지는 명백합니다, 폐하!"

"그렇습니다, 폐하. 백성들은 지금 몹시 동요하고 있습니다! 그들을 달래기 위해서, 그리고 차후에 이런 일이 발생하지 않을 것이라는 약조를 위해서라도 폐하께서 어떤 지시를 내리셔야만 합니다!"

"이 문제를 어떻게 해결할 겁니까, 로인 공작!"

"가장 심각한 문제는, 지금 당장 이재민들의 거처를 마련하는 일입니다."

귀족들은 떠들어 대던 것을 멈췄다. 그들은 이글거리는 눈으로 카이를 노려보았다.

카이는 그들을 당당하게 마주 보았다. 몇몇이 기가 질려 고개를 슬쩍 돌릴 정도로 강한 눈빛이었다.

"그 문제에 대해서는 이미 로인 공작 가문의 전력을 기울여 해결에 착수했소."

카이는 침착했다.

카이의 맞은편에 앉아 있던 밀테이너 공작은 그 목소리에 온몸의 피가 거꾸로 치솟는 것 같았다. 그는 카이가 화를 내고, 당황하길 바랐다. 아님 최소한 로인으로 꽁무니를 빼기를 바랐다.

그러나 카이는 그렇게 호락호락 무너지지 않았다.

카이는 밀테이너를 똑바로 바라보았다.

카이는 묻고 싶었다.

'네놈이 저지른 짓이겠지? 네놈에게 사람의 생명이라는 건 발아래 있는 동전 한 닢이야. 네 녀석 마음이 내키면 주워 들고, 아니면 그냥 버리겠지.'

카이의 눈빛이 순간 날카로워졌다. 그는 밀테이너 공작을 향해 강한 살기를 내뿜었다.

밀테이너 공작의 눈썹이 꿈틀거렸다.

'……감히, 지금 나를 위협하는 거냐?'

도성에 이제껏 벌어진 적이 없는 대화재. 그러나 그 책임을 져야 하는 카이는 너무나 태연했다.

밀테이너는 인정하지 않을 수가 없었다.

'네가 어리다고 얕볼 수만은 없겠구나.'

두 사람은 서로를 노려보면서 같은 것을 생각했다.

'전쟁이다.'

'……누구 하나가 죽어야 끝날.'

테엘은 크왁, 하고 소리 질렀다.

"그래서, 그 녀석들이 떠들어 대도록 냅뒀단 말야!"

"그럼 어쩌라고?"

"다 죽여 버려! 싹 쓸어 버려! 지금 당장 어디 어떤 녀석인지 이름부터 대!"

테엘은 길길이 날뛰었다. 그러면서 그는 품 안에서 뭔가를 꺼냈다.

"……살생부라도 적는 거야?"

"음? 아냐. 그깟 인간의 쪼잔한 살생부 따위와 비교하지 말아라. 자, 여기에 그 녀석들의 이름을 쓰는 거야."

테엘은 카이에게 밀짚으로 된 인형을 건넸다.

이게 뭔가 하고 카이는 테엘을 빤히 쳐다보았다. 테엘은 친절하게 설명했다.

"내가 당장 용언으로 죽여 줄게. 아주 고통스럽고, 아주 질질 끌게 말야. 아주 고통으로 반쯤 미치게 해 주마."

"……무엇보다 문제는, 그 문령이라는 거 말야. 타글라흐가 도망을 친 것 같기는 한데, 도통 다시 나타나지 않는 걸 보면 상처가 컸던 걸까."

카이는 그 인형을 뒤로 휙 던져 버리고 물었다.

그 말끔한 무시에 테엘의 이마에 핏줄이 돋았다.

게다가 문령에 대한 이야기는 썩 유쾌한 주제가 아니었다.

'쳇, 기껏 용언 쓰게 되었다고 동네방네 소문내기도 전에……'

드래곤의 사제만이 쓸 수 있는 용언.

그 용언을 기껏 사용할 수 있게 되었다 했는데, 인간 중에 문령을 쓰는 자가 나타난 것이었다.

'인간 앞에서 드래곤은…… 정말이지 자존심 사정없이 구겨지네.'

테엘은 이마를 찌푸렸다.

"상처야 컸겠지. 누구 앞에서 힘을 쓰고 무사하길 바랐던 거냐."

"무사히 도망쳤잖아."

카이의 말끔한 대꾸에 테엘의 이마에 다시 힘줄이 불끈 돋았다.

"그, 그렇지. 기운이 거의 없다고 생각했는데, 그만……."

"그 문령이라는 거 말야. 종이는 뭐 특별한 걸 쓰는 건가?"

"아니. 문자만 특별한 걸로 알고 있고, 쓰는 방법이 다르겠지. 마법, 그러니까 스크립트 작성과 똑같다고 보면 될 거야. 소질이 있는 사람만 쓸 수 있게."

"그런가……."

카이는 약간 실망한 듯 중얼거렸다. 테엘은 히죽 웃었다.

"이 욕심쟁이야, 설마 문령까지 쓰고 싶다고 징징거리려는 거냐?"

"뭐, 쓸 수 있다면 좋겠지. 소질이 있는지는 어떻게 알 수 있지?"

"소질이 있다면 벌써 쓸 수 있었을걸."

"……?"

카이는 테엘을 바라보았다.

테엘은 손가락으로 허공에 뭔가를 쓰는 흉내를 냈다.

"이렇게 말야."

"……이렇게……라니?"

테엘은 씩 웃었다.

"내가 방금 무슨 글자 썼는지 봤나?"

"응? 글자?"

손가락이 허공에서 그냥 움직거렸을 뿐인데 글자라니…….

카이의 반문에 테엘은 고개를 흔들었다.

"문령에 대한 기록을 보면 문자에 힘을 실을 줄 알고, 모든 글씨에 통달한다고 하더라고. 언어에 대한 천재라고 해야 하나, 그 의지를 읽어 낸다고 해야 하나. 재능이 있으면 그래."

"……어렵군."

소드마스터의 수준을 뛰어넘은 데다가 드래곤의 보물을 독차지

한 카이의 말이었다.

테엘은 씩 웃었다.

"그런데 정신 쏟지 마. 가진 능력에 만족해. 그것보다 중요한 건 그 문령술사가 어떤 녀석이냐, 하는 거니까."

"타글라흐를 도왔다면 일단 나와는 적이라는 이야기인데……."

카이는 이마를 긁었다.

"그런데 왜 그런 힘이 있다면 당장 나를 죽이지 않는 거지? 타글라흐를 빼내 갈 정도면 나를 죽이라고 문령에 지시할 수 있는 거 아냐?"

"그, 글쎄. 그럴 정도는 아닌가 보지. 아니면 다른 꿍꿍이가 있든가."

카이는 고개를 끄덕였다.

"다른 꿍꿍이라……."

테엘은 그 말에 어깨를 으쓱였다.

"일단 이 근처에 항마진과 몇 가지 설치를 해 뒀으니, 당분간은 안전할 거다."

"고맙군."

테엘은 카이의 간단한 말에 눈을 동그랗게 떴다.

"허…… 네놈이 그런 말을 할 줄도 알았더냐?"

"그럼 모르는 줄 알았던가?"

"뭐, 기분 나쁘지는 않군."

카이는 씩 웃고는 창밖을 바라보았다.

불타오른 정원은 이제 거의 복구했다. 저택의 타고 무너진 부분도 수리를 끝냈다.

봄이었다.

카이는 문득 생각났다는 듯 입을 열었다.

"몇 주 후면 축제 기간이겠군."

"응? 축제?"

테엘의 눈이 반짝거렸다.

"축제? 무슨 축젠데? 어느 정도 규모냐?"

"……건국 800년 내내 이어 온, 새봄의 여신에게 경배를 바치는 축제다. 황성 전체가 보름 동안 자신들의 가문이 경배하는 신을 기념하고 경배하는 축제를 열어."

카이는 말했다. 그리고 다음 순간 그는 흠칫거리며 테엘을 조심스럽게 불렀다.

"테, 테엘……?"

"크, 크흐흐흐흐……."

레드 드래곤 특유의 불타오르는 붉은 머리카락이 몽땅 허공으로 떠올랐다. 그는 온몸에서 기괴한 기운을 뿜어내면서 나지막하게 큭큭 웃었다.

"축제에 덧붙여 그러한 기념을…… 한단 말이냐! 이 사랑스러운 인간들 같으니!"

테엘은 헤롱기리다가 갑자기 카이를 홱 돌아보았다. 그리고는 덥석 달려들어 카이의 두 팔을 꾹 붙잡았다.

"넌 뭘 할 거냐, 로인 공작!"

"……뭘 하라는 거냐?"

"당연한 일이지! 축제! 축제에 참가하는 거다! 로인 공작의 이름으로……! 우리들의 신 로잉루에게 너의 이름으로, 가문의 이름으로, 드래곤의 이름으로 경배를 바치는 거다! 황금이 필요한가! 다이아몬드로 네 저택을 모두 도배해 주마! 모두가 로잉루의 위대함을……."

"……이번 축제는 폐하의 명령으로 여느 때보다 조촐하게 진행될 거다. 황금, 안 되고 비단, 안 돼."

테엘은 카이를 바라보면서 뻣뻣하니 굳어 버렸다.

굳어 버린 테엘을 보면서 카이는 중얼거렸다.

"보석을 착용할 수 있는 건 여성들뿐이고 그들도 귀걸이 한 쌍과 반지 한 쌍, 목걸이 한 줄로 제한되었고 축제 기간 내내 한 가지만을 착용하도록 했지, 아마? 원래 축제기간 내내 무도회가 벌어지지만, 올해는 첫 날과 마지막 날에만 황궁에서 무도회를 하는 걸로 제한했고. 외성을 장식하는 일도 올해는 없을 거다. 모든 걸 조촐하게……. 그것이 외성에 보이는 폐하의 뜻이다."

"……왜……!"

테엘은 굳어 버렸던 몸으로 갑자기 바락 소리 질렀다.

"그런 불상사가 있어도 즐겁게 노는 게 인간의 의무잖아!"

"뭐에 대한 의무라는 거야?"

카이는 어처구니가 없어 물었다.

"당연히 축제에 대한 의무지! 언제부터 너희가 없는 것들을 챙겨 줬다고 갑자기 무슨 조촐이며 소박이야! 안 돼! 황금 다 뿌려! 황금 이 더 필요하면 내가 사제의 이름으로 모든 종족의 보물을 끌어 올 테니까!"

"도성을 드래곤의 전쟁터로 만들 속셈이야? 황제 폐하의 명령이 고, 나도 그것이 당연하다고 봐. 이럴 때 거창하게 해 봤자 분위기만 뒤숭숭해질걸."

"에, 에잇! 외성은 네 책임이잖아! 얼른 해치우고 축제를 성대하 게 열 수 있게 하라고!"

카이는 테엘을 가만히 바라보았다.

"……지금도 열심히 해치우는 중인데?"

"정확히는 크람인지 크림인지 하는 자식이 열심히 하고 있지! 너 도 나서! 뭐 하는 거야!"

"알았어."

카이는 자리를 떴다.

테엘은 혼자 어쩔 줄 몰라 방 안을 서성거렸다. 드래곤이 으르렁 거리면서 걷는 통에 건물 전체가 들썩거렸지만 그는 그것도 알지 못 했다. 꼬리가 삐죽 나오고 인간의 피부 대신 드래곤의 비늘이 솟아 났다.

이윽고 테엘은 외쳤다.

"그래, 결심했어!"

그리고 갑자기 문 밖을 노려보았다.

"리슨! 이놈의 집사! 거기 있나!"

문 밖에서 기척을 숨기고 있던 리슨은 깜짝 놀랐다.

그러나 테엘 앞에서 잡아뗄 수는 없었다. 그는 순순히 안으로 들어섰다.

"부르셨습니까, 테엘 님."

"카이 녀석이 날 감시하라고 하던?"

"곁에 있으면서 제가 필요하신 일이 없는지 살피라 명령하셨습니다만."

리슨의 공손한 대꾸에 테엘은 크게 웃음을 터뜨렸다.

"그래? 그래서 내가 널 필요로 하면 어쩔 거냐?"

"옛……."

리슨은 망설였다.

테엘은 눈을 빛내면서 리슨에게 한발 다가섰다.

"그 녀석이 감시하라고 하던? 그래서 주인을 감싸겠다, 이거냐? 응? 그게 나한테 통할 것 같아? 드래곤인 이 몸을 속이려는 거냐?"

"아, 아닙니다. 테엘 님, 제가 감히……."

"됐어. 나는 이번 기회를 핑계로 인간들에게 우리의 신 로잉루를 경배하고 숭배하도록 하겠다. 너, 리슨."

테엘이 피식 웃으면서 자신의 몸에서 살기를 확 뿜어냈다.

리슨의 얼굴이 창백해졌다. 그는 주춤거리며 한발 뒤로 물러났다.

"카이한테 말하면 죽는다."

"저, 저는…… 하지만 주인님께……."

리슨이 죽음을 각오할 때, 테엘은 슬며시 웃었다.

"걱정 마, 걱정 마. 말 못하도록 해 놓으마."

"……옛?"

리슨은 그 말을 잠시 이해하지 못해 고개를 갸웃거렸다.

그러나 곧 테엘의 행동을 보고는 주춤거리며 한발 뒤로 물러나기 시작했다. 잘생긴 얼굴이 완전히 새파래졌다.

"테, 테엘 님……!"

"괜찮아! 죽이지 않는다니까!"

"그, 그건……!"

뒷걸음질치던 리슨은 등이 벽에 막혔다. 리슨이 옆걸음질로 문가를 향해 가자 테엘은 씩 웃으며 따라 움직였다.

"어딜 가려고?"

"대체 뭘 하려는 겁니까?"

"죽이지 않는다니까?"

그러나 테엘의 두 손에서 이글거리며 타오르는 두 개의 화염을 대체 뭘로 봐야 한단 말인가?

테엘은 씩 웃었다.

"파이어 볼 아니다, 리슨. 그러니까 걱정 마."

그 스멀거리는 웃음이 더 무서웠다. 리슨은 마침내 문고리를 꽉 잡았다.

"방에서 나가면 지금 당장 죽인다."

"테엘 님……!"

"가만히 있으면 된다니까, 가만……."

마침내 테엘은 리슨의 멱살을 꾹 잡았다. 두 개의 손에서 이글거리던 화염구가 하나로 합쳐지더니, 금빛으로 환하게 빛나기 시작했다.

"잠깐만 자고 있으면 되는 거야, 넌."

리슨의 얼굴에 잠시 안도감이 스쳤다.

"그전에 잠깐 나랑 어디 가면 되는 거지."

"에엣……!"

이어 두 사람의 모습은 방 안에서 감쪽같이 사라졌다.

헤첸 4세가 잠을 청한 것은 밤이 꽤 깊은 시각이었다.

당연한 말이지만 황제의 침실은 황궁에서도 가장 깊은 곳에 있었다.

그곳에 이르기 위해 지나야 하는 문만 스무 개가 넘었으며, 황궁의 입구에서부터 이르기 위해서 스치는 병사들만 해도 수천이었고, 기사들만 수백이었다.

그 가장 은밀한 침실에서 황제는 노곤한 몸으로 침대에 누웠다.

그는 곧 잠에 빠졌다.

한 시간이나 흘렀을까.

방 한쪽에서 금빛이 가느다랗게 빛나기 시작했다. 마치 문틈으로 아침 햇살이 들어오는 듯 가느다란 금빛이었다.

그 금빛은 천천히 넓어지기 시작했다. 그리고 이내 문이 열린 듯,

환한 금빛이 황제의 침실을 채웠다.

그 속에서 테엘이 나타났다.

"우음…… 밝다, 불을……."

헤첸 4세는 웅얼거리면서 이불 속으로 파고들었다.

테엘은 사악한 미소를 지은 채 황제의 방 안으로 발을 내딛었다. 그가 발을 내려놓자, 잠시 그의 발 주변에서 붉은색 작은 번개가 파직파직거렸다. 그러나 테엘이 발끝에 힘을 꾹 주며 뭔가를 중얼거리자 그것도 이내 해제되었다.

그의 뒤에서 금빛이 사라졌다. 방은 다시 고요한 정적에 파묻혔다. 테엘은 주의 깊게 방에 사일런스 마법을 겹겹이 걸었다.

그리고 난 후에야 방을 둘러볼 여유가 생겼다.

"오호, 이곳이 황제가 쓰는 방인가?"

테엘은 침대에 시선을 주었다.

"저게 황제일 거고."

테엘은 잠시 그 곁에서 황제를 내려다보았다. 이불 속에서 꿈틀거리는 모양으로는 기껏해야 지렁이로밖에 보이지 않았다.

"쳇……."

로인 공작이 황제를 지킨다는 게, 테엘은 마음에 들지 않았다.

초대 황제는 이자벨 로인의 오빠였다.

그 말인즉슨 그가 여동생의 손을 빌려야 할 만큼, 여동생의 사랑을 제국 건설에 이용할 만큼 한심한 남자라는 이야기밖에 되지 않았다.

'콱 이 참에……'

테엘은 잠시 갈등을 느꼈다.

황제가 죽는다면 어떻게 될까. 황태자가 있으니 그를 중심으로 제국은 다시 이어질 것이다.

인간은 쉽게 죽지만, 그들의 자손들은 항상 살아남아 대를 잇는 것이었다. 아버지의 자리를 이어받고, 혹은 조상들의 힘을 물려받고……

'에휴.'

만 년을 사는 드래곤으로서는 조금은 이해하기 힘든 이야기였다.

'그래도 카이 때문에 봐준다……'

헤첸 4세는 방금 죽다 살아났다.

그것은 까맣게 모른 채 잠에 새근새근 빠져 있었다.

테엘은 그대로 발을 들었다. 그리고 황제를 퍽 찼다.

"우음……."

이불 속에서는 웅얼거리는 소리만 들렸다. 술기운 반, 잠기운 반에 그는 완전히 깨어나지 못했다.

"죽을까 봐 힘을 아꼈더니 이게……."

드래곤에게 황제는, 인간일 뿐이다.

테엘은 다시 발을 들었다. 그리고 황제의 몸 위에 올렸다. 그리고 천천히 힘을 주기 시작했다.

'하나, 둘, 셋……'

테엘은 속으로 숫자를 세면서 거기에 맞춰 힘을 늘렸다. 황제는 겨우 4초를 못 버티고 몸부림치기 시작했다.

"크헉! 큭!"

그는 몸부림치면서 이불 밖으로 고개를 내밀었다. 그리고 테엘을 발견했다.

헤첸 4세는 자신이 처한 상황을 즉시 이해했다. 그러나 그가 입을 열기까지는 한참이나 시간이 걸렸다. 몸이 마치 사시나무처럼 떨려서 턱이 딱딱 부딪치는 소리가 계속 방 안에 울렸다.

"누, 누, 누, 누……!"

"……누구냐고 묻고 싶은 거냐?"

테엘은 마침내 지겨움에 못 이겨 그의 질문을 대신 던져 주었다.

헤첸 4세는 고개도 간신히 끄덕였다. 테엘은 양팔을 들어 보였다. 거기에 따라 이글거리는 불꽃이 그의 양팔을 뒤덮었다.

사기꾼이나 써먹을 법한 마법이었지만 지금의 황제에게 그 의미는 매우 컸다.

그 방은 황제의 방이었고, 당연히 마법을 쓸 수 없는 공간이었다. 그런데 사내는 아주 태연하게 마법을 쓰고 있는 것이다! 아무렇지도 않다는 듯이!

"너, 너, 너, 너……!"

"너 누구냐고?"

황제는 부들부들 떨면서 고개를 끄덕였다.

"뭐, 그런 긴 별로 중요한 게 아니고 말야. 신께서 노하신 걸 내가 특별히 가르쳐 주러 왔다네, 인간의 황제여."

그 말에 이윽고 황제는 용기를 그러모아 외쳤다.

"너, 너는, 넌, 형벌의 처, 천사냐……!"

"형벌의 천사?"

테엘은 고개를 끄덕였다.

"그렇다. 나는 형벌의 천사다. 너는 지금 심각한 잘못을 저질렀다. 그렇기에 신의 뜻을 전하기 위해 왔다."

"그, 그렇다면…… 짐은 죽는 건가!"

테엘은 고개를 흔들었다.

"경고다─. 라페드 제국의 방대한 영토를 다스리는 인간이여."

"겨, 경고……"

헤첸 4세는 그 말을 중얼거렸다.

테엘은 등 뒤에 날개처럼 불꽃을 피워 올린 채 자신의 전신을 불로 감쌌다. 어둠 속에서 그의 얼굴은 더욱더 알아보기가 힘들어졌다.

"그대─. 신께 경배를 바치지 않는 자, 마땅히 신의 앞에서 영원한 마족의 굴로 떨어뜨려져 육신이 썩지 않으며 영원의 형벌을 받아 마땅할 자여─!"

"히이이익!"

헤첸 4세는 이불로 온몸을 감싼 채 눈만 빠끔 내놓았다.

테엘이 바락바락 억양에 힘을 줄 때마다 그의 전신에서는 불꽃이 활활 일어나서 금세 자신과 이 방의 모든 것을 불태울 듯싶었던 것이다.

"지금이라도 늦지 않았다―. 가장 화려한 것을 신에게 바쳐라―! 세상의 모든 구성 신께 제국의 모든 것을 다해 화려함을 뽐내고 그대들의 정성을 뽐내거라―! 그대들의 건재함과 그대들의 신앙이 흔들리지 않았음을 보았을 때에야, 신께서는 이 제국에 내리려 결심하셨던 재앙을 거둘 것이리라! 그대에게 내릴 형벌이 거두어질 것이리라! 보아라, 신의 분노를―!"

다음 순간 테엘은 한 수을 뻗었다.

순간 그가 서 있던 자리에 불꽃이 확 일었다. 선명하게 빛나는 불기둥이 그를 감싸고 이어 방 안을 쩌릉, 울렸다.

"히이이이익―!"

황제가 겁에 질려 다시 비명을 질렀다.

불기둥은 마침내 테엘의 전신을 완전히 감쌌다. 그리고 이윽고 사그라지기 시작했다. 그러나 헤첸 4세는 그 비명을 멈출 수가 없었다.

테엘은 이동하면서 모든 마법진을 다시 회복시켰다. 그리고 사일런스를 거두는 것으로 일을 끝냈다. 테엘은 불기둥 속에서 이동 마법을 펼치면서, 불꽃을 이끌고 사라졌다.

황제의 비명 소리가 방 밖으로 새어 나가자, 놀란 근위기사가 안으로 뛰어 들어왔다.

"폐하! 무슨 일이십니까! 폐하!"

그러나 방 안에 남은 흔적은 아무것도 없었다. 단지 겁에 질려 침대 속에 처박힌 헤첸 4세가 계속해서 비명을 지르고 있을 뿐.

"폐하! 폐하!'

영문을 알 리 없는 호위기사는 황제의 앞을 가로막은 채 주변을 계속 경계했다. 그날 밤, 황궁의 밤은 참으로 뒤숭숭했다.

다른 상황이라면 카이는 그와 같은 황궁 내의 일을 쉽게 접할 수 있었을 터였다. 리슨이 황궁 내에서 벌어지는 일을 모조리 알아내서 카이에게 전해 주기 때문이었다.

그러나 카이는 황궁 내에서 벌어지는 일을 알기는커녕 리슨을 찾지 못해 속을 태우고 있었다.

그의 이마에는 두 줄기 뚜렷한 주름이 잡혀 있었다. 전날 오후부터 내내 지워지지 않는 주름이었다.

이르엘은 그것을 보고는 역시 시무룩했다.

"카이, 주름 생겨."

"……끙."

"괜찮을 겁니다, 주공. 그 녀석, 그래 봬도 꽤 강한 기생오라비잖아요? 아! 여자들이 달려드는 통에 어디에서 노닥거리고 있는 건 아닐까요? 어디 백작부인이 드디어 마음을 잡고 납치를 했다든가……."

리슨이 없어진 이유를 카이는 대충 알 수가 있었다.

"차라리 백작부인이 납치한 거라면 좋겠군."

카이는 그렇게 중얼거렸다.

때마침 테엘이 너무나 화사한 얼굴로 방 안에 들어섰다. 카이의 두 눈이 번쩍 빛났다.

"기분이 꽤 좋아 보이시는군, 테엘."

"……음? 그런가? 오늘은 날씨가 꽤 좋아서. 아, 좀 한적한 곳으로 가서 일광욕이나 할까. 이러다가 비늘 사이에 이끼라도 자라는 게 아닐까 걱정된단 말야."

테엘은 넉살 좋게 말하고는 자신의 식사로 마련된 돼지 통구이 앞으로 나섰다. 그리고는 뒷다리를 가뿐하게 한 손으로 찢어 들었다.

카이가 그를 보며 이를 갈면서 물었다.

"어제부터 리슨이 안 보이던데, 어디 갔는지 아나?"

"음? 리슨? 어디 심부름 좀 보냈어. 마련할 게 있어서."

"……어디로? 뭣 때문에?"

카이의 목소리가 낮고 험악해졌다. 동시에 그의 온몸에서 풍기는 살기에 이르엘과 벨하임이 허둥지둥 자리에서 일어났다.

"그, 그럼 두 분 이야기 나누세요."

"주, 주공, 저는 그럼 잠시."

두 사람이 빠져나간 식당 안에는 급속히 살기가 회오리치기 시작했다. 그러나 테엘은 가뿐하게 카이의 살기를 무시했다.

"뭐, 어디론가 갔겠지. 알아서 구해 오라고 했더니 잔말 없이 사라지던데?"

테엘은 카이에게 한쪽 눈을 찡긋해 보였다.

"어제 리슨을 빌려 줘서 고마워, 카이 로인."

카이는 손을 부들부들 떨었다.

'이, 이, 이……! 이놈의 레드 드래곤이!'

뭔가 일을 벌인 게 분명하다. 그것도 아주 큰 일.

그때였다.

식당 안에 한 사람이 어슬렁거리면서 들어왔다. 카이는 그를 힐끔 보고는 이마에 힘줄을 세 개 덧붙였다.

엘란은 이 험악한 분위기에 잠시 멈칫거렸다.

"에…… 좋은 아침이 맞나요?"

"무슨 일인가, 엘란 후작."

카이의 목소리는 절대 높아지지 않았지만, 대신 평상시답지 않게 허스키하니 낮아진 목소리가 엄청난 위압감을 주었다.

엘란은 침을 꿀꺽 삼키고는 간신히 입을 열었다.

"에, 그러니까, 황궁에서 특별 발표가 있어서 그걸 전해 드릴 겸 아침 식사를 할 수 있을까 해서 왔습니다만……. 들어오면서 하녀에게 전했는데, 집사는 어디 갔습니까?"

빠직. 카이의 주름이 이마 깊숙이 잡혔다. 카이는 돼지갈비를 가뿐하게 뜯어 먹는 테엘을 노려보며 말했다.

"어딘가 좀 갔다는군."

이어 그는 엘란에게 그 표정 그대로 고개를 돌렸다.

"황궁에서? 무슨 발표인가?"

"지, 지금 말씀드릴까요?"

"안 그러면 아침은 없다."

"무슨 그런 로인 공작답지 않은 쩨쩨하신 말쓰……. 커헉!'

순간 엘란은 자신에게 몰아닥친 살기로 허파가 쪼그라드는 느낌에 숨을 토했다. 다음 순간 살기가 거둬진 틈을 타서 엘란은 재빨리 말을 이었다.

"폐, 폐하께서 이번 봄의 축제를 특별히 20일로 늘리며, 보석과 장신구, 집 안 장식 등에 대한 제한을 없앨 것이라 선포하셨습니다. 또한 도성에 머무는 가문 중에 가문의 신을 내세우고 경배를 바치지 않는 자는 오히려 엄벌에 처하신다는……!'

"오호라! 축제로군, 그렇다면!'

테엘이 방긋 웃으면서 자리에서 일어났다.

다음 순간 엘란은 영문도 모른 채 그 자리에서 기절했다. 살기를 견디지 못하고 정신을 잃은 것이었다.

카이는 그대로 테이블을 쾅 내리치면서 자리에서 일어났다.

"무슨 짓을 벌인 거냐, 테엘!'

"음? 나는 왜?'

"왜 폐하께서 마음을 바꾸셨느냔 말이다!'

카이는 온몸에서 살기를 뿜어냈다.

창밖에서 이른 아침 햇살에 맞춰 지저귀던 새들이 푸드득 저택 밖으로 날아갔다. 그 시각, 저택의 마구간에 있던 준마들이 히힝거리면서 양발을 버둥거리며 살기에 압박감을 느꼈다.

쿠쿵, 쿠쿵, 쿠쿵……! 카이의 가슴에 있는 드래곤 하트가 서세서 뛰었다. 그렇지만 카이나 테엘은 그것을 눈치 채지 못했다.

테엘은 느긋하니 일어섰다.

"내가 말을 좀 했지. 그대들의 축제가 어떤 의미를 지니는지 말야."

"어떻게 한 거야!"

"한밤중에 조용히 이야기를 좀 나눈 것뿐이라고. 뭐, 이렇게 된 거 즐겁게 축제를 준비하는 게 좋지 않겠어?"

테엘의 말에 카이는 입술을 깨물었다.

"황제 폐하까지 가문의 적으로 돌리려는 거냐! 테엘! 무슨 짓을 한 건지, 좀 자각을 하란 말이다!"

"좋아. 그럼 원래대로 되돌리고 오지."

테엘은 카이의 반응에 가볍게 대꾸했다.

카이는 그 말에 다시 입술을 깨물었다.

"이, 이……!"

"그럼 다시 뵈러 가지, 뭐. 인간의 황제 따위 만나는 게 뭐가 그렇게 어렵다고……."

"그만둬!"

카이는 그렇게 외치고는 자리에 펄썩 주저앉았다. 그리고는 한 손으로 머리를 짚었다.

그의 몸에서 살기가 거둬지자, 테엘도 자리에 앉아 못 다 먹은 돼지를 깨끗이 뼈째 씹어 먹기 시작했다.

자기가 한 일이 얼마나 큰일인지 테엘도 알고 있었다. 그래서 먹으면서 조심스럽게 카이에게 말했다.

"이왕 이렇게 된 거, 인간답게 축제를 성대하게 벌이는 게 좋지 않겠어? 어제 말한 대로 일족에게 용신 로잉루의 이름을 경배하는 자리도 있을 거라고 말할 테니까. 즐거운 자리가 될 거야. 내 약속하지, 카이."

"……됐어. 겨우 3주 갖고 뭘 할 수 있다고……."

"3주로 부족하다고?"

카이는 대엘을 쳐다보았다.

"어서 리슨이나 내봐. 그 녀석이 필요하다."

"아, 참."

방 한쪽에 황금빛줄기가 쏟아졌다. 그리고 이내 이공간이 열리면서 탈진한 리슨이 떼구르르 굴러 나왔다. 카이는 테엘을 다시 노려보면서 살기를 내뿜었다.

"……테엘……!"

"여기 회복용 포션."

테엘도 지은 죄를 아는지 순순히 포션을 꺼내 카이에게 건넸다.

카이는 숨을 훅 내쉬었다.

"정신이 없어지겠군. 3주라……."

"엥? 3주나 되잖아."

"아니. 3주밖에 없어. 게다가 나는 당분간 외성의 일을 처리하느라 정신이 없을 거다. 리슨이 파티 준비를 전부 하는 건 너무 혹사시키는 짓이야."

테엘은 잠시 입을 다물었다.

'네놈이 그런 걸 배려할 줄도 안단 말이냐—!!'

테엘은 그렇게 외치고 싶었지만, 카이의 눈치를 보아하니 그렇게 깐죽거릴 때가 아니었다.

카이는 다시 숨을 거칠게 내쉬며 테엘을 노려보았다.

"대체 무슨 짓을 벌인 거냐? 경배라면 다른 기회도 많은데 왜 하필이면 이렇게 일을 크게 키운 거야?"

"……축제잖아."

"축제에 한이라도 맺혔냐?"

"너, 너는 몰라! 너희는 1년에 몇 번씩 축제가 있잖아! 인간들이 복작거리고 술판에 음식판에, 어디를 가도 춤과 노래가 울려 퍼지고 여자들은 예쁘게 차려입고! 화려함과 복작거림의 극치! 그 가운데 돌아만 다녀도 술 냄새에 취하고 여자들 향수에 취하고! 그런 즐거움을 너희들은 왜 정작 모르는 거냐!"

"……어이, 사제님."

카이는 머리가 지끈거렸다.

"그래서, 댁이 좋아하니까 황제 폐하를 협박했단 말야?"

"협박한 것도 아니다, 뭐. 그냥 신께 경배를 바치는 게 좋지 않겠냐고 했을 뿐이야."

테엘은 말했다.

카이는 머리를 흔들며 한숨을 내쉬었다.

'이왕 이렇게 된 거, 폐하께 없던 일로 하자고 할 수는 없고……. 손이 부족하군.'

카이는 축제 따위에 신경 쓸 위인이 아니었다. 조촐하고 소박하게 하라는 말에 좋아했는데, 이제는 꼼짝없이 귀족들의 잔치에 나서야 할 판이었다.

수많은 사람을 소개받고, 공작부인의 지위를 노리는 여자들과 춤을 추어야 한다. 독살과 암살의 위험이 횡행하는 축제의 밤은 핏빛으로 물들기 마련.

'또 모를 일이지, 어떤 마물이 그 위험 속에서 나타날지……'

카이는 그렇게 생각하며 눈을 반짝거리는 테엘을 바라보았다.

"축제 기간에 내성 안의 모든 저택은 공개된다."

테엘은 몸을 흠칫 떨었다.

"축제인 보름 동안, 아니, 이번에는 20일 동안 내성의 모든 저택에서는 하루 이상, 자신의 가문을 수호하는 신을 경배하며 모든 것을 공개해야 한다. 하필이면 이런 시기에? 타글라흐의 흔적은커녕 엘프들이 절반으로 나뉜 지금 이때에? 거기에 밀테이너는 보란 듯이 나와 싸우려는 때에 말인가?"

"파, 팔백 년 전에는 그렇지 않았다고!"

"800년 전에는 이 황성 자체가 없었겠지. 그때의 축제라면, 그래…… 기껏 내성 안에 황궁이 막 지어지던 때, 봄이니까 마물도 없겠다 싶어서 다들 흥청거리던 외성의 축제를 말하는 거겠군. 싸구려 술을 들고는 길거리에서 패싸움이라도 하고 싶었던 거냐?"

카이의 말에 테엘은 발끈했다.

"누구를 지금 깡패로 몰아붙이는 거냐! 이 녀석이……!"

"고로 이번 파티의 준비는 네가 맡아라. 리슨을 어떻게 부려먹든, 상관하지 않겠어. 드래곤을 부르는 일이나 다른 것도 네가 알아서 해. 나는 단 하나도 상관하지 않을 테니까."

"이, 이봐! 그래도 네가 저택의 주인이고……."

"앞으로 아침 식사 시간마다 회의를 하겠어. 그럼 이만."

카이는 자리에서 일어나 나가 버렸다.

복도 끝에서 이르엘이 기다리고 있었다. 붉은 사과 한 개를 들고는 그녀는 머뭇거렸다.

"무슨 일이야?"

"오늘, 숲에 가기로 했잖아."

"……그렇지."

이르엘은 사과를 그에게 내밀었다.

"괜찮겠어, 그 기분으로?"

"괜찮아."

카이는 사과를 받아 한 입 깨물었다. 이르엘은 가만히 카이의 얼굴을 들여다보았다.

"테엘 님이 한 일, 큰일 아냐?"

"……방식이 문제라 그래. 화내 봤자 어쩔 수 없고……. 일단 가자. 운다흐가 기다릴 거야."

둘은 마차에 올라 엘프의 숲으로 향했다.

엘프의 숲은 꽤 뒤숭숭했다. 떠나려는 엘프들과 떠나지 않으려는 엘프들, 하이 엘프를 따르려는 엘프들과 다크 엘프에게 이끌리는 엘프들. 그렇게 그들은 내전 비슷한 상황까지 갈등이 꽤 깊어졌다.

어른 엘프들이 없기 때문에 그런 상황은 더 심각했다.

과거 200년 전, 테엘은 로인을 떠나려는 엘프들을 학살했다. 그때 성인 엘프의 대부분이 죽었다.

엘프들이 도성 밖에 자리 잡은 지 200년, 겨우 새로운 대의 엘프들이 태어나 자랐지만 그들의 나이는 이제 겨우 150살에서 200살 사이.

엘프들이 쉽게 하이 엘프를 따르지 못하는 이유도 테엘 때문이었다. 다시 그를 따랐다가 죽느니, 다크 엘프의 힘이라도 얻고 싶다는 게 그런 과격한 엘프들의 발언이었다.

그러나 오늘은 그 다크 엘프의 힘에 대해서 엘프들에게 이야기를 해야만 했다.

"시끄럽군, 어디나 할 것 없이……."

카이는 나지막이 중얼거렸다.

"어쩌면 어두운 시절[Dark Age]이 온 걸지도 몰라."

이르엘은 그의 중얼거림을 듣고는 나지막이 말했다. 카이는 단정히 앉아 창밖을 보다가, 그 말에 이르엘에게 고개를 돌렸다.

"어두운 시절?"

"응. 예를 들면…… 창조주인 주신에게는 모든 것이 조화를 이루고 있어. 밝은 것과 어두운 것. 그러나 신들에게 그 조화는 약간 어색하게 흘러. 그래서 어딘가 불완전하지. 완벽한 조화는 주신 외에는 이룰 수 없는 것……. 그래서 세상 모든 생물은 불완전해. 이따금은 마물이 늘어날 때가 있고, 이따금은 마물이 없을 때가 있지."

카이는 그 말에 고개를 끄덕였다.

인간의 역사에도 그런 시기가 있다. 전쟁이 반발하는 시기, 전쟁이 없는 시기.

"그렇다면…… 시기상으로도 그런 부조화의 시기가 있을 수 있다는 거로군."

"다크 엘프가 나타났다면 틀림없을 거라고 생각해. 엘프들도 인간들과 비슷하니까. 그렇지만 지금은 시기가 좋지 않은데……."

이르엘이 말을 흐렸다.

카이는 그 말에 고개를 끄덕였다.

엘프의 숲은 전혀 피해가 없었다. 타글라흐가 설치고 다닌 란펜 외성과는 달랐다.

운다흐가 카이와 이르엘을 반갑게 맞이했다. 하지만 그의 얼굴에는 수심이 차 있었다. 카이는 그의 뒤에 선 엘프들의 수가 꽤 적은 것을 알 수 있었다.

"오늘도 도망친 엘프들이 있나 보군."

"그렇습니다, 로인 공작. 아무래도 그들에게 다크 엘프의 힘은 매혹적이니까요."

"그런가."

운다흐가 카이의 얼굴을 슬쩍 살폈다.

"어떻게, 정보는 좀 얻으셨습니까?"

"당연히."

"……제가 생각하던 그대로인가요?"

카이는 말없이 고개를 끄덕였다. 운다흐의 안색이 흐려졌다.

그들은 엘프의 회의장으로 향했다.

엘프들이 나무 위에서 카이를 내려다보고 있었다. 그들의 시선에는 시샘도 있었고, 동경도 있었다.

카이는 그들 가운데에서도 전혀 어깨를 움츠리지 않았다. 엘프들외 전사 사이에서 당당하게 걸었다.

엘프들이 주변 나무 사이에서 모습을 드러냈다.

운다흐는 카이를 향해 다시 고개를 숙였다.

"오늘 이 자리에 와 주셔서 감사합니다, 로인 공작. 그리고 하이 엘프 이르엘 님이 계신 중에, 중대한 발표를 하려 합니다."

운다흐는 일족을 둘러보았다. 그리고 이르엘을 바라보며 고개를 한 번 끄덕였다.

"다크 엘프를 꿈꾸는 자들이여."

이르엘이 그렇게 입을 열자, 몇몇 엘프들이 몸을 움찔거렸다.

"망설임의 그림자가 마음속에 길게 드리워진 자들이여. 남겨진 흔적을 찾아 힘을 쥐고 싶어 하는 자들이여."

이르엘의 시선이 그런 자들에게 향했다.

"지금부터 로인 공작의 도움을 받아 우리가 구한 정보를 말하려 합니다. 그대들, 거짓임을 의심하지 말지니……"

이르엘은 그들을 잠시 바라보았다. 이브엘의 얼굴에 잠시 슬픈 기색이 스쳤다.

다크 엘프가 되는 것은 어렵지 않습니다.

다음과 같이 하시면 됩니다. 피가 필요합니다. 어떤 것이든 좋습니다.

엘프의 피는 신성한 것. 숲의 신은 절대 장난을 좋아하지 않지요.

인간의 심장을 먹어도 좋고, 엘프의 심장을 먹어도 좋습니다. 이왕이면 엘프의 심장이 좋습니다.

어린 엘프가 많을수록 좋습니다. 그들의 심장에서 피를 쥐어짜 내십시오. 그것을 마십니다.

당신이 힘이 없는 엘프였다고요? 평화를 좋아했습니까?

그러나 피는 피를 부르는 법이지요. 당신은 알게 될 겁니다.

당신의 피는 저주를 받아, 살아 있는 것으로도 죽음을 불러오게 된다는 것을.

당신의 손끝에서 정령들은 미쳐 파괴를 부를 것입니다. 당신의 발이 닿는 숲은 저주받아 말라 버릴 것입니다.

다크 엘프가 무사히 쉴 수 있는 숲은 인간의 피 위에 자라난 저주의 숲뿐. 다크 엘프가 된 후 당신에게 남아 있는 길은 저주뿐입니다.

이르엘의 말이 끝난 후, 한참이 지나서도 아무도 입을 열지 않았다. 카이는 그들을 가만히 바라보았다. 엘프들은 하나같이 충격 받은 표정이었다.

"……그렇다면, 라페드의 동남쪽 숲에 거주하던 엘프족의 마을 하나가 사라졌다는 말씀입니까?"

"그것도 타글라흐 장로님께서……?"

한참 후에서야 누군가 더듬더듬 물었다. 카이는 고개를 끄덕이기만 했다.

이르엘은 그들의 눈을 하나하나 마주 보았다. 그리고 흔들리지 않는 목소리로 대답해 주었다.

"그렇습니다. 그자는 로인에서 얻은 힘을 바탕으로 더 큰 힘을 구할 방도를 생각해 냈습니다. 이제 그자의 앞에 펼쳐진 것은, 힘이 아닌 학살뿐입니다. 다크 엘프의 성격에 대해서는 우리는 모두 알고 있습니다. 그들에게 동족이라는 것은 중요치 않다는 것을……. 타글라흐는 이미 두 차례, 두 개의 마을을 파괴했습니다."

"그, 그렇다면 우리는 어떻게 해야 한다는 말씀입니까?"

이르엘은 물어본 자를 향해 고개를 돌렸다.

"네크시아라, 로인의 영역으로 돌아갈 것을 나는 선언합니다. 그곳은 로인만의 땅이 아닙니다. 드래곤이 태어나던 순간부터, 역시 우리에게 주어진 땅……. 네크시아라는 지금 척박하지만, 더욱더 우리의 손으로 가꾸어야 할 의무가 주어진 땅입니다."

"하지만 그곳에는 드래곤의 사제께서 머무시지 않습니까!"

누군가의 외침에, 순간 엘프 사이에 떠돌던 두려움이 짙어졌다.

"드래곤의 사제께서는 더 이상 엘프들을 죽이지는 않을 것입니다. 우리가 네크시아라에 머무는 한……. 이것은 신성한 우리의 신 우네르의 이름으로 약속할 수 있는 내용입니다. 만약 그대들이 불안해 한다면, 나는 그 사제님에게 용언의 맹세로 우리를 해치지 않을 것을 부탁드리겠습니다."

이르엘은 살아남은 동족들을 돌아보았다.

"돌아갑시다. 네크시아라, 우리의 신께서 우리에게 준 그 땅으로……!"

SWORD OF DRAGONLOAD

제2장

눈물 혹은 피

파이엘 백작은 최근 기분이 좋지 못했다.

그의 가문은 제국에서 가장 거대한 상단의 주인이었다. 엄청난 돈이 있었다.

그렇지만 그의 상단이 최근 스캔들에 휩쓸렸다.

바로 대화재 때문이었다.

화재 때문에 직격탄을 맞은 건 아니었다. 화재 때문에 금전적인 손해는 하나도 입지 않았다.

그러나 그가 다루는 대부분의 물건들은 엘프에게서 나오는 것이었다. 때문에 그의 장사는 화재가 거의 정리된 후에 오히려 타격을 입었다.

"배, 백작님! 큰일 났습니다!"

아침부터 뛰어든 불청객에, 파이엘 백작은 불쾌한 표정을 지었다.

거기에 그 불청객이 상단의 총지배인이라는 걸 깨달은 순간 그 불쾌함은 더욱 커졌다.

"또 무슨 일인가? 엘프들 때문에 또 시위라도 벌어졌는가?"

"그, 그게……! 오늘 아침 엘프들의 숲에서 심부름꾼이 다녀갔는데, 숲이 텅 비었다고 합니다!"

"뭣이!!"

파이엘 백작은 자리에서 벌떡 일어났다.

"숲이 텅 비다니!"

"텅 비었습니다. 아무것도 없어요."

파이엘 백작은 당장 엘프의 숲으로 향했다.

엘프 때문에 화재가 발생했다는 소문이 퍼져 나간 이후로, 그의 상단은 물론 대부분의 엘프와 거래하던 상단의 이미지는 현재 최악이었다.

빈민들은 평상시에도 파이엘 백작의 상단을 비롯한 고급 상점을 좋아하지 않았다.

화재가 발생하고, 그 원인이 엘프 간의 싸움이라는 이야기가 퍼지자 그들은 이따금 상가에 돌을 던지고 도망쳤다. 밤에는 그의 상단 주변에 쓰레기를 버려 놓거나, 낙서를 하는 일도 다반사였다.

엘프들의 물건은 거의 대부분 귀족들을 대상으로 하는 장사다. 비싼 향초나 가죽, 혹은 꽃이나 약초 등등. 일반인이 구하기 쉬운 물건들은 아닌 것이다.

귀족을 대상으로 하는 장사는 이미지가 가장 중요한 법이다.

돌이 날아들고 썩은 음식 쓰레기 냄새가 풍기는 상점에 귀족이 드나드는 일은 없다.

때문에 파이엘 백작은 기분이 좋지 않았다.

그러나 엘프들이 아예 없다니? 그건 앞으로 장사를 아예 말아먹어야 한다는 이야기 아닌가?

파이엘 백작은 마부를 다그쳐 재빨리 숲으로 향했다.

숲은 정말로 텅 비어 있었다.

그들이 인간을 맞이할 때 쓰는 건물은 텅 비어 있었다. 가구들이 남아 있었지만, 인기척이 없는 특유의 음산한 침묵이 맴돌았다.

"……대, 대체……?"

파이엘 백작은 아무 생각도 할 수 없었다. 그는 두 주먹을 부르르 떨며 방 안을 둘러보았다.

"으아아아아아아아악!"

갑자기 그는 미친 사람처럼 소리를 질렀다. 방 안에 남아 있는 것은 테이블과 의자 몇 개뿐. 그는 발을 들어 그것을 박차 버렸다.

우당탕! 시끄러운 소리가 들려도 그는 정신을 차릴 수가 없었다.

"어떻게 된 거냔 말이다!"

"그, 그게……."

"당장 사람을 풀어! 상대는 엘프다! 사람들처럼 분간하기 어려운 것도 아니잖은가! 당장 그들의 행방을 찾아내!"

파이엘 백작은 소리 질렀다.

"어서! 지금 당장!"

그러나 대답이 없었다.

파이엘 백작은 화를 내며 뒤를 돌아보았다.

"지금 내 말이 말 같지 않다는 건가!"

파이엘 백작은 등 뒤에 서 있는 제삼자를 발견하고는 잠시 주춤거렸다. 그러나 그는 아직 꽤 분노한 상태였다.

"넌 누구냐!"

잘생긴 외모에 금발이 환상적인 사내였다.

"⋯⋯처음 뵙겠습니다, 파이엘 백작님."

"엘프냐, 인간이냐!"

"인간입니다. 저의 주인이신 로인 공작님의 심부름으로 백작님을 기다리고 있었습니다."

"⋯⋯!"

기다렸다는 말에 파이엘 백작은 다시 발작하려는 것을 간신히 참았다.

"기다렸다고?"

"예, 백작님."

"⋯⋯그게 무슨 소리냐?"

뒤이어 파이엘 백작은 다른 사실을 깨달았다.

"⋯⋯로인 공작이라고?"

"예, 백작님."

파이엘 백작은 잠시 머릿속으로 몇 가지를 떠올렸다.

그는 르퀸 공작과 밀테이너 공작 사이의 '중재파' 였다.

르퀸 공작은 문관 파벌. 밀테이너 공작은 무관 파벌.

그러나 파이엘 백작과 같은, 상업을 하는 귀족들의 일부는 그들 사이의 '중재'로 나서곤 했다.

'로인 공작? 그가 왜? 그가 엘프들의 실종과 관련이라도 있는 건가? 아니면 외성의 화재 책임을 물어 엘프들을……'

순간 파이엘 백작은 오싹한 생각이 들었다.

'설마 엘프들을 모조리 추방한 거 아냐?'

파이엘 백작은 사내를 쳐다보았다.

"니는 누군가?"

"저는 로인 공작 가문의 집사입니다."

"기다렸다고 했는가?"

"엘프들이 떠난 후, 이곳에 들르는 사람이 있으면 즉시 모셔오라는 명을 받았습니다."

"앞장서라. 내가 당장 로인 공작을 뵈어야겠다."

파이엘 백작이 카이를 만난 것은 겨우 두 번이었다.

한 번은 황궁에서 벌어진 성대한 잔치에서, 먼발치에서 보기만 했다. 당연히 얼굴도 그때는 몰랐다.

그리고 두 번째는 며칠 전, 화재의 책임을 묻는 자리에서였다. 그러나 그 자리에서 상인인 파이엘 백작이 할 일은 없어서 금세 자리를 떴다. 무엇보다 엘프가 일으킨 화재라서 그도 화살을 피하는 데 급급했던 것이다.

이제 와서 로인 공작이 어째서 자신을 부르는 것일까, 파이엘 백작은 그런 생각으로 인해 머릿속이 복잡했다.

마침내 도착한 로인 공작 가문의 저택은, 듣던 것보다 훨씬 더 화려했다. 파이엘 백작은 자신도 모르게 압도되는 기분이었다.

하얀 성이었다. 그러나 전에는 깨끗한 흰색으로만 칠해졌던 저택은 이제 벽 곳곳에 알 수 없는 마법진이 그려져 있었다. 테엘의 지시로 새로 그려진 방어용 마법진이었다.

파이엘 백작은 귀족들을 대상으로 고급 장사를 하는 상단의 주인이었다. 그래서 저택을 한 번 가볍게 본 것만으로도, 카이가 얼마나 돈을 뿌렸는지 알 수 있었다.

내부는 더 화려했다. 마차를 타고 내리는 와중에, 파이엘 백작은 저도 모르게 넋을 잃었다.

"이 방입니다, 백작님."

마침내 화려한 방문 앞에 도착했다.

파이엘 백작은 잠시 문 앞에 멈춰 선 채로 정신을 다듬었다.

리슨이 가볍게 문을 두드리고는 그를 안으로 안내했다.

카이는 마침내 도착한 파이엘 백작을 보고는 자리에서 일어섰다.

파이엘 백작은 카이를 보고 앞으로 나섰다. 그러나 이내 카이의 등 뒤에 서 있는 두 사람을 보고는 우뚝 멈췄다.

"파이엘 백작, 정식으로 인사를 하는 건 처음인 것 같군요. 로인이오."

카이는 상대에게 한 손을 내밀었다.

적의가 없음을 보이는 표시.

파이엘 백작은 그 손을 한참이나 바라보다가, 퍼뜩 정신을 차렸다. 그리고는 그 손을 잡았다.

그러나 여전히 시선은 카이의 등 뒤에 있는 두 사람, 운다흐와 이르엘에게 향해 있었다.

'어떻게 된 거야?'

엘프들이 정말 다 쫓겨났든지, 아니면 감옥에라도 갇힌 게 아닌가 파이엘은 의심했다.

'자, 잠깐, 저 빨간 눈동자의 여인은……!'

엘프와 거래를 하다 보면 당연히 알게 되는 여인.

"은빛의 요녀!"

"흠……."

카이는 눈을 찌푸렸다. 그 표현은 썩 마음에 들지 않았다.

'다른 녀석을 골라 와?'

그렇게 생각하는 사이, 파이엘 백작은 새파랗게 질린 얼굴로 카이를 돌아보았다.

"피, 피하십시오! 저 여자는 은빛의 요녀! 엘프족의……."

"저 여인은 엘프족의 새로운 지도자다."

"아닙니다! 저 여자는 엘프족의 암살……."

"아니, 파이엘 백작. 일단은 진정하시지요. 이르엘, 차를 좀 마련해 주겠나."

이르엘은 말없이 앞으로 나섰다. 파이엘은 몸을 흠칫 떨었다.

이르엘은 그를 무시한 채 테이블 한쪽에 마련된 찻잎을 우려내기 시작했다. 찻잎에서 고운 노란색이 우러나면서, 동시에 향이 방 안을 맴돌았다.

차의 향이 방 안을 맴돌자, 파이엘은 조금 가슴이 가라앉는 것을 느꼈다.

"일단 앉으시지요, 파이엘 백작."

"아, 예……."

파이엘은 조심스럽게 긴 소파의 가장 끝에 앉았다. 이르엘에게서 최대한 멀리 떨어진 자리였다.

카이는 바로 이르엘의 옆에 앉았다. 운다흐는 이르엘의 다른 옆에 자리를 잡았다.

잠시 어색한 침묵이 흘렀다.

카이는 차를 한 모금 마신 후에야 입을 열었다.

"아침부터 엘프족이 떠난 것 때문에 꽤 놀랐을 거요. 미리 언질을 하지 않은 점은 죄송하외다."

"언질……이라니요?"

파이엘은 그 말에 고개를 갸웃거렸다.

카이는 이르엘과 운다흐를 바라보았다.

"엘프들은 그들의 고향, 네크시아라를 향해 떠났소. 어젯밤 내가 출발시켰지."

"……옛?"

파이엘은 잠시 후에야 그 말뜻을 알아듣고는 자리에서 벌떡 일어났다.

"뭐라고요!"

카이는 침착하게 설명했다.

"엘프들이 서로 두 패로 나뉘었다는 말은 익히 잘 알고 있겠지만, 그 상황은 그렇게 쉬운 일이 아니외다. 본래대로라면 그들도 싸움을 할 것까지도 없었겠지만, 엘프족에 새로운 지도자가 있었음을 뒤늦게 알게 된 것이 문제라면 문제일까……."

"새로운 지도자라니요? 무슨 말씀이십니까?"

"여기 있는 이르엘 양이 엘프들의 새로운 지도자요."

"그렇다면, 엘프들이 인간들과의 전쟁이라도 선포하려는 겁니까!"

카이와 운다흐, 이르엘은 그 말에 저도 모르게 씁쓸한 미소를 지었다.

엘프들과 약간이라도 교류를 하던 사람이라면 누구나 저렇게 생각하리라.

이르엘은 인간을 죽이던 엘프족의 전사.

그러나 타글라흐는 인간과의 교류를 주장하던 온화한 늙은 엘프 아닌가.

카이는 고개를 흔들었다.

"아니오. 이르엘은 순수한 엘프의 핏줄인 하이 엘프……. 때문에 엘프족에게 과거의 영토를 회복할 것을 주장하지만, 그것은 어디까지나 나와 교섭을 마친 상태요. 즉, 네크시아라를 그들에게 되돌려 주는 문제는 이미 해결된 셈이지. 때문에 그들은 어젯밤 떠났고, 이제 도성에서 엘프족을 마주할 일은 없을 거요."

카이는 파이엘이 그의 말뜻을 알아챌 때까지 잠시 침묵했다.

파이엘은 카이의 말에 따라 잠시 고개를 갸웃거렸다.

과거 엘프들이 네크시아라에 거주하던 것을 아는 사람은 적었다. 그러나 그도 엘프와 교류하던 자다.

언뜻 네크시아라에서 엘프들이 쫓겨나면서 그 수가 크게 줄었다는 이야기는 들은 적이 있었던 것이다.

파이엘이 자신의 문제를 깨달은 것은 그 후였다.

"그, 그렇다면……!"

그는 운다흐를 바라보았다.

"교역은? 물건은? 그럼 어떻게 되는 것이오! 우리 상단은…… 이제, 이제 망한 건가!"

"아니. 때문에 백작을 청한 것이오."

카이는 싱긋 웃으며 덧붙였다.

"엄밀히 말하자면 협조할 생각이 없느냐는 말이 되겠지만."

"……?"

카이는 이르엘과 운다흐를 가리켰다.

"이들은 현재 란펜에 머무르던 엘프들의 대표. 그런 자들이 우리 집에 머무는 까닭이 무엇이겠소?"

"……공작의 협박?"

파이엘은 저도 모르게 속내를 털어놓았다.

이르엘은 쿡 웃음을 터뜨렸다.

"……크, 크흠."

카이는 원망스러운 눈으로 이르엘을 잠시 쏘아보고는 파이엘을 바라보았다.

　파이엘은 자신의 입을 틀어막은 채 당황해서는 카이와 이르엘을 번갈아 바라보고 있었다.

　"그, 그런 생각을 어째서 했는지는 모르겠다만……."

　"죄송합니다! 죄송합니다, 로인 공작님!"

　"아니오. 이들이 우리 저택에 머무는 까닭은, 대표로 네크시아의 관리와 그에 관련된 일을 해결하기 위해서요. 엘프들이 한발 앞서 출발하기는 했지만, 현재 로인과 란펜 간에 오가는 상단은 전무하고 중도에도 마을이 거의 없소. 과거에는 많지만, 현재는 없지. 그 말은……."

　"하지만 엘프들을 대상으로 마을을 만들 이유는 없지 않습니까? 더불어 로인 지방으로 향하는 상단이 없는 이유는 그곳에 사람이 없기 때문……."

　파이엘은 저도 모르게 말을 멈췄다. 카이의 표정은 별로 변하지 않았지만, 어째선지 불편해 하는 기색이 역력했기 때문이었다.

　카이는 잠시 창밖으로 시선을 돌려 뒤집힌 속을 가라앉혔다.

　'뭐, 어쩔 수 없지. 200년간의 공백을 메워야 하는 일이니까. 제길! 그러나 로인은 죽지 않았단 말이다! 로인에는 사람이 있다고!'

　카이는 파이엘에게 고개를 돌려, 사무적인 어조로 말을 이었다.

　"로인은 곧 상인을 필요로 할 것이오."

　"사람이 있습니까, 로인에?"

　파이엘의 질문에 카이는 고개를 끄덕였다.

"그리고 곧 많은 사람들이 로인으로 떠날 거요."

"옛?"

카이는 그 즈음에서 말을 멈춘 채, 소파에 편히 등을 기대고 앉았다.

"여기에서 나는 제안하는 바요. 엘프들과의 교역을 계속하고 싶다면, 그와 관련된 상권을 백작에게 제시하겠소."

"교역을…… 상권을? 하지만 그 상권은 엘프들에게……."

파이엘은 드디어 이르엘과 운다흐가 왜 이곳에 있는지를 깨달았다. 그의 시선이 두 사람에게 향했다.

카이는 고개를 끄덕였다.

"이들이 여기에 남은 것은, 엘프와의 교역권이 나에게 위임되었음을 의미하는 것이오. 엘프들이 필요로 하는 물건은 내가 다 충족시켜 줄 수 있소. 물론 숲에서 나는, 그들이 채취해야 하는 것들을 제외한다면……이지만. 그 숲에서 나는 것들도 당분간은 문제없고."

정확히는 테엘의 이공간 창고에 가득 쌓여 있으니 퍼 쓰면 된다.

"네크시아라는 사막이잖습니까? 엘프가 숲을 떠나, 사막에서 살수는 없을 텐데요."

"그거야 문제없소."

카이는 파이엘을 바라보았다.

"엘프와의 교역권을 원한다면, 그전에 몇 가지 일을 해야 하오. 뭐, 쉽게 말한다면 투자라고 할 수 있겠지. 아무래도 상권이 발달하지 않았으니까 초기 투자비용은 좀 들겠지만……."

"잠깐, 잠깐만요. 공작님, 투자라고 한다면……."

파이엘 백작은 잠시 머리를 흔들었다.

아침부터 연달아 터진 사태에 그의 두통은 이제 심각해졌다. 그렇지만 투자라는 말을 듣자 조금은 생각을 다듬을 수가 있었다.

엘프와 교역해서 얻을 수 있는 것은 아무래도 크다. 게다가 어차피 엘프들과의 교역은 이제 카이를 동하시 않고서는 불가능힐지도 모른다.

'다른 지역의 엘프들은 어떠려나?'

파이엘은 이르엘과 운다흐를 힐끗 쳐다보았다.

"뭐든 의문 나는 게 있다면 솔직히 물어보시오."

카이는 빙그레 웃으며 말했다.

"좋습니다. 사실 투자를 하기에 공작님께서 제안하신 것들은 너무 의심이 많이 갑니다. 예를 들면 이곳에 남아 있다는 엘프 두 사람……. 그들이 과연 엘프들의 대표인지, 저는 믿을 수가 없습니다."

파이엘은 솔직히 물었다.

"엘프들이 떠났지만 그들이 과연 공작의 영지, 네크시아라와 로인으로 갔는지 역시 저는 알지 못합니다. 또한 그들 외에 다른 지역의 엘프들과도 충분히 교역을 이을 수 있는데, 어째서 공작은 엘프와의 교역권을 모두 쥐었다고 하는지……. 이대로 투자를 결정할 수는 없습니다. 그 모든 거래 뒤에 공작님께서 보증을 서신다고 해도 말입니다."

파이엘의 말에 카이는 고개를 끄덕였다.

"과연……. 확실히 내가 지금 내세우는 건 내 이름을 내건 것뿐이오. 그것만으로 믿어 달라고 하는 건, 바보 같은 짓이겠지. 어떤 것을 더 내세운다면 결정을 내릴 수 있겠소?"

"어떤 것……이라니요?"

파이엘은 언뜻 감이 잡히지 않았다.

카이는 양팔로 응접실 안을 품에 안으려는 듯 들어 올렸다.

"내가 지금 가진 재산을 보여 준다면? 그것을 그대의 투자 일부를 시행하는 가격으로 그대의 상단을 고용하는 조건이라면 어떻겠소?"

"상단의…… 고용이라고요?"

"그렇지. 로인으로 지금 당장 인력이 오갈 길을 만들고, 몬스터의 위험 여부에 대한 판단과 상단의 초기 정착 비용 등을 내가 투자하는 비율."

파이엘은 언뜻 감이 잡히지 않아 고개를 갸웃거렸다.

"그렇다면 굳이 저에게 투자하시는 이유는……?"

"내가 필요로 하는 걸 백작이 쥐고 있으니까."

카이는 말했다. 파이엘은 고개만 갸웃거렸다.

"로인은 상단을 필요로 하고, 나에게는 재산이 있고, 지금 백작에게는 가장 큰 거래 대상인 엘프가 없어졌소. 서로 다리를 놓아 필요로 하는 것을 채운다, 그게 내가 원하는 것이오. 게다가 내 재산은 투자의 일부가 될지도 모를 일이지. 상인이 보는 것과 무인이 보는 투자의 규모는 아무래도 다를 테니까."

"흠."

조금씩 구미가 당겼다.

그러나 그는 로인에 대해서 아는 것이 너무나 적었다. 도성 대다수의 사람들처럼.

그가 아는 로인은 빈곤 공작이었고, 거의 다 허물어져 가는 저택의 수인에 불과했다.

그 인상을 하루아침에 뒤집을 수는 없었다.

게다가 이 저택을 고치는 데만 꽤, 아니, 엄청난 돈을 썼는데 또 투자 운용할 정도의 돈이 있다?

파이엘은 신중했다. 그는 로인에 대해 잘 알고 있을 만한 사람을 곧 떠올렸다.

"……오후까지 시간을 주실 수는 없겠습니까?"

"나의 대답으로는 아무래도 충분치 않다?"

"어느 정도는 충분하지만, 객관적인 사실은 물론…… 어느 정도는 검토가 필요합니다. 사실 오후까지만이라는 것도 상당히 짧은 시간입니다만, 사업 계획서도 없이 공작님의 말씀만 듣고 고개를 끄덕일 수는 없지 않습니까?"

카이는 이르엘와 운다흐를 바라보았다.

그들은 어깨를 으쓱해 보였다. 어차피 결정권은 카이에게 있었다.

"운다흐 자렌은 엘프들을 따라 이제 곧 저택을 떠날 거요, 파이엘 백작. 그들에게 물어보고 싶은 것은?"

"……없습니다. 일단은……."

파이엘은 아직 경계심이 남은 눈빛으로 이르엘과 운다흐를 번갈아 바라보았다.

"그렇다면…… 오후에 다시 봅시다."

카이는 웃으면서 파이엘을 배웅했다.

파이엘 백작은 홀린 듯한 기분으로 저택을 나섰다. 그는 자신의 뒤에 따라붙은 검은 그림자를 전혀 눈치 채지 못했다.

저택으로 되돌아온 그는 곧 점심 식사에 대역사가 사벤 알 미네드 자작을 초청했다. 그 사실은 바로 카이에게 보고되었다.

"사벤 알 미네드……? 처음 듣는 귀족인데?"

"최근 도성에서 유명한 자입니다. 몇 번 저도 만나 본 적이 있습니다. 역사가입니다.

운다흐는 카이에게 공손히 말했다.

"그자가 저를 찾아왔지요. 과거의 이야기에 대해서 상당히 자세히 알고 있는 인간이라, 꽤 호감이 가더군요."

"그런가. 역사가라……. 적어도 나에 대한 나쁜 얘기는 덜 하겠군."

운다흐는 그 말에 웃음으로 대답을 피했다.

"과연 그 미네드라는 자가 과거를 정확히 알고 있을까? 그게 문제로군."

카이는 머리를 긁었다. 운다흐는 침착하게 대답했다.

"그 당시 저에게 로인의 생활에 대해서 물었으니까, 아마도 상당히 정확히 알고 있을 거라 기대됩니다."

"과거의 로인이라……."

"누구나 행복했던 시기……였지요."

운다흐가 생각에 잠겨 대답했다.

"그 당시 저는 갓 성년기에 접어들었지만…… 그래도 분명히 기억납니다. 인간들은 우리를 보면서 그리 신기해 하지 않았던 걸로 기억합니다. 그들과 우리의 생활하는 장소는 달랐지만…… 뭐랄까, 인간과 엘프의 구분이 없었던 것 같습니다."

저 먼 하늘에서 쩌렁쩌렁 하는 천둥소리가 들렸다. 아침부터 날씨가 흐릿하더니 그에 비가 올 모양이었다.

카이와 이르엘은 가만히 앉아서 운다흐의 이야기에 귀를 기울였다. 운다흐는 약간은 멍하니 과거의 추억을 하나 둘 떠올렸다.

"지금 어린 엘프들을 잃으면 우리는 그 아이가 어디에 팔려 간 건 아닐까 걱정했지만 그때는 인간들과 어울려 노는 건가, 그렇게 생각을 했지요. 어렸을 때의 기억은 이제 희미하지만, 아마 제가 친구로 생각하는 몇몇도 인간이었을 겁니다. 저는 그때 어려서 제대로 알지 못합니다. 웃어른들이 어째서 로인을 배신하기로 한 건지……. 아마 그걸 아는 사람은 이제 타글라흐뿐일 겁니다."

빗방울이 하나 둘 떨어지기 시작했다.

운다흐의 얼굴이 약간 장백해졌다.

"그날은, 별다른 일이 없었습니다. 하지만 뭔가 몹시 부산했습니다. 아침부터 새가 울고, 나무가 울고 있었으니까요. 그때 저는 갓 성년기가 되어서 아직 무기랄 것도 없었습니다. 그래서…… 운이 좋았지요. 저는 느닷없이 선봉대로 뽑혔습니다. 적이 왔다는 이야기를 들었지요. 그 후에는 혼란뿐이었습니다."

"선봉대……라면……?"

이르엘이 겁에 질린 목소리로 물었다.

운다흐는 그것을 보며 힘없이 웃었다. 유리창에 빗방울이 촉촉이 떨어지기 시작했다. 화재가 난 후 첫 비였지만, 카이는 전혀 깨닫지 못했다.

운다흐의 이야기에 더 관심이 끌렸기 때문이었다. 지금 그의 이야기는 그가 알고 싶던 과거의 한 부분이었다.

그것도 그때 살아남은 생존자의 이야기……. 듣지 않을 수가 없었다.

"선봉대. 길을 찾아내는 역할이었습니다. 네크시아라의 숲은 몹시 거칠고 깊었으니까요. 숲의 신이 마음껏 재능을 발휘해 창조해 낸 숲 본래의 모습. 그 속에서 적이 어디에서 오는지 찾아내라는 명령을 받았지만, 저는……."

운다흐는 다시 낮은 목소리로 웃었다.

"저는 몹시 겁에 질렸습니다. 적을 찾아야 한다는 건지, 뭘 해야 하는지 모른 채 숲 사이를 헤맸지요. 오후가 될 때까지 혼자 숲을 헤매다가 다른 동료들과 흩어져 버렸습니다. 지쳐서 나무 사이에 기대 쉴 때…… 하늘이 어둠으로 덮였습니다."

쿠르릉—! 콰콰—!!

순간 번개가 바로 저택 위쪽에서 번쩍이더니만, 천둥이 울렸다. 그들은 방구석에 가만히 서 있는 다른 그림자를 눈치챘다.

테엘이 그들의 이야기에 귀를 기울이고 있었던 것이다. 운다흐는 멋쩍은 미소를 지으면서 자리에서 일어나려 했다.

테엘은 고개를 흔들며 그의 앞에 와서 거만하게 앉았다.

"……나였지."

"……당신이었습니다. 처음에는 일식이나 소나기구름이 아닐까, 아니 그렇게 믿고 싶었지만……. 이내 그런 기대를 꺾어 버리셨지요."

테엘은 히죽 웃었다. 뱀파이어처럼 날카롭고 긴 어금니가 드러났다.

"그때는 정말, 미쳐 버렸으니까."

잠시 동안 아무도 입을 열지 않았다.

테엘은 카이를 가만히 바라보았다.

"그때는 로인이 끝장난 거라 생각했지. 뒷일 따위 생각할 여유 같은 건 없었다. 생각해 보면 너희는 몇 년, 아니 족히 몇백 년은 기다렸던 걸지도 모른다. 로인이 하나 남아 있지 않다면 너희 모든 족속을 멸하려 생각했지만……."

"사방에서 들리는 것은 숲이 파괴되는 소리뿐이었습지요. 그때 모든 엘프들이 할 수 있는 것은 단 하나……. 네크시아라에시 도밍치는 것뿐이었습니다. 고향을 버리고 무작정 달리는 것……. 불기둥이 자신의 뒤를 쫓아오고 부서지고 튕겨 나온 나무 조각들이 심장을 박살 내는 것, 내 친구와 내 가족이 그렇게 정든 고향에서 죽는 것을 보면서도 느낄 수 있는 건 분노가 아니었고, 단지 절망과 공포뿐이었지요."

운다흐는 테엘을 바라보았다.

"솔직히 아직까지도 테엘 님과 마주 앉아 있는 게 두렵습니다."

"아아, 걱정 마. 이 저택에서 난동 피우는 일은 없을 테니까."

테엘이 그렇게 말했지만, 방 안 분위기는 여전히 무거웠다.

카이는 가볍게 손뼉을 쳐서 그들의 분위기를 바꿨다.

"자, 중요한 것은 그 녀석이 어디에 있느냐 하는 것."

테엘은 고개를 끄덕이며 즉시 대답했다.

"그만한 부상을 입었으면 적어도 한 달은 꼼짝 못하거나, 당분간 대규모의 공격은 무리. 엘프들이 남긴 흔적으로는 내성 안 어딘가에 머무르고 있긴 하지만, 그 이상의 추적은 어려워."

"이 상황에 축제가 대대적으로 벌어진다고 하니, 적은 틀림없이 그 기회를 노릴 거야. 안 그런가, 축제를 열광적으로 좋아하는 테엘 사제님?"

테엘은 카이의 그 말에 시선을 다른 곳으로 돌렸다.

"뭐 그럴 수도 있지, 가끔은……."

"폐하께서는 그 후로 아예 두문불출, 황궁 안에서 모습을 감추셨다고 하더군."

"허허, 그거 황제 맞아?"

테엘의 뻔뻔한 중얼거림에 카이는 테이블을 쾅 내리쳤다.

이르엘과 운다흐는 놀라 카이를 바라보았다. 카이는 입가를 바들 거리면서 테엘을 노려보았다.

"……이러다가 폐하의 신변에 무슨 일이라도 생긴다면, 내 맹세 코 로잉루의 이름으로 사제를 갈아 치워 달라고 기원하겠어. 드래곤 로드를 찾아뵙는 한이 있더라도."

"……그래 봐라, 내 축제를 망친다면 내 로잉루께 맹세코 수면기 에 접어들어서 수백 년 동안 로인이 어떻게 굴러가는지 상관도 하지 않을 거야."

"그럼 자동으로 사제직에서 쫓겨날 거다, 테엘."

"얼씨구나, 한번 해 보시지? 본체로 지금 한번 변해 볼 테니 방 밖 으로 내쫓아 볼래?"

"용언을 겨우 쓸 수 있게 되었으니까 그만 사제직에서 나가실 때 가 된 거 아냐, 레드 드래곤 테엘 님?"

"어쭈? 용언을 쓰는 위대한 드래곤 님을 무시하는 거냐, 지금!"

테엘이 자리에서 벌떡 일어났다.

"잘하면 또 한 번 죽겠군. 또 살아날 수 있는지 한번 해 볼까?"

"이, 이익……!"

"죽어? 카이, 그게 무슨 소리야?"

이르엘이 옆에서 발딱 일어났다. 테엘은 이르엘이 끌어올린 기세 에 피식 웃었다.

"어쭈? 애송이 엘프가 한번 해 보자네?"

"이, 이르엘 님……!"

운다흐는 이를 악물고는 이르엘 앞으로 두 팔을 펼쳐 막아섰다.

"하이 엘프께서는……!"

"이르엘, 뒤로 물러나라."

카이가 검에 손을 댄 순간이었다.

"주인님!"

문가에서 리슨이 힘차게 외쳤다.

카이는 그를 돌아보았다.

"무슨 일이냐?"

"식사하시지요."

카이는 고개를 끄덕이며 이르엘을 돌아보았다.

"가지."

테엘만 혼자 흥분해서 방 안에 남아 있었다.

카이는 당황한 이르엘을 끌고는 식당으로 향했다. 테엘은 펄쩍 뛰어 카이의 뒤를 따라 우당탕 달려왔다.

"싸, 싸우다가 뭐 하는 거냐!"

"드래곤과 진짜 싸울 리가 없잖아. 내가 그렇게 제정신이 아닌 걸로 보여? 그냥 식사나 하지."

"……이, 이놈이……!"

"오늘 점심은 테엘 님을 위해 특별히 송아지를 구워 두었다고 합니다, 테엘 님."

리슨이 솜씨 좋게 끼어들었다.

"응? 그래?"

테엘의 기분이 확 풀어졌다. 일행은 다시 웃으면서 식당으로 자리를 옮겼다.

리슨은 뒤에서 슬쩍 가슴을 쓸어내렸다. 테엘이 장난으로 싸움을 시작해도 이런 저택 하나쯤은 금세 무너진다.

'제발 자신들의 힘을 좀 자각하시란 말입니다.'

새삼 그늘 사이에 끼어 있는 운다흐가 불쌍해 보이는 리슨이었다.

파이엘은 그날 오후에 다시 카이의 저택을 방문했다.

오전에 비가 온 덕분에, 가물었던 정원은 한창 좋은 모습을 하고 있었다. 이르엘은 비 온 후의 숲을 몹시 즐기며, 노래를 부르고 있었다.

가느다란 허밍이지만 그 노래에 따라 정령들이 일렁이며 모습을 드러내곤 했다. 그녀의 주변에서 푸른 물의 정령들이 땅의 정령들 위를 스치면서 마음껏 춤을 추었다. 바람의 정령들이 주변으로 모여들어 조심스럽게 나뭇잎 사이를 드나들었다.

카이는 이르엘을 가만히 바라보고 있었다. 엘프의 언어로 부르는 그 노래를 알아들을 수는 없었다. 그러나 무슨 상관일까. 그 노래를 따라 가슴이 부드러워지는 것을…….

파이엘은 저도 모르게 걸음을 멈췄다. 그리고는 노래에 귀를 기울였다.

이르엘은 잠시 그렇게 노래를 흥얼거리다가, 그를 발견하고는 노래를 뚝 멈췄다. 정령들이 키득거리면서 모습을 감추었다.

파이엘은 시간이 한참 흐른 후에도 노래의 여운에 잠겨 있었다.

카이는 그를 보고는 자리에서 일어났다.

"파이엘 백작."

파이엘은 화들짝 놀라 카이를 바라보았다.

"죄, 죄송합니다. 노래를 방해할 생각은 아니었습니다."

"아니오. 비가 왔더니 정원이 보기 좋아서……."

"조금 후에 올 것을 그랬나 봅니다."

파이엘 백작은 쩔쩔 맸다. 이르엘의 노래 때문에 아직도 가슴이 벌렁거리는 상태였던 것이다.

'아까 괜히 나댔나.'

대놓고 은빛의 요녀니 뭐니 해 댔으니……. 그러나 튀어나온 말을 주워 담을 수는 없었다.

'너무 다르잖아, 이미지가!'

타글라흐를 통해 언뜻 만날 때마다, 이르엘은 사나운 핏빛으로 전신을 물들인 전사였다. 그렇지만 지금 접한 이르엘은 그야말로 동화 속에서 빠져나온 엘프의 모습 그대로였다.

파이엘은 자리를 잡고 앉자 바로 본론으로 들어갔다.

"아까 하신 이야기 말씀입니다만……. 초기 투자비용이 얼마가 될지, 그 예상치를 높게 잡으신 것 같은데 그 이유를 여쭈어도 괜찮겠습니까?"

카이는 씩 웃었다. 리슨에게 가벼운 손짓을 보내자, 리슨은 하인들을 시켜 몇 가지 물건을 그들 사이에 늘어놓았다. 넓은 테이블이 놓이고 그 위에 지도가 펼쳐졌다. 그리고 펜과 잉크가 준비되었다.

카이는 펜을 잡고는 란펜에서 로인까지 선을 하나 그었다.

"여기에서 여기까지, 처음에 움직이는 건 물자만이 아니오."

"……그럼……?"

카이는 란펜 위에 숫자를 하나 썼다. 십만. 그리고 로인 위에는 이만이라는 숫자를 썼다.

"로인의 땅은 지금 회복기를 맞이했지만, 가장 중요한 건 사람이 부족하다는 거요."

"잠깐, 그럼 지금 이 숫자는……?"

파이엘 백작은 눈을 크게 떴다.

"로인에 사람이 있었단 말씀이십니까?"

"생존자지."

"이만 명이라니……."

"이 십만 명은 란펜의 빈민 중 최소한의 이동을 가정한 숫자요."

"란펜의 빈민을요!"

파이엘 백작은 재빨리 계산해 보았다.

'그렇구나! 애당초 로인 공작이 외성을 맡은 이유는……?'

"십만 명……!"

"그리고 그것도 올해 내에 이주를 마쳤으면 하는데."

뒤이어 그는 머리가 아찔해지는 기분이었다.

"그야말로 꼬리에 꼬리를 문 행렬이 되겠군요. 시간도 시간이고…… . 가을이 되기 전에, 아니, 로인의 식량 상황이 어떻게 되었는지, 집은 어떻게 되었는지를 계산한다면…… ."

파이엘 백작은 당장 계산되지 않는 엄청난 상황 앞에 잠시 비틀거렸다. 당장 투자해야 할 금액은 그의 예상을 벗어난, 그야말로 국가 단위의 예산을 동원해야 할 정도였던 것이다.

거지는 나라님도 구제 못한다는 말이 있었다. 제국이 도성의 빈민가를 괜히 내버려 둔 것이 아니었다.

로인은 가까운 옆 동네가 아니었다. 멀고도 멀었다. 걸어서는 석 달, 사막인 네크시아라를 지나는 데만 한 달이었다. 사막을 건너는 동안 물은 어떻게 마련한단 말인가?

'이건, 거의 전시체제로 움직여야 된다는 이야기잖아.'

파이엘 백작의 얼굴이 새파래졌다.

'그걸 어떻게 내 상단만으로…… .'

카이는 그의 생각이 길어지자 침착하게 말했다.

"아까도 말했지만, 그에 수반된 모든 것을 책임지라는 이야기는 아니오. 서로 투자하는 비율은 적당히 나누면 될 것이고, 내가 필요로 하는 것은 필요 물품의 구입과 사람을 어떻게 나누어 보낼 것인가, 하는 점 등이오. 즉 상단의 경험을 오히려 구입하는 셈이지."

"우리의 경험…… 말입니까?"

"현재 로인과 란펜의 길은 거의 없어져 있고, 마을도 없소. 그렇지만 과거 로인은 북방 미지의 땅과 동방제국에서 이어지는 통로를 끼고 있는 중요한 교역처였소."

파이엘 백작은 머리가 아파 왔다.

'로인 공작과 이야기하는 건 꼭…… 400년 전 사람과 이야기하는 기분이란 말야.'

북방 미지의 땅은 로인을 통해서만 드나들 수 있는 곳이었다.

'아예 미네드 자작을 데리고 올 걸 그랬군.'

그라면 좋아라고 이야기를 나눴을 것이다. 어떤 질문을 해야 할지도 알 것이고.

"그 문제는 나중에까지 논해야겠지만…… 지금은 일단 그곳에 씨앗과 농기구, 무기를 보급하는 일이 중요하오. 빈 땅을 새로 개척하는 일이나 다름없을 겁니다."

파이엘 백작은 한숨을 내쉬었다.

"……이야기가 그렇게 복잡해질 줄은 몰랐습니다만……."

"복잡하지는 않소. 투자, 하면 엘프의 산물을 종전에 하던 대로 거래할 수 있소. 게다가 드워프들이 원한다면 그 교역 역시 가능하겠지. 아마 그들은……."

"잠깐만요. 드워프라고 하셨습니까?"

카이는 그를 이상하다는 듯 바라보았다.

"그렇게 말했소만."

"그들이 있단 말입니까?"

"있소만."

카이가 아주 당연하다는 듯 말하자, 파이엘 백작은 머리를 흔들었다.

"그들이…… 아직 있었군요. 그렇군요……."

드워프가 만든 검이나 장신구의 경우는 거의 황궁에만 남아 있었다. 그 섬세함이나 금속을 다룬 기술 등이 워낙에 뛰어났고, 이제는 나오지 않는 만큼 희귀했기 때문이었다.

파이엘 백작은 속에서 밀려오는 환희에 소리라도 지르고 싶었다.

'드워프가 있다면…… 그들의 검 한 자루라도 손에 넣는다면……!'

대박이다.

'계획을…… 짜야 한다!'

파이엘의 눈이 빛났다.

카이는 그의 표정이 시시각각 변하는 것을 즐겁게 바라보았다.

"그 인원이며 일정에 대해서는 차차 의논을 하면 되겠고. 로인과의 연락망이나, 이동 마법을 어느 정도로 보조할 수 있는지 등도 이야기를 해야 할 것이고."

"이동 마법, 아, 아하하하……."

파이엘 백작은 중얼거렸다.

"거기까지 이동을 하려면 좌표 설정도 문제고……."

"그 문제는 별로 걱정할 것은 없소. 우선은 투자를 하겠다는 걸로 받아들여도 되겠소?"

그렇게 말하며 카이는 한 손을 내밀었다.

파이엘은 그 손을 꾹 붙잡았다.

"그럼요! 물론입니다, 공작님!"

"실무 준비를 하면서 앞으로 자주 만나겠군. 잘 부탁하오, 파이엘 백작."

"저야말로 잘 부탁드립니다!"

카이와 파이엘은 계속해서 악수를 했다.

"축제 준비로 정신이 없을 텐데, 이 일도 소홀히 하지 않았으면 좋겠소. 백작의 가문은 어떤 신을 모시오?"

"강의 신입니다. 축제 날, 공작님을 뵈셨으면 좋겠군요."

파이엘 백작은 진심으로 말했다. 카이는 눈을 가늘게 뜨고 웃었다.

"백작께서도 우리 가문의 파티에 와서 자리를 빛내 주시길 바라오."

"아, 공작님은……."

"용의 신 로잉루를 섬기지."

카이는 말했다. 파이엘 백작은 다시금 시간을 거슬러 과거로 간 기분이었다.

"그럼 자세한 일정은……."

카이는 말하면서 그와 함께 서재로 향했다.

SWORD OF DRAGON LOAD

제3장
3주 전 ― 탐색

축제.

봄의 축제가 알려지자 인구 오백만의 란펜성은 그야말로 터져 나갈 듯이 흥분했다.

축제 때문에, 어두운 화재의 이야기는 금세 잊혔다.

관광객이 모여들고, 귀족들이 축제를 준비하면서 돈을 풀어놓자 경기가 갑자기 확 좋아졌다. 누구에게나 돈이 넘쳐 나는 듯싶었다. 관광객과 들뜬 시민들을 대상으로 한 자잘한 범죄가 증가했지만, 카이는 그에 대해서 별로 신경 쓰지 않았다.

소매치기 따위는 아무래도 좋았다. 그로서는 축제 이전에 해결해야 하는 문제가 있었다.

도심 북쪽에 위치한 빈민들의 불만이 터지지 않도록 관리하는 문제였다.

레드 드래곤인 테엘이 어째서 축제에 그토록 이끌리는지, 카이는 알 것도 같았다. 축제 3주 전인데도, 사람들은 몹시 늘떠 있었다. 그들의 들뜬 가슴 때문에 도성이 땅째 하늘로 날아오를 것 같았다.

귀족들만이 가문의 신을 장식하는 게 아니다. 외성에서도 행정 구역마다 서로의 신을 자랑하는 행사 같은 것이 많았다.

겨우 3주! 준비하기에는 너무나 짧았다!

"이쪽입니다."

크람은 주변을 조심스럽게 바라보았다.

카이는 외성으로 드나들 때마다 감탄하는 게 있었다.

"공기가 다른 것 같아."

"……예?"

"저쪽 골목과 이쪽 골목 사이 말일세, 크람."

크람은 그의 말을 이해하지 못한 채 고개를 갸웃거렸다.

카이는 자신이 방금 전까지 서 있던 꽤 큰 골목과 지금 서 있는 좁은 골목을 번갈아 바라보았다.

큰 골목길은 그래도 인도가 좀 나 있고, 길이 깨끗한 흙으로 잘 다져져 있었다. 군데군데 마차 바퀴에 뭉개진 구덩이도 있었지만 그 래도 쓰레기는 별로 없었다.

그가 지금 서 있는 골목길은 햇빛이 들어온 지 800년은 족히 된 것 같았다. 마족의 소굴이라 해도 믿을 정도로 음습하고, 어두웠다.

거기에 쓰레기투성이였고 구덩이가 곳곳에 파여서 발목까지 빠지곤 했다. 주의해서 걷지 않으면 위험했다. 거기에 벽 바로 아래 쓰레기 뒤쪽에서는 뭔가의 시체가 썩고 있었다.

"벽도 없고, 그렇다고 실드가 쳐진 것도 아닌데, 공기가 다르다.

여기에 있는 것만으로도 우울해지고, 기운이 빠지는 것 같다. 자네는 괜찮은가?"

"뭐…… 확실히 그렇긴 합니다만……."

"그러니까 왜 이런 곳까지 오신 겁니까. 죽으려고 작정한 것도 아니고……."

벨하임이 투덜거렸다. 그는 꽤 신경이 곤두선 상태였다.

카이는 그를 노려보았다.

"그렇게 투덜거릴 거면 돌아가서 기사단이나 상대하든가."

"……누가 그깟 멍청한 새대가리들이랑 놀고 싶답니까? 이래도 호위기사니까 하는 말입니다."

벨하임은 카이를 바라보고, 자신의 앞에 있는 구덩이를 가볍게 한 번 손짓했다. 물론 그런 데에 카이가 걸려 넘어지거나 하는 일은 없다. 단지 그는 카이의 발이 이런 더러운 곳에 닿는 게 영 못마땅했던 것이다.

"돌아가면 날라리 기생오라비 집사가 저한테 잔소리할 겁니다. 옷이 더러워졌네, 태워 버리는 김에 저까지 태워 죽이려 할걸요?"

"아하하하……하하."

크람은 그 말에 웃음을 터뜨렸다가 벨하임의 눈총을 받고는 입을 다물었다.

그들은 나란히 선 채로 좁은 골목을 걸었다.

"……사람의 기척이야 꽤 있지만, 정말 암울하군. 아이들이 뛰어놀 골목도 없다니."

카이는 다시 주변을 둘러보며 말했다.

"일할 사람은 일하러 나갔을 겁니다. 아이들도 이런 곳이다 보니 뛰어놀 장소는 찾을 수 없을 거고······."

세 사람은 다시 입을 다물었다. 때마침 뭔가 역한 냄새가 풍기는 바람에 대화를 나눌 분위기도 아니었다.

카이는 이윽고 좁은 사거리에 섰다.

그들이 걸어온 것과 동일한 골목이 두 개 교차하면서 생긴 작은 공간이었다.

역시 태양도 들지 않았지만, 그나마 조금 밝았다. 그들은 그곳에 서서 잠시 숨을 몰아쉬었다.

카이는 주변 건물을 바라보았다. 어디를 보아도 미로처럼 똑같은 건물들, 당장이라도 허물어지지 않는 게 신기한 건물들이 세워져 있었다.

"이런 곳에는 어떤가, 대표로 내세울 사람이 있겠는가?"

"없을걸요. 사실 성을 나가는 걸 좋아할 사람이 있는지 모르겠습니다만, 근데 공작님······. 폐하께는 윤허를 받으셨습니까?"

"나중에 받으면 된다."

"엑, 하지만······."

"저쪽으로 가 보자. 저기에 사람이 앉아 있다."

좁고 우울한 골목 한 쪽을 가리켰다. 카이가 걸음을 옮기자, 벨하임과 크람은 얼른 그의 앞에 서서 길을 텄다.

벨하임은 그에게 가까워질수록 짙어 오는 냄새 때문에 얼굴을 찡

그랬다.

"쳇, 주공, 주정뱅인데요."

"······말을 걸어 봐라."

카이의 말에 벨하임은 고개를 흔들었다.

"관두시지요, 말이 안 통할 겁니다. 이 냄새를 보아하니 삼박사일 은 술통에서 썩은 것 같은데요."

벨하임의 밀에 대답힌 것은 비로 그 주정뱅이였다.

"에엥─? 뭐야, 느이들! 딸꾹!"

딸꾹질 한 번에 허파를 토해 낼 듯이, 사내는 가슴을 들썩거리면 서 자리에서 일어났다.

카이는 그의 숨결에서 확 토해진 냄새를 맡고는 얼굴을 찡그렸 다.

'앗, 아니, 그러니까, 그 표정······.'

크람과 벨하임은 그 표정을 너무 잘 알고 있었다. 공작인 내가 왜 여기에서 이런 봉변을 당하고 있는 것인가, 대충 그런 표정.

바로 벨하임과 처음 만났을 때, 벨하임에게 지어 보였던 그런 표 정이었다. 네놈 노는 데가 그럼 그렇지, 평민들이 그럼 그렇지, 하고 해석될 수 있는 표정.

주정뱅이의 해석도 벨하임과 비슷했다.

"뭐야, 이거!"

쨍그랑─!

주정뱅이는 비척거리면서 한 발 앞으로 내딛었다가 손에 들고 있던 빈 술병을 떨어뜨렸다.

빈 병 깨지는 소리가 들리자 잠시 사내는 멈춰 서서 깨진 술병 조각을 내려다보았다.

"이 새끼가 남의 술병을 깨?"

"완전히 취한 사람이었군. 관두고 다른 사람을 찾자."

카이는 그렇게 말하면서 등을 돌렸다.

"이 새끼가 사람을 무시해? 야, 이 희멀건 새꺄! 덤벼 봐!'"

주정뱅이는 용감했다.

카이는 그 자리에 우뚝 멈췄다. 벨하임은 어쩔 줄 몰라 둘 사이에서 눈치만 살폈다.

"……술에 취한 상태니 봐주도록 하겠다. 벨하임, 앞장서라. 크람, 다른 곳으로 가는 게 좋겠다. 사람들을 만나 직접 이야기를 듣고 싶다, 나는."

"알겠습니다."

그렇게 세 사람이 발을 떼려던 찰나.

술에 취한 주정뱅이는 모처럼 만난 이 화풀이 대상을 순순히 보내 줄 생각이 없었다.

"야—! 이 개새끼들아—!'"

꿈틀. 카이의 이마에 선명하게 혈관이 돋았다.

카이가 한 발 돌아섰을 때, 주정뱅이가 셋을 향해 덤벼들었다.

"그 자리에 멈추지 못해우웨웨웨웨웨웨웨웩—!'"

"크, 큭!"

카이는 그 자리에서 굳어 버렸다.

벨하임은 저도 모르게 카이의 허리를 낚아채 끌고 가다시피 전속력으로 뛰기 시작했다. 크람도 마찬가지였다.

"피, 피하십시오, 주공—!'

카이는 그들에게 이끌려 거의 끌려가다시피 하면서, 내내 주정뱅이를 보고 있었다.

취해 양팔을 벌린 채, 한쪽 손에는 깨진 병 주둥이를 쥐고 있고 그는 계속해서……!

세 사람이 멈춘 것은, 꽤 큰 길의 우물가였다.

크람과 벨하임은 우물가 한쪽의 의자에 주저앉은 채 숨을 헐떡이고 있었다. 그들 사이에 앉아 있는 카이의 얼굴은 새파랬다.

"저, 정말 무서웠어."

벨하임이 중얼거렸다. 크람은 정신없이 고개만 끄덕였다.

"어떻게 인간의 몸에서 그렇게 계속해서…… 계속해서 뿜어 나올 수 있는 거지?'

벨하임의 말에 카이는 몸을 움찔거렸다.

크람은 몸을 부르르 떨었다.

"저런 사람들을 영지로 보내신다니……."

"그럴 순 없다!'

카이는 그 말에 마치 번개라도 맞은 듯 자리에서 벌떡 일어나 외쳤다. 그리고는 이내 쓰러질 듯이 비틀거렸다.

벨하임은 당황해 그를 재빨리 부축했다.

"아얏, 공작님. 괜찮으십니까?"

"괘, 괜찮을 리가……!"

카이는 자신의 두 손을 내려다보며 몸을 부들부들 떨었다.

"맙소사, 그 괴물은…… 대체 뭐였던 거냐? 저 골목에 있는 것들은 저런 것들이냐? 어떻게 된 거야?"

"……괴, 괴물이라면 괴물이죠. 주정뱅이라는 이름의."

"알코올 중독자라는 이름도 될 겁니다."

벨하임과 크람은 괜히 면목이 없어 작은 목소리로 말했다.

카이가 방금 지나온 골목은 그야말로 빈민가 중의 빈민가였다. 당연히, 똥구멍이 째져라 일을 해도 가난한 사람들이 사는 곳이었고 삶을 아예 포기한 자들도 많았다.

카이는 이해할 수가 없었다. 술이라는 것은 사교적인 것, 때로는 취할 수도 있는 것.

그러나 인간의 존엄성까지 버리고 그렇게 취한 사내를 본 것은 처음이었던 것이다.

"미, 믿을 수가 없어."

카이는 그렇게 말하면서 다시 의자에 풀썩 주저앉았다.

벨하임은 그런 카이가 낯설었다.

'아무리 의연하고 아무리 태연해도, 결국 귀족이로군.'

카이가 접한 세상은 어느 정도 한 번 걸러진 사회였다. 기품 있고 우아하게 살아야 하는, 귀족 사회였던 것이다.

로인은 귀족 사회는 아니었다. 그러나 그곳은 인간이 살만한 환경이 아니었다뿐이고, 절망이 있기는 했어도 이 황궁의 빈민가와는 달랐다.

벨하임이나 크람은 그래도 외성에서 생활했기 때문에, 주정뱅이는 몇 번 봤다.

벨하임과 크람은 카이의 머리 너머로 눈빛을 주고받았다. 카이의 충격이 어느 정도일지 그들은 상상할 수도 없었다.

'그래도 저 인간은 너무 심했어⋯⋯.'

세 사람은 오늘 인간의 한계를 뛰어넘은 새로운 존재를 보았다.

'정말 말종 중의 말종을 하필 공작이 보실 줄이야.'

크람은 빈민가의 백성들이 정말 안쓰러웠다.

'빈민가를 벗어나 새로운 세상으로, 새로운 삶이 주어질 기회였는데⋯⋯.'

크람은 슬쩍 카이를 바라보았다.

"저, 공작님⋯⋯?"

"뭔가."

카이는 무뚝뚝한 목소리로 물었다.

"이제⋯⋯ 그만 돌아갈까요?"

"⋯⋯잠시만 시간을 더 주게나."

카이가 무뚝뚝하게 말했다.

아직도 두 손이 파르르 떨렸다. 세상에서 인간이 만들어 낸 것 중 자신이 베지 못할 것은 없다고 생각했다. 상대하기 까다로운 적은 있어도, 이기지 못할 적은 없다고 생각하던 카이였다.

그러나 그는 오늘 최강의 상대를 만났다. 어떻게 상대해야 할지 전혀 알 수 없는 그런 상대. 카이는 심지어 자신이 도망쳤다는 사실을 아직까지 깨닫지 못한 상태였다.

카이가 자신의 두 손을 보면서 아까의 충격에서 헤어나지 못하던 때.

'기회다—!'

카이가 방심 상태에 빠지는 기회(?)는 흔치 않다. 아니, 평생에 오늘 단 하루라고 해도 과언은 아니리라.

그 틈을 노린 두 존재가 있었다.

벨하임은 숨을 길게 내뿜으며 길게 다리를 뻗었다. 카이는 아직도 두 손을 내려다보고 있었다.

"음?"

허공 저쪽에서 뭔가 번쩍거리는 것을 눈치 챈 순간.

벨하임이 번개처럼 검을 뽑았다.

"주공, 암습입니다!"

"헛?"

카이는 그 말에 비로소 정신을 차리고 고개를 돌렸다.

허공을 힘차게 가로질러 화살이 그들을 노리고 덮쳐 들었다. 바람의 정령을 타고 날아드는 화살은 엘프들의 것이었다.

"타글라흐인가!"

카이는 크람의 목덜미를 잡고는 그를 땅바닥으로 밀어붙였다. 동시에 다른 한쪽 발로는 그들이 앉아 있던 벤치를 굴려서 크람의 위로 덮어씌웠다.

벨하임이 카이의 앞으로 뛰어들어 검을 휘둘렀다. 탕—!

두 대의 화살이 벨하임의 검을 맞고 튕겨 나갔다.

"큭!"

벨하임은 순간 강한 힘에 못 이겨 한발 뒤로 물러났다. 그러자 카이가 한 손으로 그의 등을 받쳤다.

"물러서지 마라, 벨하임!"

"힘을 흘려 보낸 겁니다, 주공! 이까짓 것……!"

그 순간이었다.

"뭐야, 저 애송이들은?"

벨하임은 순간 자신들의 등 뒤에서 들린 고운 목소리에 깜짝 놀랐다. 카이 역시 마찬가지였다.

거기에는 방금 전까지 아무도 없었던 것이다. 두 사람이 전혀 눈치 채지 못할 정도의 강자!

'등 뒤?'

'적인가!'

카이와 벨하임은 짧은 순간 서로를 마주 보았다.

'벨하임, 넌…… 화살을 막아라.'

'주공, 제가 등 뒤를 상대할 테니 그사이 빠져나가십시오!'

서로 정반대의 눈빛을 주고받은 두 사람이었다.

"좋아! 간다!"

그렇게 카이가 외치면서 몸을 돌린 순간.

벨하임이 그와 똑같은 방향으로 몸을 돌렸다. 그리고 검을 힘차게 뻗었다.

"간다―!"

두 사람이 똑같은 방향으로 돌아섰다. 그것을 눈치 챈 순간, 둘의 얼굴에 낭패스런 기색이 흘렀다.

엘프들은 그 순간을 놓치지 않았다.

쉐엣―! 허공을 가르고 다시 날아드는 화살은 아까보다 빠르고, 더 강력했다. 쉐엣― 쉐엣! 이어 들려온, 화살이 바람을 가르고 날아드는 소리에 둘은 당황했다.

화살 셋! 그것도 바로 등 뒤까지 순식간에 달려드는 그 화살! 카이의 등 한가운데와 머리, 그리고 다리를 노리는 방향!

벨하임은 입술을 깨물었다.

'이렇게 된 이상, 몸을 던질 수밖에 없는가!

그의 뇌리에 지난 독신 생활이 순식간에 스쳤다. 영주님을 부르짖던 아버지의 얼굴이 언뜻 눈앞에 아른거렸다.

'갑니다, 아버지!

그렇게 벨하임은 몸을 던졌다.

다음 짧은 순간 카이의 양손이 움직였다. 그는 번개보다 빠르게, 벨하임의 한쪽 어깨를 힘차게 잡고는 화살에서 멀리, 자신의 몸에서 멀리 떨어지도록 밀었다.

벨하임은 화살이 카이의 심장을 향해 날아드는 것을 바라볼 수밖에 없었다.

"주공—!"

그가 그렇게 외친 순간.

텅—텅텅! 세 개의 화살이 허공에서 파직거리는 얇은 막에 가로막혀 진행을 멈췄다.

"주공!"

벨하임은 순간 자신의 눈을 믿을 수 없었다. 땅에 쓰러져 핑 돌정도로 머리를 세게 부딪쳤지만, 벨하임은 재빨리 자리에서 일어나카이의 앞을 막아섰다.

그들의 주변으로는 얇은 푸른색의 실드가 있었다.

마법진도 없이, 시동어도 없이, 엘프의 화살을 막아 낼 정도로 강한 실드를 칠 수 있는 존재는 단 하나.

"테엘 님?"

"테엘? 그런 저속한 레드 드래곤 따위랑 비교하면 섭섭하지!"

두 사람은 그렇게 말하면서 다가오는 사람을 멍하니 바라보았다.

두근─. 카이의 심장이 한 차례 힘차게 뛰었다.

"……설마?"

"까아—! 이쪽의 젊은이가 이번의 로인?"

카이는 멍하니 고개를 끄덕였다.

눈앞에 선 여인은 싱글벙글 웃으면서 카이의 얼굴을 가만히, 바로코앞에서 이리저리 관찰했다. 그리고는 고개를 끄덕였다.

"응, 정말 잘생겼네. 인간답게 생겼어."

"엥? 저기, 누님……? 누님은 누구세요?"

벨하임은 얼떨떨한 표정으로 그들 사이에 끼어 있었다.

그녀는 단숨에 벨하임을 옆으로 밀고는 카이 앞에서 바짝 붙어 섰다. 잠시 두 사내가 얼떨떨한 사이.

그녀의 얼굴이 카이에게 너무 가까이 다가섰다 싶은 순간.

"아, 아앗!"

벨하임이 저도 모르게 당황해 외쳤다. 크람은 벤치 아래 엎어진 채 그 장면을 보고는 눈을 크게 떴다.

카이 역시 마찬가지로 눈을 뜬 채 당했다. 그녀의 입술이 자신의 입술을 훔치는 것을.

세 사내는 멍하니 여인을 바라보았다.

제일 먼저 정신을 차린 것은 벨하임이었다.

"……누, 누구냐! 지금 독살이라도 시도한 거 아냐? 정체를 밝혀라!"

"벨하임, 조용히 해라. 이분은……."

카이는 잠시 말을 더듬었다.

벨하임이 카이의 앞을 다시 막아섰다.

"주공! 암살자 중에는 여자도 많습니다! 게다가 그들은 독으로 암살을 시도하는 경우도 심심찮다고 들었습니다! 입을 맞추거나, 혹은 손을 잡아도 중독시킨다고……!"

"……너."

여자는 싱글벙글 웃으면서 벨하임을 가리켰다.

"나하고 싸워 볼래? 아님 순순히 죽을래?"

"무, 무슨 소리야?"

"벨하임. 비켜라."

"비킬 수 없습니다, 주공!"

카이는 이윽고 아까부터 골치 아픈 사태가 줄줄이 벌어지고 있음을 자각했다.

'……머리 아파…….'

괜히 민심을 들어 보네, 대충 어떻게 사는지 두고 보네 하면서 빈민가에 나온 것부터가 실수라면 실수였다.

더불어 자신이 얼마나 우물 안 개구리였는지도 자각했다.

카이는 자신이 다른 귀족들보다는 꽤 폭넓고, 거친 생활을 했다고 생각했다. 그렇지만 그는 여태껏 살아온 삶의 절반을 저택에서 보냈고, 나머지 절반은 드래곤의 이공간 속에서 지냈다.

카이가 그런 상황을 정리하는 사이, 여인과 벨하임은 본격적으로 으르렁거리기 시작했다.

"지금 나를 암살자라고 불렀겠다?"

"감히 주공께 무슨 불경한 짓을 한 게냐!"

"뭐 어때? 어차피……."

"지금 나한테 로인은……."

"주공의 신분을 알면서도 그런 짓을 한 건가! 지금 주공께서 비록 뒷골목을 시찰하시는 중이라고는 해도, 너 따위가 감히 접근할 수 있는 분이 아니란 말이다!"

벨하임은 다른 때보다 더 흥분해서는 외쳤다.

카이는 머리를 흔들었다.

'대체 언제쯤이면 무턱대고 덤비는 저 성격을 고치려나……'

어쩌면 드래곤 다섯쯤 만나고 난 후에는 고칠 수 있을지 모른다. 드래곤이 그렇게 흔하게 만날 수 있는 존재는 아니지만, 이번 봄은 특별하지 않은가.

카이는 벨하임의 어깨를 잡아당겼다.

"물러나라, 벨하임."

"하, 하지만 주공!"

"죽고 싶은가."

"……죽이시려면 죽이십시오! 그전에 저는 이 발칙한……."

"종족이 어떻게 되십니까?"

카이는 벨하임의 말을 끊고 아주 정중하게 물었다.

여인은 그 말이 마음에 든 듯 환하게 웃었다.

"역시, 로인은 나를 아는구나. 당연한 일이지! 푸른 드래곤의 일족이 로인을 만났노라. 그리고……."

여인의 시선이 카이의 가슴께로 향했다. 그녀는 길고 잘 다듬어진 손톱을 들어 카이의 셔츠 위 가슴을 가볍게 만졌다.

"그리운 기운이네…… 블루의 위대한 로드의 피를 이어받은 자. 그 이야기를 듣자마자 날아왔어."

벨하임의 안색이 천천히 창백해졌다.

'나, 나 또 드래곤한테 시비 건 거야?'

벨하임은 슬금슬금 뒷걸음질쳤다. 다행히 여인은 카이에게만 관심을 쏟고 있었다.

그녀는 카이를 품에 안았다. 그리고 그 목덜미를 거쳐 가슴께에 입술을 댔다.

"……그리운 냄새, 그리운 향기야. 보고 싶었어, 로인. 나는 네 심장의 딸, 바엘라."

바엘라가 카이의 귓가에 대고 속삭였다.

"내 아버지를 선택해 줘서 고마워. 그의 심장이 다시 뛰게 해 줘서 고마워, 로인."

*   *   *

그들을 맞이하러 나오는 테엘은, 일행의 뒤에 있는 여인을 보고는 안색이 싹 변했다.

"……칫."

바엘라 역시 표정이 싸늘했다.

카이는 두 드래곤 사이에 잠깐 멈춰 섰다.

"서로 아는 것 같으니 소개는 생략하는 게 좋겠군."

빨리 둘을 떼어 놓는 게 좋겠다고 생각해서 한 말이었는데,

"……서로 안다니? 누가 누굴 알아?"

테엘이 먼저 포문을 열었다.

바엘라의 눈썹이 크게 찡그려졌다.

"그래. 나도 로인을 보호하는 사제의 역할 따위는 까맣게 잊어버린 멍청한 드래곤이랑은 전혀 아는 바가 없다고."

"이, 이잇⋯⋯!'

테엘은 불편한 심기를, 벨하임에게 화살을 돌렸다.

"넌 호위기사라는 녀석이 뭘 하고 다닌 거냐! 어디 산책이라도 가는 거라고 생각한 거냐!'

"가, 갑자기 저는 왜요!'

"시끄러워!'

테엘의 살기가 일순간 뿜어져 나왔다.

바엘라는 벨하임이 죽든 말든 상관없었다. 그러나 테엘이 자신의 앞에서 감히 살기를 뿜어내는 것을 용납할 생각은 전혀 없었다. 당연하게도, 바엘라 역시 살기를 뿜어냈다.

"어머, 해 보자는 거야? 과연 레드라니까. 성질이나 피우고."

싸늘한 살기과 열화와 같은 살기 가운데에서 벨하임은 간신히 기절하지 않고 버티고 있었다.

카이는 한숨을 푹 내쉬면서 벨하임의 어깨를 잡아당겨 뒤로 피난시켰다.

"⋯⋯알아서들 하시길. 리슨, 목이 마르다. 물을 갖고 와. 아이작, 사람들에게 저 둘을 절대로 피하라고 전해 주렴. 크람, 너도 따라 들어와라. 이르엘, 그냥 정원에 숨어 있어도 괜찮아."

카이는 쏜살같이 말하면서 거실로 향했다.

그가 불러들인 사람들은 발발 떨면서 그의 주변으로 모여들었다.

그들에게는 그야말로 마른하늘에 날벼락인 셈이었다.

"주, 주공……. 드래곤이, 두, 둘이나……."

"당연한 일이다. 테엘이 드래곤들에게 알린다고 했을 때는 설마설마 했는데……."

드래곤의 수가 얼마 되지 않는 데다가, 부른다고 설마 인간의 축제에 올까 싶어서 가볍게 여긴 게 실수였다.

"아, 알리다니, 뭘요?"

벨하임은 설마 싶어서 물었다.

"축제."

카이는 한숨을 길게 내쉬었다.

"로잉루를 기념하는 자리에 드래곤들이 모여들 것이다."

"……!!!"

"운이 좋으면 각 드래곤들의 대표만 모일 것도 같지만……. 바엘라 님의 말을 들어 보니 운이 나쁘면 모든 드래곤들을 만날 수 있을지도 모르겠군."

카이는 주먹을 불끈 쥐었다. 그리고 완전히 창백해진 크람을 바라보았다.

"일단 크람, 당분간 기사단에 외성의 치안을 유지하는 일을 철저히 해야 한다는 걸 전해야 한다. 외성의 기사단과 군대에도 연락을 넣어서, 관광객 중 사소한 범죄자들까지 몽땅 잡아서 감옥 안에 축제 끝날 때까지 처넣어 두라고 해. 어떤 미친 녀석이 드래곤의 *성질*을 긁을지 모르니까. 그랬다간 이깟 인간들의 성 따위는 한 번 숨 쉬는 사이에 끝이다."

크람은 고개를 끄덕이며 서둘러 밖으로 나갔다. 카이는 리슨을 바라보았다.

"숙소 문제는 바엘라 님의 취향에 맞춰서 정해. 그분이 요구하시는 사소한 것은 다 맞춰 드려라. 당분간 내 시중을 들 필요는 전혀 없다. 특히 테엘 님과 바엘라 님의 동선과 움직이는 시간이 다르도록 신경 써."

"아, 알겠습니다."

리슨의 얼굴도 창백해졌다.

카이가 벨하임을 향해 섰다.

"벨하임. 너는 고양이냐? 목숨이 아홉 개라도 돼?"

"……아니요."

벨하임의 목소리가 작아졌다.

"앞으로 더 많은 드래곤이 모여들 수도 있다. 그들이 어디에서 어떻게 축제를 즐길지 모르지만, 오늘처럼, 혹은 테엘 님 앞에서처럼 운이 좋으리라는 보장은 없다. 알겠나?"

"아, 알겠습니다."

"알겠으면 지금 당장 나가서 아까 화살을 추적하도록. 잘하면 타글라흐가 어디쯤 있는지 찾아낼 수 있을지도 모른다. 이르엘에게 청해서 같이 나가도록."

"옙!"

테엘이 나가자 카이는 몸을 부르르 떨었다. 그는 텅 빈 방에 앉아서 비로소 차가운 물을 마시며 정신을 좀 안정시키려 했다.

"로인! 네 이름이 카이라며!"

물을 반쯤 마셨을 때, 바로 그의 뒤에서 바엘라가 달려들어 그를 껴안으며 물었다.

"……그렇습니다만."

"어라, 아무도 없네."

바엘라는 눈을 빛내면서 손가락으로 문을 가리켰다. 그녀가 뛰어 들어오면서 열렸던 문이 쾅 닫히고 이어 열쇠까지 걸렸다. 카이의 얼굴이 약간 창백해졌다.

"문은 왜……?"

"아이 참, 알면서……."

바엘라는 슬쩍 눈웃음을 쳤다. 그녀의 손가락이 카이의 가슴을 슬쩍 쓰다듬기 시작했다.

"보여 줘……."

카이는 포기했다.

'드래곤들이란…….'

강하고, 지적이고, 이성적이며, 현명한 존재……라는 이야기는 그냥 속설인 모양이었다.

카이는 그렇게 포기한 채로 바엘라가 심장을 들여다보는 것을 내버려 두었다. 제삼자에게는 참으로 야시시한 장면일 테지만 카이는 그런 시선 따위는 신경 쓰고 싶지 않았다.

대신 카이는 아까 본 빈민가를 거듭 떠올리고 있었다.

'파이엘 백작과 이야기를 좀 더 해 봐야 하나.'

그런 주정뱅이에게 줄 동정 따위는 없었다.

그렇지만 그들에게 아예 처음부터 희망을 빼앗고 싶지는 않았다. 아예 기회조차 주지 않는 것, 그래서 그들의 좌절을 키우고 싶지 않았다.

카이가 그렇게 생각만 하자, 바엘라는 약간 기분이 묘해졌다.

그녀는 드래곤의 미적인 기준에 맞추어 폴리모프를 했다. 때문에 매우 아름다운 여자의 모습이었다. 짙은 파란색의 머리에, 깨끗하고 하얀 피부.

그런 그녀에게 카이는 처음부터 별 관심을 보이지 않았다.

"저기, 카이."

바엘라는 카이의 무릎 위에 앉은 채로 콧소리를 섞어 그의 이름을 불렀다.

"……음?"

"지금 사귀는 인간 여자, 있어?"

"……없습니다만."

"정말?"

카이는 고개를 끄덕였다. 바엘라의 얼굴이 환해지는 것을 보면서 금세 후회했지만.

'거짓말할 걸 그랬나…….'

"그럼 나랑 사귀자!"

"무, 무슨!"

카이는 크게 당황해서는 자리에서 펄쩍 뛰었다.

그와 동시에 그 방문을 박차면서 테엘이 뛰어들었다. 리슨이 그의 발목을 붙들고 있었지만, 오히려 질질 끌려서 따라 들어왔다.

"그게 대체 무슨 헛소리야―!"

"어머, 무슨 참견이야? 아니, 로잉루의 사제면서 엿듣는 습관은 왜 가진 거야? 로드께 말씀드릴 거야!"

"쳇! 쪼잔하긴! 너 설마 내가 사제로 뽑히고 넌 떨어져서 그런 거냐?"

바엘라는 그 이야기에 어처구니없다는 표정을 지었다.

"누가 그런 문제 때문이래? 카이랑 나랑 이야기하는데 왜 엿듣느냐고 물어봤잖아. 게다가 이건 카이와 나 사이의 문제야. 사제님은 빠지시라고. 독수공방으로 계속 지내야 하면서, 괜히 남의 연애에 끼어들어서 훼방 놓을 생각 말고."

"그, 그런 말이 어디 있어! 사제가 독수공방을 하란 법이 대체 어디 있어? 사제는 생물 아니냐? 생물이 혼자 지내는 건 주신의 섭리에 어긋나는 중대한 불경 행위라고! 게다가 넌 드래곤이고 카이는 인간이야!"

바엘라는 기다렸다는 듯 그 말 꼬리를 붙잡았다.

"어머, 그렇네. 생각해 보니까 로인은 인간이네. 그런데 어째서 로드 하이르 아미드라흐께서는 한낱 인간 여자를 사랑하셔서 그 여자에게 자신의 모든 것을 남기신 건데? 로인은 인간이 아냐! 그 영혼과 피에는 드래곤의 흔적이 남아 있어! 게다가 저 심장, 울 아버지

거야."

"그렇네! 네 아버지 심장을 가진 남자랑 사랑에 빠져 놀아 보시겠다? 한 50년 놀다가 죽으면 그 심장 뽑아다가 다른 인간한테 심어 놓고 즐길 거냐, 그때는?"

찰싹! 하는 소리가 났으되, 테엘은 방구석으로 처박혀 날아갔다. 그 자신이 박살 내고 들어온 문을 지나, 테엘은 복도 한쪽 벽에 금이 쩌억 갈 정도로 처박혔다.

바엘라는 눈물을 글썽거리면서 외쳤다.

"내가 용언을 쓸 수 있다면 너 같은 거 죽여 달라고 빌고 또 빌었을 거야!"

"얼씨구나, 그래? 내가 용언으로 네가 카이 주변 100미터까지는 절대 접근하지 못하게 해 달라고 빌어 주랴?"

둘이 크르릉거리면서 목소리를 높였다.

리슨이 비틀거리면서 카이에게 다가왔다.

"주인님……. 차, 차라리 피하시는 편이……."

"……그만."

카이가 나지막하게 말했다.

물론 흥분해서 떠드는 두 드래곤이 그 소리를 들을 수 있을 리가 없었다. 둘은 계속되는 인신공격 틈틈이 가벼운 주먹질을 서로에게 퍼부었다.

"그만!"

카이가 다시 외쳤다.

이번에는 들린 모양이었다. 서로 주먹을 겨누는 자세 그대로 멈 춰 서서 카이를 바라보았다.

"지금 뭐 하는 건가?"

바엘라는 카이의 목소리에서, 그가 자신을 테엘과 동급으로 놓고 있다는 것을 눈치 채고는 즉시 한발 뒤로 물러났다.

"미안해, 카이. 레드와 블루는 원래 사이가 안 좋아서 그래. 게다 가 이 녀석이랑 나랑 거의 헤츨링 시기가 비슷하다 보니까, 서로 경 쟁하는 사이가 되었거든."

"……어이, 카이. 뭘 그렇게 신경 곤두세우고 있냐? 저택? 괜찮아, 괜찮아. 다 고쳐 놓을 테니까."

카이가 둘을 노려보며 또박또박 말했다.

"……저택 한두 채 정도는 아무것도 아니지만, 드잡이질을 하려 거든 테엘, 난 절대로 로잉루를 경배하는 자리를 갖지 않겠어. 지금 당장 로인으로 돌아가서 10년이고 20년이고 거기에 처박혀서 살아 줄까?"

"그…… 3주만 있다가 로인으로 돌아가는 건 어, 어떨까."

테엘은 중얼거렸다가 카이가 노려보는 통에 시선을 슬그머니 돌 렸다.

카이는 이어 바엘라를 노려보았다.

"사귀고 싶다고? 그 성격으로 나서면서 퍽이나 사귀고 싶게 만드 는군. 드래곤이든 인간이든 상관없다. 하지만 오늘 모습에 정말로 실망이다. 블루 드래곤이나 레드 드래곤이나 성격에 별 차이는 없나

보군."

"실례야, 카이!"

"큰 실례다, 그 말은!"

두 드래곤은 발끈했다. 그들이 더 떠들려고 입을 열었지만, 카이는 한 손을 올려 그들의 말을 막았다.

"조용."

카이는 둘을 보며 한숨을 내쉬었다.

"축제를 즐기고 싶다면 테엘, 그리고 바엘라, 나랑 사귀거나 역시 축제를 즐기고 싶다면, 둘 다 앞으로 싸우지 말도록. 둘은 가볍게 투닥거리는 거겠지만 이 정도라면 내 저택에서 일하는 사람들은 쉽게 다칠 수 있다는 걸 명심해. 둘은 드래곤이야. 인간이 아니라고."

"……알겠어."

"응."

카이는 한숨을 내쉬고는 자신이 좋아하는 거실을 둘러보았다. 1층 남쪽에 붙어 있어서 볕이 잘 들어오는 개인 거실이었는데 드래곤 둘 때문에 형편없이 부서진 것이다.

"블루와 레드가 이렇다면…… 앞으로 3주나 남은 건가, 축제."

카이가 무심결에 내뱉은 한탄에 테엘은 싱글벙글 웃으며 말했다.

"뭐, 걱정 마. 블루와 레드가 서로 상극인데, 둘만 모여서 그래. 다른 종족들도 모이면 서로 상극이 상쇄되면서……."

"뭐?"

"적어도 여기에 블랙만 강림하면 좀 더 나을 거야. 그 녀석 성격은 꽤 우울해서, 둘이 투닥거릴 틈이 없거든. 아아, 이거 재미있겠는데. 아참, 바엘라! 신께 바칠 예물은 갖고 왔냐? 당장 내놔 봐! 네 녀석 성격에 보나마나 또 쪼끄만 거 하나 예쁘답시고 들고 왔겠지만. 내 한번 봐 주지. 음하하하하!'

"얼씨구! 무조건 크기만 따지는 무식한 수컷 같으니. 이래서 같은 드래곤 중에는 마음에 차는 남자가 없다니까. 카이! 지금은 싸우는 거 이다."

바엘라와 테엘은 다시 투닥거리면서 어디론가 슥 사라져 버렸다.

카이는 부서진 방을 둘러보고, 이어 쓰러진 리슨을 바라보았다.

"……참자, 리슨. 3주만 미쳐서 지내 보자고."

지옥과 같은 3주가 이제 겨우 시작되었다.

＊ ＊ ＊

"공격할 틈이 있었다고?"

타글라흐는 물었다.

그는 커다란 나무 의자에 앉아 있었다. 방의 어둠 때문에 그의 얼굴이 자세히 보이지 않았다. 그 방 안에 심지어 몇 명이 있는지, 서로 볼 수 없을 정도의 어둠이었다.

"……한순간이었습니다. 완전히 넋을 놓고 있었는데, 그의 옆에 그 소드마스터 인간이 있는 바람에……."

"그렇군. 그 소드마스터가 있었어. 괜한 공격을 했구나. 그냥 돌아왔다면……."

타글라흐는 잠시 숨을 거칠게 내쉬었다.

"그랬다면 오히려 잡을 수 있을지도 모르는데. 아쉽군."

"죄, 죄송합니다."

"아니다. 그의 곁에 또 다른 드래곤이 나타났다고? 그놈들……
대륙의 드래곤은 모두 모아서 우리와 전쟁이라도 하려는 건가."

"옛……."

방 안에 있던 엘프들이 술렁거렸다. 그들에게 드래곤은 그 이름
만으로도 두려움을 자아낸다.

타글라흐는 한심하다는 듯 주변을 둘러보았다. 비록 그도 테엘과
의 다툼에서 패해서, 거의 죽기 일보직전이긴 했다.

"겁부터 먹는 건가, 한심한 것들……."

"하, 하지만……."

"명심해라. 우리가 상대해야 할 것은 오직 로인뿐이다. 그 녀석만
죽이면 돼. 그러면 드래곤들이 우리를 쫓아올 것 같나? 그러겠지, 오
직 레드의 테엘만은 그럴 것이다."

"……."

"그러나 그 녀석은 별문제가 아니다. 지금 내 힘이 회복되고, 너
희들까지 힘을 얻는다면……. 또한 우리에게는 그와 싸울수록 힘을
얻을 방법이 있다."

"……알겠습니다."

"……그를 감시해라. 언제 또 그곳에 나올지 모르니까. 그의 일

행 중에 드래곤이 없을 때."

타글라흐는 주먹을 불끈 쥐었다. 기다란 손톱이 손바닥을 긁어 피를 냈다. 비릿한 냄새가 어둠 속에 퍼졌다.

"……그때를 기다린다. 만반의 준비를 다 갖추고……!"

SWORD OF DRAGON LOAD

제4장

2주 — 골목의 광시곡(1)

바엘라의 구혼은 적극적이었다.

"카이! 좋은 아침!"

아침부터 그녀는 카이를 껴안는 데 스스럼이 없었다.

"좋은 아침입니다, 바엘라 님."

그러나 카이는 꿋꿋했다.

테엘은 그런 카이를 볼 때마다 속으로 감탄했다.

객관적인 눈으로 봤을 때, 바엘라는 몹시 아름다웠다. 짙은 청색의 머릿결은 약간 구불거리면서 하얗게 빛나는 어깨를 덮고 있었다.

그녀의 날씬한 몸과 짙은 파란색 눈을 보고 있으면, 그녀가 얼마나 강한지를 새삼 알 수 있었다. 그녀는 사람을 똑바로 바라보았고, 곧은 목소리로 이야기를 했다.

그러나 카이 앞에서 그런 아름다움과 강함은 전혀 의미가 없는 듯했다.

'저 녀석, 저거 인간 맞아?'

그러고 보니 이르엘을 볼 때도, 별다른 감정이 없는 녀석이었다.

다른 녀석들이라면 벌써 댓번은 수작을 걸었어도 걸었을 텐데.

'……이제 로인 가문의 자식이 생길지 안 생길지를 걱정해야 하는 건가, 나?'

당황스럽기는 바엘라 역시 마찬가지.

'이거, 고자 아냐? 혹시 그게 아니면……?'

바엘라는 그런 생각을 숨기지 않았다. 그녀는 카이의 옆에 찰싹 달라붙어 물었다.

"카이, 여자 싫어? 남자가 좋은 거야?"

분위기가 잠시 싸늘해졌다.

카이는 잠시 그 언어 공격에 멍해졌다가 간신히 정신을 차렸다.

"제 성적 취향은 아침에 나눌 만한 대화거리는 아니라고 생각 합니다만."

"저기, 있잖아, 카이."

"……무슨 용무가 있으십니까, 바엘라 님?"

"테엘한테는 반말 찍찍 하면서 왜 나는 그렇게 불러?"

그제야 그 사실을 깨달은 테엘이 자리에서 벌떡 일어났다.

"그, 그러고 보니……!"

"드래곤의 일족은 가문의 귀한 손님이기 때문입니다. 당연히 그 어떤 분보다 존경하며, 기쁘게 대접을……."

"그렇게 기쁘면 키스라도 한번 해 주지. 치사해."

"……손님께 함부로 손을 댈 수는 없지요."

카이는 간신히 냉정하게 말을 마쳤다.

바엘라는 그 말에 까르르르 웃었다.

"흐흥, 카이는 너무 냉정한데 그게 묘하게 매력적이란 말야."

이르엘의 얼굴이 창백해졌다.

"드, 드래곤께서 일개 인간이 마음에 드세요?"

이르엘은 없는 용기 있는 용기 다 짜내서 그렇게 물었다. 바엘라는 그녀를 힐끔 쳐다보았다.

"헤에, 네가 하이 엘프 애송이구나? 정말 어리긴 어리네. 가이, 그거 알아? 하이 엘프들의 성년기는 다른 엘프에 비하면 훨씬 더 길다는 거?"

"그렇습니까?"

카이는 그 말에 약간 놀랐다. 이르엘도 몸이 굳었다.

바엘라는 그들을 보면서 싱긋 웃었다.

"엘프의 나이는 천 살. 하지만 하이 엘프는 이천 살이야. 당연히 성년기도 300살, 350살 이상이 되어야 해. 지금 이 애송이 엘프가 몇 살이라고? 180? 어머, 정말 애송이네. 이래서야 언제 여인이 될지 궁금한걸."

"그렇군요."

카이의 말에 이르엘은 순간 몸이 살짝 굳었다.

'……역시 그런가? 카이에게 엘프는 그냥 적인 걸까?'

카이는 한숨을 가볍게 내쉬면서 자리에서 일어났다.

"그렇다고는 해도 이르엘은 이미 한 종족의 수장입니다. 어리다고, 혹은 종족 내부에서도 그녀를 완전히 믿지 않지만…… 혹은 그

전에도 그랬지만, 언제나 당당합니다. 그것만으로도 그녀는 아름답습니다."

카이는 말을 마치자마자 얼굴이 빨갛게 달아올라서는 식당을 획 나가 버렸다.

그 충격에서 제일 먼저 깨어난 것은 벨하임이었다.

"에에엑! 야, 야아! 리슨! 지금 주공이 뭐라 하신 거냐?"

"마, 말도 안 돼! 주공께서……? 저 여자를……?"

두 가신이 이르엘을 향해 고개를 획 돌렸다.

이르엘은 믿을 수 없다는 눈으로 카이가 나간 방향을 보았다. 그의 등이 눈에 들어왔을 뿐이다─. 하지만 그의 몸 주변에서 정령들이 소곤거리는 소리를 들을 수 있었다. 기쁨과, 약간은 멋쩍은 기운……?

"에에?"

테엘과 바엘라가 그제야 충격에서 깨어났다.

"이, 이럴 수가……! 야! 바엘라! 대체 폴리모프를 어떻게 했기에 이 모양이야! 종족의 자존심이 걸린 문제다, 이렇게 되면! 바꿔! 모습 바꿔! 가슴에 뽕 좀 더 넣고!"

바엘라는 상처 입은 자존심을 다독이려 애썼다.

"……호오. 카이는 얌전한 여자를 좋아하는구나. 이거, 꽤 드센 로인 가문치고는 별난 취향이네."

바엘라는 자리에서 일어났다. 그리고는 이르엘을 향해 고운 눈을 치켜떴다.

"어디 한번 해 보자고, 애송이 엘프. 하이 엘프라고 해 봤자 엘프가 뭘 할 수 있는지는 모르겠지만!"

테엘은 머리를 흔들었다.

'축제 기간이야, 아니면 싸움 기간이야, 이게…….'

그러나 곧 그는 씩 웃었다.

"뭐, 어느 쪽이든 좋지! 크하하하하하……!"

"어느 쪽이든 좋다니 무슨 말이얏!"

바엘라가 그 말을 듣고는 그에게 덤벼들었다. 테엘은 몸을 피하면서 크게 웃기만 했다.

리슨은 서둘러 카이의 뒤를 쫓아갔다. 카이는 개인 서재에서 몇 가지 서류를 들여다보고 있었다.

"곧 외출하겠다. 크람은?"

"아직 도착하시지 않았습니다."

"벨하임에게 나갈 준비를 서두르라 전하고."

카이는 잠시 고개를 들어 창밖을 바라보았다.

유난히 쾌청한 날이었다. 늦봄이라 꽃은 말할 것도 없이, 초록으로 정원은 가득했다. 살짝 더위도 느껴졌다. 아마도 이번 여름은 몹시 더울 것이다.

축제만 끝나면 로인으로 돌아갈 수 있다. 그러나 축제가 우선이고, 빈민 구제책이 우선이었다.

'돌아가고 싶다.'

당장 자신을 암살하려는 무리들도, 아직도 화재 건으로 복작거리는 무리들이 이제는 지겨웠다. 봄이 깊어질수록, 여름이 다가올수록 로인이 그리웠다.

회복되어가는 자신의 영지.

그곳의 흙을 보듬어 보고 싶었다.

카이는 리슨이 아직 나가지 않고 등 뒤에 서 있는 것을 잠시 후에야 눈치 챘다.

"무슨 일이 있는가?"

"……이곳에 온 이후로는 계속 주공께 실례를 저지르고 있습니다."

리슨이 나직한 목소리로 그렇게 말했다.

그리고는 갑자기 그 자리에 털썩 주저앉더니만 이마를 땅에 대고는 엎드렸다.

"그렇지만 감히 한 번 더! 이 가문을 대대로 섬겨 온 맥 가문의 리슨으로 드리고 싶은 말이 있습니다!"

"……."

카이는 미소 지으려 했지만, 실패했다. 그의 얼굴과 몸이 딱딱하게 굳었다.

리슨이 무슨 말을 하려는지 짐작이 갔던 것이다.

"이르엘에 관한 말이냐."

두 사람 사이에 고요가 감돌았다.

리슨은 눈을 질끈 감은 채 고개를 더욱 바닥에 들이댔다. 이마를 완전히 땅에 뭉갠 채로, 리슨은 더 이상 이야기를 끌지 않았다.

"이르엘 님을 로인으로 보내십시오!"

"……."

카이는 잠시 리슨을 내려다보았다.

그가 한발 움직이자 리슨은 몸을 움찔거렸다.

리슨이야말로, 카이의 전력을 가장 잘 알고 있는 사내. 때문에 그는 두려워하는 것이다. 또한 자신의 이 말이 얼마나 무엄한 것인지도 알고 있었다.

리슨은 죽음을 각오하고 말하는 것이었다.

카이는 리슨의 등 위에 발을 올렸다.

"네가 지금 무슨 소리를 하고 있는 건지 알고 있느냐?"

카이는 천천히 발에 힘을 주었다.

'리슨이다. 리슨이란 말이다!'

머릿속에서는 그런 생각이 감돌았지만, 어째서일까. 자신의 행동을 멈출 수가 없었다. 더 하면 어떤 일이 벌어질 것을 알면서도.

그의 심장이 드래곤 하트와 함께 입을 모아 외치고 있었다. 화를 내라고, 분노하라고…….

살기를 내뿜지는 않았다. 투기를 내밀지도 않았다. 단지 피가 머리로 천천히 몰리고 심장으로 모여들어서, 답답함에 몸이 터질 것 같았다.

카이는 발끝에 힘을 주었다.

"크헉!"

리슨은 버티지 못하고 땅 위로 엎어졌다.

"지금 뭐라고 한 건가."

"……이르엘 님은……! 하이 엘프!"

리슨은 잠시 숨을 헐떡였다. 그러나 끝내 하고 싶은 말을 토했다.

"그분에게 주신 마음을 거두어 주십시오!"

"리슨."

"엘프와의 사이에서 태어난 하프 엘프는 자손을 남기지 못한다고 들었습니다! 리슨 멕, 공작님을 위해 드리는 말이 아닙니다!"

카이는 맥이 탁 풀렸다.

"……가문을 위해 하는 말이라는 건가. 가신의 가문으로, 주인에게 청하는 말이라는 건가."

"……주공, 죄송합니다! 하지만……."

카이는 발을 뗐다. 리슨은 한참이나 움직이지 않았다.

"……일어나라."

"……마음을 거둔다고 약조해 주십시오."

카이는 리슨을 한참이나 내려다보았다.

카이는 갑자기 떠오르는 생각에 입을 열었다.

"넘치되 넘치지 않는 것, 흐르되 고이지 않으며 고이되 흘러야 하는 것……. 세상 모두를 휩쓸어 버릴 듯 광폭하면서도 일순 이슬이 되어 사라질 수 있는 것……."

그렇게 말을 내뱉자, 방 안의 공기가 일순 무거워졌다. 리슨은 자신의 등 위에 카이의 발이 얹힌 것보다 훨씬 더 무겁고, 묵직함에 심장이 터질 것 같았다.

카이는 그러나 빙그레 웃었다.

"이제 조금은 알 것 같구나. 그렇구나, 물의 힘이라는 것은······!"

"주, 주공······?"

리슨은 간신히 고개를 들어 카이를 바라보았다. 카이는 그를 내려다보았다. 그리고 빙그레 웃었다.

"넘치되 넘치지 않는 것, 흐르되 고이지 않으며 고여 있더라도 흘러가는 것. 리슨! 물이란 그래서 막을 수 없는 것이다."

"무, 무슨 말씀이신지······!"

"하하하하하핫! 애먼 곳에서 깨달음을 얻는 구나!"

카이는 크게 웃었다.

로인으로 가고 싶은 가장 큰 이유는 하나.

그곳의 이르엘을 보고 싶기 때문이었다.

"아름답다고? 언제나 아름다웠는걸."

카이는 그렇게 중얼거리고는 밖으로 향했다.

"주공! 약조는······!"

리슨이 그의 뒤를 쫓아 고개를 돌렸지만, 카이는 그 말을 듣지 못했다.

카이는 식당으로 향했다. 벨하임이 꾸역꾸역 식사를 하고 있었다. 크람이 그를 보고는 자리에서 일어섰다.

"아침인사 올립니다, 공작님."

카이는 고개를 까닥여 그의 인사를 받았다.

"서둘러 아침 식사를 마치도록."

카이는 당당하게 선포했다.

"오늘은 빈민가에 가서 확실하게 일을 매듭짓겠다."

"쿠, 쿨럭……!"

순간 벨하임은 씹던 것을 기침결에 뱉어 냈다. 크람 역시 얼굴을 찡그렸다.

"죄송합니다만 공작님, 그 말씀은……."

"저번의 구토 괴인이라 해도 상관없다. 그런 녀석이라면 더더욱 알아서 떨어져 나갈 테니까."

"구, 구토 괴인……."

"황성에 그 지저분한 것들을 둘 수는 없지."

"……그래서 그 지저분한 것들을 로인으로 옮기시려고요? 그것도 꽤 비위 상하는 일인데요."

벨하임의 말에 카이는 어깨를 으쓱였다.

"처음에는 마법진으로 이동시키려 했지만, 생각을 바꿨다. 사막을 걸어서 이동시킨다."

"……엣."

"어차피 거기에서도 쓰레기들을 받아 줄 곳은 없다. 가는 도중에 포기한다면 그건 자신의 인생이 책임져야 하는 몫. 그렇지 않고 도착하는 자들, 3개월의 고행을 이긴 자들에게는 로인에 입성할 기회를 줄 생각이다."

벨하임은 빵과 고기가 남아 있는 접시를 잠시 내려다보다가, 식욕이 떨어졌다는 듯 접시를 밀었다.

"그 인간을 또 만나도 괜찮으시겠습니까?"

"······그때는 기선제압에 실패했을 뿐."

카이는 주먹을 불끈 쥐었다.

"오늘은 기필코 이 일을 해치우고야 말겠다!"

'공작께서 해치운다는 건 저희한테 잡무가 우수수 떨어진다는 이야기라구요.'

크람은 속으로 눈물을 흘렸다.

"빨리 해치우고 축제 때는 노는 거다. 자, 가자!"

"······그러죠."

"······정말 빨리 해치웠음 좋겠네요."

두 기운 없는 부하들을 이끌고 카이는 기운차게 발을 내딛었다.

그 시각.

리슨은 카이의 방에서 좌절해서 엎드린 채였다.

'물이라니······ 무슨 소리? 내 말이 물로 들린다는 거였을까? 대체 무슨 말씀을 하고 가신 거지? 고이되 흐르지 않는다고? 고였으니까 흐르지 않지! 아니, 흐르니까 고이지 않는다고? 뭐가? 돈이? 돈이야 줄줄 새고 있잖아!'

"뭐 하는 거야?"

바엘라가 그의 뒤에서 다가왔다.

리슨은 고개를 들어 바엘라를 쳐다보고는, 표정을 굳힌 채 바닥을 내려다보았다.

"바닥 상태를 점검하고 있었습니다. 카펫이……."

"거짓말 말고, 나 좀 봐. 집사 양반."

"……뭔가 필요하신 거라도 있으십니까?"

바엘라는 손가락을 까딱거려서 문을 쾅 닫았다.

리슨은 순간 이 드래곤이 뭘 하려는 걸까 약간은 두려워졌다.

"난 카이를 진지하게 생각하고 있어."

"……그, 그렇습니까?"

"뭐, 너도 꽤 잘생겼어. 인간치고는. 밖에서 골드 드래곤이라고 뻥 쳐도 믿을 거야."

"……칭찬 감사합니다."

"하지만 카이는 인간들이 지닐 수 있는 멋 중에 가장 큰 걸 지니고 있어. 완벽하지 않은 얼굴보다 더 멋있는…… 그래, 분위기 있는 남자야. 그건 여자들한테 정말 잘 먹히지."

"……예에……."

바엘라는 혼자의 말에 빠져선 스스로 고개를 끄덕거리면서, 방실 거렸다.

"뭐, 나이는 한 삼천 살쯤 차이나지만 그런 건 상관없잖아? 어차피 인간이라는 거 알고 있는데. 서로 좀 좋은 추억을 쌓으면 좋은데, 뭐? 하이 엘프가 더 예뻐?"

"……."

바엘라는 아직도 억울한지 손을 바르르 떨었다.

"일어나 봐, 집사 양반."

"예."

"나는 그 남자를 독차지할 생각 따위 없어. 그가 살아 있는 동안 보호하는 정도? 아마 한 10년 정도 살림 차리면 끝이야. 인간 여자? 곁에 둬도 상관없어. 하지만 저 엘프? 마음에 안 들어!"

"……큭."

리슨은 잠깐 망설였다. 바엘라가 뒤이어 말했다.

"인간과 드래곤 사이에는 애를 낳을 수 있어. 그것도 자식을 대대 손손 낳을 수 있는. 엘프와 인간 사이에서는 불가능한 일이지."

그 말이 나오자마자 리슨은 마음을 굳혔다.

"전력을 다해 도와드리겠습니다."

바엘라는 화사하게 웃었다.

"좋아, 일단 오늘 하루 쫓아가자. 저 녀석이 어떤 일을 했는지, 어디에 정신을 쏟고 있는 건지 파악하는 게 우선!"

"알겠습니다!"

카이가 말을 타고 거리로 나선 시각.

저택 안에 있던 이르엘은 고개를 갸웃거렸다.

'정령들이 부산하게 움직여.'

그녀는 정령들을 움직였다. 카이의 주변을 맴도는 바람의 정령, 그 곁에 카이의 모습이 전해졌다.

「회색빛 눈이 진지하세요.」

「검은 머릿결이 좀 싫어요. 눈썹이 가려요.」

이르엘은 그런 이야기를 들으면서 눈을 감았다. 마치 눈앞에 있는 듯 그의 모습을 떠올릴 수가 있었다.

'어디를 가는 걸까? 언제쯤 돌아올까?'

가슴이 아직도 설레었다. 아침의 말을 들은 후 시간이 얼마나 흘렀는지, 그냥 몽롱하기만 했다.

테엘은 그녀 뒤쪽에 있는 긴 의자에 누워서 그런 그녀를 가만히 바라보고 있었다.

"……얼씨구나. 아주 날아다녀라, 날아다녀."

몽롱한 그녀.

테엘도 가만히 누워 있다가 꾸벅꾸벅 졸기 시작했다. 지나가던 아이작은 방 안의 분위기에 고개를 갸웃거렸다.

'왜 온몸에 닭살이 돋는 거지? 뭐야, 이런 건?'

뒤에서 살금살금 따라오던 펠릭이 멈춰 선 아이작의 등을 보면서 물었다.

"왜 멈춰?"

"아냐. 야! 조심해! 저 두 사람은 건드리면 안 돼!"

"엇, 엘프다!"

"쉿—!"

꼬마 악동 둘은 조심스럽게 방을 지나, 정원으로 갔다.

그날 하루는, 정말 조심스럽게 악연이 겹쳤다.

*　　　　*　　　　*

세 사람은 잠시 주춤거렸다.

"자, 가자."

카이가 용감하게 외쳤지만, 벨하임은 차마 발이 떨어지지 않았다.

"가, 가야죠. 아, 아하하하……."

"……가자니까."

"가, 가야죠."

크람과 벨하임은 서로의 눈치만 슬슬 살폈다.

이윽고 카이는 결심했다. 그는 벨하임을 가볍게 노려보고는 앞장섰다.

"어, 엇! 주공!"

벨하임은 화들짝 놀라 그의 앞으로 섰지만, 막상 걸음을 떼어 놓지는 못했다. 카이에게 등을 떠밀려 미끄러지고 있었다.

"저, 정말 가셔야겠습니까?"

"구토 괴인이 나오려면 나오라지. 옷에 더러운 게 묻으면 버리면 되고, 몸에 묻으면 씻으면 그만이다."

"저, 정말요? 그럼 더러운 게 묻어서 더러운 기분은요?"

"……과거는 잊는 게 가장 좋지."

"쉽게 잊을 수 없을 정도로 충격을 받은 더러운 기억은요?"

카이는 벨하임을 노려보았다.

"간다."

카이가 앞장서는데 벨하임이 벌벌 그의 뒤에 숨어 갈 수는 없었다. 벨하임은 어쩔 수 없이 울며 겨자 먹기로 앞장섰다.

다시 그들은 구토 괴인의 소굴로 향했다. 여전히 좁아 터진 골목이었다. 그리고 여전히 인기척이라곤 하나 없었다.

전보다 더한 적막이 감돌았지만 그 차이를 눈치 챈 사람은 없었다. 다들 구토 괴인이 어디에서 뛰어나올지 모른다는 생각에, 그가 뛰어 들어오면 뒤돌아 뛸 생각에 정신이 팔려 있었던 것이다.

카이는 인기척을 느끼려 하는 데만 정신이 팔려 있었다.

아침부터 정령들이 주변을 얼쩡거리는 걸 볼 수는 있었지만, 카이는 그것이 이르엘이 보낸 정령이라고만 생각했다. 정령들은 부드럽게 카이의 몸을 감싸고 지나갔다.

사실 골목길에 발을 들여놓았을 때부터 일은 시작되었다. 일주일을 꼬박 기다린 적을 상대할 수는 없었다.

크람은 외성 치안대 시절 주위들은 경험담을 떠올렸다.

"그런데, 이 골목 너무 좁은데요?"

"무슨 소린가?"

카이는 그를 돌아보며 물었다. 그들은 나란히 한 줄로 걷고 있었다.

체격이 가장 좋은 벨하임이 앞, 두 번째가 카이. 크람은 가장 뒤에 서 있었다. 공작의 뒤를 막는 의미였고, 사실 그의 검술로는 싸움이 벌어지면 도움이 안 되기 때문이기도 했다.

"이런 데에서 누가 양쪽을 막으면 그야말로…… 사실 이런 골목길이 게릴라전에서는 가장 위험하다고 하더라고요."

"……양쪽을 막으면?"

카이는 그렇게 말하며 골목 양끝을 바라보았다. 저번에 왔을 때처럼 인기척이라곤 하나 없었다. 사내 하나가 지나갈 정도, 둘이면 서로 약간 몸을 틀어야 할 정도의 좁은 골목이었다.

"그렇겠네요. 창이라면 모를까, 검에 필요한 반경으로는 너무 좁은 편인데요?"

"그런가?"

카이는 그렇게 생각하다가 무심코 웅덩이를 밟았다. 뭐가 썩어 흘러 고였는지 모를 검은색 물의 악취에 그는 얼굴을 찡그렸다.

"뭐, 그렇게 되어도 건물까지 베면 되겠지. 이런 상황에서 싸우게 된다면 말일세."

"……."

카이의 검술은 인간의 것이 아니다. 카이가 쓰는 힘도 카이의 것이 아니다.

"그러시면 되죠, 공작님이야……."

크람은 투덜거렸다.

셋은 골목길을 조용히 걸었다.

"잠깐."

카이가 갑자기 멈춰 섰다.

"나왔다, 괴인……!"

셋은 앞을 노려보았다.

골목길 한쪽에서 뭔가 어슬렁거리며 나왔다. 그 모습에 세 사람은 몸을 일제히 긴장시켰다. 크람은 벌써 카이의 뒤쪽에서 슬슬 멀어지고 있었다.

"피, 피하는 게 좋지 않을까요?"

크람의 말에 카이는 자신을 다잡았다.

"아니다. 오늘은 정말 각오를 하고 온 거니까……!"

"저기, 주공. 뭔가 이상한데요?"

벨하임이 잔뜩 긴장한 목소리로 말했다. 이어 그는 검을 뽑았다.

"왜 검을 뽑은 거냐?"

"저거…… 술에 취한 것 같지는 않아요. 뭔가가…… 에잇, 뭔가 이상해요!"

벨하임은 옆 간격을 보면서 입술을 깨물었다. 검을 자유롭게 놀릴 수 없었다.

"피하는 게 좋을 것 같습니다, 주공."

카이는 그의 어깨 너머로 다가오는 사람을 노려보았다.

"그래 봤자 인간……이 아니로군! 크람! 뒤로 간다!"

상대는 분명 전과 다름없이 비틀거리는 걸음이었다. 제정신이 아닌 듯 몽롱한 눈도 마찬가지였다. 심지어 입가에서 뭔가 게게게 흘리는 것도 같았다.

그러나 얼굴 한쪽이 썩어 이가 드러나 있었다. 한쪽 팔도 뭐에 물려 뜯겨 나간 건지, 썩어 가는 살점에 매달려서 대롱거렸다. 그 상태의 팔을 앞으로 내민 채 걸어오고 있었다.

"……좀비?"

크람은 카이와 벨하임의 몸 사이로 그것을 보고는 멍하니 중얼거렸다.

카이는 그를 향해 고개를 홱 돌렸다.

"뭐야?"

"조, 좀비 아닙니까, 저거?"

"좀비라고?"

세 사람은 그 자리에 잠깐 굳었다.

"……그게 무슨 소리야! 빈민가에는 좀비가 굴러다니나, 원래?"

"그럴 리가 있습니까? 주공! 일단 얼른 피하세요! 크람 자작, 앞장 서서 길을 트라니까!"

벨하임이 다급하게 외쳤다.

갑자기 사내의 움직임이 빨라졌다. 그들을 이제야 발견했다는 듯이. 그리고 예의 사내의 입이 열렸다.

"뭐, 뭔가 또 토한다! 어서!"

가장 앞장 선 벨하임은 다급하게 외쳤다.

크람은 골목길을, 그가 할 수 있는 한 가장 빠르게 달렸다. 그래도 카이와 벨하임이 더 빠르게 그의 뒤로 달라붙었다.

"어서! 더 빨리!"

벨하임은 마구 외치는데, 크람은 그야말로 미칠 지경이었다. 발이 땅에 닿는 건지, 제정신이 아닐 정도로 뛰고 또 뛸 뿐.

갑자기 카이의 안색이 변했다.

"크람! 멈춰!"

카이는 재빠르게 손을 내밀었다.

크람이 그의 목소리에 뒤를 돌아보았다. 그의 시선에도 칼날이 언뜻 보였나 보다一. 그의 표정이 갑자기 놀랐다. 눈가에 일어난 실 핏줄까지 볼 수 있었다.

"그냥 뛰어!'

카이는 다시 무턱대고 외쳤다.

그러나 늦었다. 그들 사이에서 가르고 튀어나온 칼날이 크람의 몸을 세 조각으로 갈라 버렸다.

"크람一!'

카이가 외쳤다. 드래곤 하트가 미칠 듯이 뛰기 시작했다.

크람의 몸에 박힌 세 개의 칼에서 피가 흘러내리고, 그의 호흡이 일순간 헐떡이다가 멎었다.

"크람一!'

카이가 손을 뻗었다. 칼날이 번개처럼 골목으로 다시 들어가 버렸다. 그리고 바람이 거칠게 불었다.

앞에서 내밀어진 칼에 걸려 멈춰 있던 크람의 몸이 순간 덜컹이면서 땅으로 쓰러졌다. 그의 부릅뜬 눈에서는 눈물이 흘러내렸다.

그 장면이 너무나 선명하게 눈에 들어와서, 카이는 순간 미칠 것 같았다.

카이는 한 손으로 드래곤 하트를 붙들었다. 너무나 힘차게 그의 몸에서 뛰어서 이제는 튕겨져 나갈 것 같았다. 몸에서 살기가 솟구쳤다.

"크람一!'

그가 세 번째로 크람의 이름을 외쳤지만, 소용없었다. 크람의 몸은 이제 들썩거리지도 않았다. 등을 지나고, 배를 가르고, 심장에 박힌 세 개의 칼날은 크람의 목숨을 앗아간 것이다.

벨하임이 뒤에서 카이의 허리를 껴안고는 벽으로 밀어붙였다.

"주공!"

벨하임 역시 지금 상황을 믿을 수가 없었다.

그러니 벨하임은 어려서부터 죽어야 사는 지경에 이른 사내, 그런 지경에서 자신의 능력을 발휘할 수 있는 사내였다.

그는 눈을 부릅뜬 채 카이의 얼굴을 바라보았다.

"정신 차리세요! 주변을 보십시오!"

"크람 자작이……!"

"주공이 위험하단 말입니다! 보십시오!"

벨하임의 말에 카이는 주변을, 하늘을 올려다보았다.

크람의 시신이 식어 가는 그 하늘 위에, 녹색의 번들거리는 것이 들어왔다.

그제야 카이는 주변을 둘러볼 정신이 들었다.

"……저게 뭔가."

"당한…… 것 같습니다. 누구 짓인지는……."

"……실드인가? 아니, 실드라기보다는 포위진이라고 해야 하는 건가?"

카이는 드래곤 하트를 한 손으로 움켜쥐고 있다가, 크람의 시신을 바라보았다.

"그의 시신을……."

카이는 입술을 깨물었다.

"벨하임, 그의 시신을 짊어져라. 내가 앞장서겠다."

"주공! 위험합니다!"

그러면서도 벨하임은 다른 수가 없다는 것을 알고 있었다.

누구의 포위인지, 어떤 속셈인지 분명하지는 않다. 그러나 칼날을 휘두른 상대는 벌써 멀리 달아난 것 같았다. 바람과도 같은 희미한 기운, 마나의 흐트러짐.

벨하임은 미숙하지만 정령이 돕는 누군가의 흔적을 느꼈다. 엘프라는 이야기였다.

다크 엘프, 타글라흐의 무리.

카이는 강하게 말했다.

"……위험한 상황이 되면, 시신은 어떻게 해도 네 책임이 아니다. 알겠는가?"

카이는 벨하임의 어깨를 거칠게 잡고는 재차 물었다.

"알겠는가?"

"……알겠습니다. 불민하지만 주공, 길을 부탁드립니다!"

"간다! 준비해!"

그들의 뒤에서 달려오던 괴인은 어디로 사라졌는지 보이지 않았다. 애당초 환영이지는 않았을까?

골목 전체가 아직도 기괴한 침묵에 휩싸여 있었다. 그러나 이제는 그게 무슨 뜻인지 알 것 같았다.

본래 사람이 없었을 수도 있었고, 아니면 살던 사람들 전체에 무슨 일이 있었는지도 몰랐다.

두 사람은 골목길을 재빠르게 달려갔다. 그러면서도 둘은 주변의 기척에 정신을 집중했다.

골목 끝에도 녹색의 단단한 벽이 있었다. 저쪽 세상과 이쪽 세상을 가르는 막이었다. 이제는 눈에 보이고 만질 수도 있는······.

카이는 벽을 가볍게 찼다. 그렇지만 막은 흔들리지도 않았다. 이어 더듬어 보았다.

"······실드 같은 걸까요?"

"비슷한 것 같다. 아마도 문령인가로 만든 거겠지."

"······테엘 님이 필요하군요."

"테엘이 필요하지."

갑자기 거친 바람이 몰아쳤다.

카이는 허공에 모습을 드러낸 바람의 정령을 보고는 재빨리 검을 뽑아 휘둘렀다. 둘이 검강에 역소환되었다.

"검을 휘두르기에 너무 좁아!"

"헛, 주공!"

벨하임이 외친 소리에 그는 다시 심장이 덜컹 떨어질 것 같았다. 카이는 재빨리 다시 검을 휘둘렀다. 좁아도 상관없었다. 위력은 죽지 않는다!

"벨하임!"

그가 외치면서 몸을 돌렸다. 바람의 정령들이 벨하임의 주변에서 크람의 몸을 잡아당기고 있었다.

"……놔줘!"

"하, 하지만!"

"너까지 잃을 수 없단 말이다!"

그렇게 외치면서 카이는 다시 검을 휘둘렀다. 바람의 정령 둘, 역소환. 까맣게 허공에서 없어지는 모습 끝에 그들은 소름끼치는 비명을 흘렸다.

결국 그것들이 크람의 시체를 들고는 골목 저쪽으로 날아갔다.

중간쯤에서 정령들은 크람의 시체를 뚝 떨어뜨렸다.

"……싸움을 거는군요."

"저곳으로 부르는 건가."

카이는 망설이면서 벨하임을 바라보았다.

여기에 있다고 다른 수가 생기는 건 아니었다. 저쪽으로 자신들의 모습이나 다른 것이 전해진다는 보장도 없었다.

벨하임이라도 저곳 너머로나, 안전한 곳에 두고 싶었지만 그에게는 다른 수가 없었다.

카이는 검을 고쳐 들었다. 기운을 몸에 한 바퀴 휘둘리자마자 검에서는 길게 검강이 치솟았다.

"벨하임! 절대로…… 나에게서 멀어지지 마라. 하지만…… 알겠지?"

자신의 검에는 눈이 달리지 않았다. 게다가 지금 자신의 심장은 폭주하고 있었다.

'감히…… 감히 내 사람을……!'

"용서할 수 없어."

카이는 나지막하게 속삭이고 성큼 한 걸음 내딛었다.

마치 그것이 신호라는 양 녹색의 포위진이 한층 더 단단해졌다. 허공에 찌르르르 울리는 기세가 마치 벌 떼가 달려드는 듯했다.

싸움의 예감이 둘에게, 동시에 스쳤다.

긴장이 가득하던 골목에 살기가 진득하게 풍겨 나오고, 이제 뭔가 시작되겠구나 하는 부산한 무언가가 있었다.

그리고 카이는 골목길에 있는 문들이 일제히 열리는 것을 깨달았다.

"벨하임! 절대……."

자신은 이런 말을 하고 싶지 않았다. 절대로.

벨하임은 그가 어떤 말을 하려다 멈췄는지 알고 있었다.

"……절대 죽지 않을 겁니다, 주공이야말로 제 앞에서 죽으면 안 됩니다."

문이 열리면서 무언가가 한 손을 내밀었다.

카이는 크게 심호흡했다. 드래곤 하트가 조금은 얌전하게 뛰기 시작했다. 냉정을 되찾기 시작했다. 남은 것은 검에 광기를 담아내는 것뿐.

'이 자리에서 죽지는 않는다. 이 자리에서 더 이상 내 수하를 잃 시는 않겠나.'

카이는 이를 드러내며 미소 지었다.

'……너희 모두를 죽이더라도!

사람 하나가 모습을 드러냈다. 그들이 예상하던 그것이었다.

"썩은 상태로 봐서는 얼마나 된 것 같은가?"

"사흘? 나흘? 닷새? 최대한 일주일 이상은 되지 않았을까요?"

"……좀비가 나타나는 원인은 무엇이지?"

카이는 무심결에 질문을 던졌다.

"그, 그런 건 모르는데요."

벨하임이 대답했다. 크람이 아닌 벨하임이었고, 그가 아는 건 별로 많지 않았다. 검밖에 모르는 두 사람이 뭉쳐 있으니 별 뾰족한 수가 나오지 않았다.

"……그렇지. 크람은 죽었군, 정말로."

"……왜 저하고 대화를 나눈 후 그런 확신을 하시는 겁니까?"

"이 구역 내에서 죽은 자가 모두 좀비가 되는 건 아니겠지?"

"……아니길 바라야죠."

"벨하임."

카이는 검을 마치 창처럼 앞으로 쭉 내밀어 잡았다.

"뒤쪽 길은?"

벨하임은 뒤로 돌아섰다. 예상한 대로, 그쪽에서도 꾸역거리면서 좀비가 쏟아져 나오고 있었다.

그들의 움직임은 느렸지만, 시체가 썩어가는 기괴한 냄새 때문에 카이와 벨하임은 숨을 제대로 쉴 수조차 없었다. 거기에 검을 제대로 다룰 수 없는 좁은 골목길!

골목길을 꽉 채우고 길게 이어지는 무리는 아무리 봐도 수백은 넘어 보였다.

"얼마나 많은 수를 좀비로 만들어 낸 거지?"

카이는 믿을 수가 없었다.

"다크 엘프, 영혼의 끝까지 썩은 종족이로군……."

그리고 가장 앞에서 달려온 좀비를 노려보았다.

카이의 검이 날카로운 검광을 그려 내며 그의 팔을 잘랐다. 그러나 좀비는 거침없이, 계속해서 앞으로 그를 향해 달려왔다.

"이게 뭐야?"

바엘라는 뾰로통한 얼굴로 자신의 앞 골목을 툭툭 건드렸다.

그러나 뭔가 공기 중에 벽이 있었다.

"……마음에 안 들어! 실드 해제—!"

바엘라는 외치면서 공기 중에 만져지는 벽에 대고 주문을 외웠다. 강력한 마나의 흐름에 소용돌이가 잠시 피어났다.

그녀의 손바닥 아래에서 황금빛 주술이 흘러나왔다. 그리고 바로 다음 순간이었다.

"까아!"

리슨이 재빨리 그녀의 몸을 받았다. 그 둘은 서로 엉킨 채 몇 걸음이나 뒤로 물러났다.

"쿠, 쿨럭!"

"바엘라 님!"

"크흑…… 저, 저거 뭐야!"

바엘라는 믿을 수 없다는 눈으로 골목 입구를 바라보았다. 뭔가가 있는 건 분명하고, 거기에 환영 마법이 걸린 것도 분명했다.

그러나 드래곤의 마법으로도 풀리지 않는 실드? 있을 수 없다!

"……뭐, 뭔가가 있어. 그런데 대체 뭐야! 말도 안 돼!"

그러나 그 말을 끝으로 바엘라는 피를 한 움큼 토했다.

리슨은 주변 벽에 그녀를 기대어 앉혔다. 이어 그는 주변의 벽을 타고 지붕 위로 올라섰다. 거미 같은 그 모습에 바엘라는 입을 떡 벌렸다.

"저 녀석도 뭔가 하네?"

그녀는 다시 피를 토하고는 골목을 노려보았다.

그녀의 눈에는 평범하고 사람 하나 없는 골목이 보일 뿐이었다. 그들이 지금 앉아 있는 골목에도 인기척 하나 없으니, 이런 샛길에도 뭔가 없는 건 당연해 보였다.

'……대체 뭐지? 뭐냐구!'

바엘라는 리슨이 돌아오기를 기다리며 서둘러 마나를 다스렸다. 이공간에 있는 포션 몇 가지를 닥치는 대로 마셨다. 그리고 도움이 될까 싶어 몇 가지 스크립트를 꺼내 들었다.

그녀는 눈에 불을 켰다.

"……열고야 말겠다! 뭐가 되었든!"

리슨이 되돌아왔다. 그는 아연실색한 표정이었다.

"이, 있을 수 없는 일입니다."

"뭐가?"

"다, 당장 저를 저택으로 데려가 주십시오, 바엘라 님! 위급 상황입니다!"

"무슨 일인데!"

"……이 일대 전체에 뭔가 주술이 걸려 있습니다. 테엘 님이 필요해요!"

바엘라는 자존심이 사정없이 무너지는 소리를 들으면서 간신히 미소 지었다.

"그, 그래? 테엘이 필요해? 어떤 건지 알아냈다는 이야기야? 아님 그가 나보다 낫단 이야기야?"

"……우리 주인님이 위험하다는 소립니다!"

리슨이 버럭 소리 질렀다.

"어서 저택으로 보내 달라니까요!"

"그럼 가."

바엘라는 그의 몸에 손을 얹고는 간단한 주문을 외웠다. 그 자리에는 그녀만이 남았다.

그녀는 독한 눈으로 골목을 바라보았다.

"난 이걸 해치우고야 말 테니까."

SWORD OF DRAGONLOAD

제5장

2주 — 골목의 광시곡(2)

"차핫!"

카이가 검을 휘둘렀다. 그 검은 평상시보다 훨씬 위력이 떨어졌다. 검을 전력으로 휘두르기에는 골목이 너무 좁았다.

거기에 발을 딛을 곳도 마땅치 않았다. 바닥이 평평한 것도 아니었고, 이상한 것이 가득했다. 미끄러지지 않게 균형을 잡는 것만 해도 대단했다.

팔을 잘라도 소용없었다. 다리를 잘라도 기어서라도 왔으며, 팔다리를 잃어 버둥거리는 시체도 아가리를 날리지 않으면 계속해서 그들을 물고 찢어 죽이려 덤벼들었다.

그들은 크람의 시체가 있는 곳까지 전진도, 무엇도 할 수 없었다. 냄새와 썩은 피가 그들의 온몸을 뒤덮었다.

카이는 검을 휘두르면서 가볍게 몸을 돌렸다.

그러면서 그는 한 차례 가볍게 벨하임을 훑어보았다. 재빠른 시선으로.

'아직 지치지는 않았다……. 제법 버틸 수는 있겠어.'

그러나 자신도 호흡이 쉽지 않았다. 숨을 쉴 때마다 구역질이 나서 차라리 숨을 쉬지 않는 편이 좋다고 생각할 지경이었다.

카이는 눈앞으로 팔과 이빨을 들이대는 좀비들을 보면서 다시 칼을 머리 위로 쳐들었다. 고기를 다지는 기분이었다.

"이대로는 안 돼!"

카이는 외쳤다. 바로 앞까지 달려든 놈을, 턱에서부터 위에까지 그어서 머리를 반쪽을 내놓았다. 턱과 머리가 잘려서야 좀비는 우물거리던 것을 멈췄다.

"이대로는 지쳐! 벨하임, 뭔가 다른 수를 내야 한다!"

"숨 쉬는 것도 힘들어요!"

벨하임은 짧게 훅 외쳤다.

카이는 주변의 건물을 한차례 눈 끝으로 바라보았다. 좀비의 손톱이며 이빨에 걸리지 않도록 주의하며.

오래 되어서 언제 무너져도 의심스럽지 않았다. 문령의 저 방어진은 어떻게 만들어진 것일까? 검강이 통하지 않는 걸까?

엘프들은 아직 나오지도 않았다. 좀비뿐이라면 걱정하지 않는다.

자신 혼자라면 모른다. 그러나 싸움이 이대로 며칠 이어진다면? 그렇게 된다면, 벨하임은?

카이는 이대로 계속 이 좀비 대군을 상대로 싸웠다간 어느 쪽도 승패를 장담할 수 없다고 생각했다.

그는 결심하고, 역겨운 냄새에 적응하길 바라면서 숨을 크게 들이쉬었다. 그리곤 외쳤다. 그의 검강이 새로 돋아나는 것처럼 일순간

혼들렸다가 강해졌다.

"벨하임! 내가 신호하면…… 알아서 피해라!"

"무, 무슨 그런!"

"간다!"

"뭐, 뭘 하시려고요!"

카이는 검을 휘둘렀다.

"용보월강참!"

"그런 무식한 걸!"

벨하임이 바락 외치면서 몸을 굽혔다. 그는 바닥에서 몸을 데구르르 굴러 카이의 발 뒤에서 멈췄다.

금세 벨하임의 온몸에는 온몸에 썩은 좀비의 피와 시체에서 떨어져 나온 살점에, 골목길에 원래 지척으로 쌓였던 쓰레기들이 묻어서 그의 꼴은 좀비 못지않았다.

그러나 그것으로 끝이 아니었다. 카이는 이어 검을 몇 차례나 더 휘둘렀다.

첫 일격으로 그는 주변의 좀비들을 크게 베어서 쓰러뜨렸다. 그래 봤자 허리를 베이거나 해서 다시 기어오는 게 전부였지만.

뒤이어 카이는 주변 건물을 향해 검강을 휘둘러 댔다.

"뭐 하시는 겁니까!"

"신호를 하면 저 위로 달리는 거다!"

"……설마……?"

벨하임은 얼굴을 찌푸렸다. 카이가 하는 짓이 뭔지 감이 잡힌 이상, 망설일 시간은 없었다.

"뛰어!"

카이가 외친 순간.

골목 전체에 우두두두 하는 소리가 퍼지기 시작했다. 낡아 빠진 건물이 무너지기 시작했다.

카이의 검이 닿는 부분을 시작으로 해서 1층이 갈라졌다. 1층의 기둥이 앞쪽으로 기울었다. 주변의 네 채 정도 되는 건물들이 일제히 좁은 골목을 덮치기 시작했다.

"뛰어!"

카이가 외치자, 벨하임은 재빨리 그 무너지는 건물 위로 뛰어오르기 시작했다. 엄청난 속도로 무너지면서 먼지가 풀썩거렸다. 살고자 하면 발에 닿는 건 무엇이든 짓밟고, 뛰어오를 수밖에 없었다.

그렇게 눈에 보이는 대로, 보이지 않는 대로 무조건 뛰어오르던 벨하임은 순간 뒤에서 뭔가가 잡아당기는 통에 미끄러졌다.

"큭!"

그러나 그는 비명을 지르지 않았다. 그렇게 하면 카이가 뒤돌아볼 것이 뻔했기 때문이다.

'가십시오, 주공!'

그렇게 외치면서 좀비들이 깔려 머리통이 터지는 곳으로 미끄러져 떨어지던 중.

뭔가가 자신의 멱살을 확 붙들었다.

"뭐 하는 거야! 정신 차려!"

카이였다. 벨하임은 붙들린 이상 포기할 수 없었다.

카이가 멱살을 잡고 대롱거리는 사이, 벨하임은 재빨리 균형을 되찾았다.

카이의 입가에 미소가 스쳤다.

그 와중인데도 둘은 웃고 말았다.

"가자! 어서!"

그들의 머리 위로 덮쳐 오는 것들은 검으로 잘라 내고 쳐 냈다.

이곳에 있는 둘은 제국, 어쩌면 전 대륙에서 최강 넘버 원과 넘버 투! 이깟 무너지는 낡아 빠진 목재들은 상대도 되지 않았다!

그렇게 헤쳐 나간 후 카이는 망설이지 않았다. 그는 다시 검을 고쳐 잡고, 경건하고 전력을 다해 검을 휘둘렀다.

"용보월강참—!"

그 어느 때보다 강한, 대륙을 훑어 내고 그 위의 모든 것을 베어 낼 듯한 반월형의 검강이 튀어 나갔다.

그러나 문령의 힘은 막강했다. 그 검강이 닿은 순간 휘청거리면서 그 닿은 곳만 뚫린 것이 전부였다. 방어막은 이내 다시 녹색의 완벽한 막을 유지했다.

"안 되는군."

둘은 무너진 잔해 위에서 균형을 잡은 채 잠시 녹색 하늘을 멍하니 바라보았다.

"망설일 틈이 없다. 이렇게 된다면…… 최소한 우리가 공격하기 편한 장소로 이동하는 편이 좋겠군. 방어막의 넓이가 황궁 전체를 뒤덮지는 않았을 거다."

카이는 빠르게 결정을 내렸다. 벨하임은 숨을 몇 번 거칠게 몰아 쉬면서, 재빨리 옷을 찢어내 손바닥에 감았다. 그리고 망설이다가 카이의 손을 붙들고 역시 칭칭 감았다.

"뭐냐?"

"혹시나 싶어서요. 땀 때문에 검이 미끄러지지 않도록⋯⋯."

벨하임은 그렇게 말하면서 정성스럽게 카이의 오른손에 천을 감았다.

카이는 벨하임을 잠시 가만히 바라보았다.

"⋯⋯절대 떨어지지 말도록. 아까처럼 굴지 말고, 나를 놓치면 즉시 외쳐라. 나중에 되돌아오는 편이 더 위험할 수 있으니까."

카이는 그렇게 신신당부했다. 벨하임은 고개를 크게 끄덕거렸다.

그러나 서로가 잘 알고 있었다. 위험해도 서로 구해 달라고 부르지 않을 것임을.

'주공을 구하면 구했지, 죽어도 절 살려 달라고 부르진 않을 겁니다.'

카이는 그런 벨하임을 가만히 바라보다가, 주변을 둘러보았다.

살아남은 좀비들이 천천히 기어 올라오고 있었다.

"징그러운 것들⋯⋯."

"마물에는 딱 사제님이 필요하신데 말입니다."

"⋯⋯오겠지, 잘하면."

"뭐, 그렇겠죠. 잘하면 기생오라비도 오겠네요. 그 녀석이야말로 이런 데서 한번 굴려 줘야 하는 건데."

카이는 피식 웃었다.

"하긴, 그 녀석이면 지금 너보다는 훨씬 더 도움이 되겠군. 일격 필살의 암살술에, 어떤 위치든 잠복할 수 있으니까."

"있으면 기절할지도 모르는데요? 아니면 주공 모습 보고는 목욕 준비를 해야 하네, 아니면 뭐가 묻었네 하면서 한눈팔다가 죽을지도 모르죠."

"……그럴지도."

두 사람은 등을 맞댄 채 검을 잡았다. 카이는 자신의 손에 감긴 천을 바라보았다.

"……얼른 나가서 술이나 마시자."

"기대하고 있겠습니다."

두 사람은 다시 검을 휘두르기 시작했다. 건물이 무너져 발을 딛을 곳이 마땅치 않았지만, 적어도 검을 휘두를 공간은 이제 생겼다.

둘의 검이 서로 교차하면서, 사방을 날카롭게 베기 시작했다.

"……무서운 것들."

누군가가 그렇게 중얼거렸다.

그러나 타글라흐는 태연한 표정으로 그 아래를 내려다보았다.

그들이 있는 곳은, 녹색의 마법진 위쪽이었다.

문령으로 친 공간의 막 위에 그들은 서 있었다.

"애당초 저 정도로는 잡을 수 없다."

타글라흐는 그렇게 말하면서도, 카이의 검술을 가만히 바라보았다. 무서울 정도의 기세를 내뿜어 대고, 호흡에 끊김이 거의 없었다.

아직 숨이 차기는커녕 이제 막 싸움을 시작했다는 듯 자연스러운 모습이었다. 수천의 좀비 앞에서도 전혀 두려워하지 않고 있다.

"어차피 저 소드마스터를 잡으면 원래 목표를 달성하는 일이다. 욕심 내지 말아라."

타글라흐의 말에, 옆에 선 사내가 고개를 끄덕였다. 이프로스 백작은 그 사내의 뒤에 공손한 자세로 서 있었다. 밀테이너 공작 앞에서도 방자하게 누워 있던 때와는 전혀 다른 자세였다.

"옳은 말이오. 원래의 목표를 달성한다고 해도 큰 이득이지."

"그렇지만 이 문령의 봉인 술수, 테엘이 온다면 어떻게 될지 걱정입니다만."

타글라흐의 말에 사내는 고개를 흔들었다. 그리고는 생각에 잠겨서 한 손으로 입술을 툭툭 건드렸다.

"그렇게 되면 재미있겠군요. 드래곤의 용언…… 그리고 거기에 인간의 문령이 얼마 정도의 힘으로 버틸 수 있는지 궁금했습니다."

"그렇지만 만약의 경우 부상을 당하면 이길 수 없을 겁니다."

"그건 괜찮을 겁니다. 이 문령의 술수는 나한테 역소환의 힘이 돌아오는 게 아니니까."

사내는 말했다.

상황에 어울리지 않게, 사내의 목소리는 매우 점잖고 맑았다. 한 점 부끄러운 짓이 아니라는 듯했다.

이프로스 백작은 그 점 때문에 사내가 더 무서웠다.

"저, 사부님. 이 술수는 사부님께서 직접 펼치셨는데 어째서 역소환되어도 피해가 오지 않는다는 건지 여쭈어도 되겠습니까?"

"말이 길구나."

"죄송합니다."

이프로스 백작은 당장 한발 뒤로 물러났다.

사내는 그런 이프로스를 보다가 밝게 웃었다.

"뭐, 궁금해 하는 건 나쁘지 않은 일이지. 호기심이야말로 인간의 가장 큰 힘이니까. 내가 처음 작업을 시작했을 때를 기억하느냐?"

"예. 이 동네의 대표인 사람을 찾아내서 그자를 방문하고…… 주술을 거셨던 걸로……."

"그자에게 주술을 걸었고, 그자를 통해서 이 동네 전체에 약과 문령을 뿌렸다. 좀비로 만들어 내는 비법이었지. 그렇다면 내가 직접 문령을 설치할 필요가 없지 않느냐? 저렇게 좋은 심부름꾼들이 득실거리는데……."

"그, 그렇다면……?"

"역소환된 충격은 모조리 그들에게 돌아간다. 그러니까 상관없어. 문제는…… 저 소드마스터야. 체스터 백작보다 더 강한 것 같군. 테엘이 오기 전까지 얼마나 더 시간을 끌 수 있으려나……."

사내는 그렇게 중얼거렸다. 그러다가 갑자기 또 환하게 웃었다.

"내가 궁금한 긴, 테엘이 과연 본제를 드러낼까 하는 점인네. 아무리 드래곤이라고 해도 인간 사이에 섞여 있는 건 영 못마땅하니,

원……. 안 그렇소, 타글라흐? 모든 종족들이 변신을 해도 어느 정도 종족의 특성을 드러내는데, 어째서 드래곤은 꼭 그렇게 인간처럼 하고 다니느냔 말이야."

"자존심은 없는 종족이니까요."

타글라흐는 거칠게 말했다.

"드래곤이 자존심이 강한 생물이라면, 그들 스스로가 공공연하게 인간의 뒤를 이어 자신들이 창조되었다고 말할 리는 없겠지."

"하긴, 그 이야기는 정말 재미있어. 타글라흐 당신 덕분에 나는 요새 꽤 이야기 듣는 재미가 늘었단 말야. 그건 그렇고……."

사내는 눈을 가늘게 떴다.

"도착한 것 같군, 그 레드의 테엘이."

공기의 일렁거림이 느껴졌다. 타글라흐는 거칠어진 자신의 정령술로 주변을 더듬었다.

사내가 갑자기 타글라흐의 한 손을 탁 잡았다.

"그만 하시오, 정탐 따위는."

"엣……?"

"그가 주변을 탐색하기 시작한 것 같군. 몇 개의 봉인이 뜯겨 나갔소. 피하는 게 좋을 것 같은데."

"……하지만……!"

"나는 싸움에는 소질이 없어. 문령을 익혀서 싸우는 건, 내 제자 녀석이 훨씬 더 잘하지. 게다가 공격 제1선으로 나설 당신의 몸이 지금 그 지경 아니오? 애들이나 몇 풀어서, 소드마스터가 확실하게 죽는지 확인하고 오라고 하시오. 전처럼 화살을 등 뒤에서 쏘는 것도 꽤 좋은 방법일 테니까."

사내는 말했다. 그리고는 이프로스 백작을 돌아보았다.

"그럼 가자."

"예, 스승님."

두 사람이 먼저 종이 한 장을 찢으며 그 자리에서 사라졌다.

타글라호는 혀를 차며 자신의 뒤에 있는 다크 엘프를 바라보았다.

"다섯 명을 풀어라. 소드마스터만을 노려. 로인은 노릴 필요가 없다. 알겠느냐?"

"명대로 하겠습니다."

타글라흐는 마지막으로 한 번 로인을 바라보았다. 평상시와 다른 지저분하고 이를 악문 그 모습을 다시 한 번 확인하고 그는 짧게 웃었다.

타글라흐 역시 사라지고, 다섯 엘프들이 뒤에 남아 문령의 결계 안으로 스며들어 갔다.

테엘은 꽤 기분 좋은 낮잠을 자고 있었다.

로인에 있을 때에는 낮잠 한 번 제대로 잘 시간이 없었다. 마나를 순환시킬 틈이 없을 때까지 이동해 다니고, 인간들을 치료하고. 가끔 벡벡거리는 노느와 헤르크 사이에서 성질을 억누르고……

'여기는 천국이야.'

낮잠의 가장 기분 좋은 순간은 잠에 반쯤 곯아떨어진 순간이다. 아, 곧 잠이 오겠지 싶은 그 순간.

그 기분 좋은 몽롱한 순간, 갑자기 뭔가가 배 위로 털썩 떨어졌다. 그것도 꽤 무거운 것이.

"꽥!"

그야말로 오크 멱따는 소리를 내뱉으면서 테엘은 잠에서 급속히 추방당했다.

"뭐야! 뭐!"

일어나면서 바로 그는 한 손에 라이트닝 계열의 공격 마법을, 다른 한 손에는 파이어를 일으켰다.

배 위로 떨어졌던 인간은 바로 바닥으로 굴러 바짝 엎드렸다.

"뭐야! 리슨이냐? 너 죽어 볼래!"

그렇게 공격의 기세를 바짝 일으키자, 방 안의 물건들이 찌릉 가볍게 흔들렸다.

"커, 커헉……! 테엘 님, 제, 제 말을……!"

"너 뭐야! 왜 잠을 깨워! 또 불이라도 났냐?"

그렇게 바락 외쳤을 때. 리슨이 지지 않겠다는 듯 마주 외쳤다.

"주, 주공이 위험합니다!"

"……무슨 소리야?"

테엘은 그를 멍하니 바라보았다. 테엘의 살기가 가라앉자, 리슨이 재빨리 외쳤다.

"바엘라 님이 계신 곳으로! 어서 가셔야 합니다!"

"난 그곳의 좌표도 모르는디? 무슨 일이야? 가면서 설명한다!"

"빨리요!"

테엘은 리슨을 한 손으로 대롱대롱 든 채 날아올랐다. 그리고는 그가 할 수 있는 한 가장 빠른 속도로 날았다.

'문령이로군.'

이야기를 대충 들으면서 그는 단번에 알 수 있었다.

'바엘라가 별짓을 안 하면 좋으련만.'

문령은 마법과 다르다. 정령과 마법이 다른 것처럼. 섣부른 마법으로 뚫을 수가 없다.

테엘은 이내 바엘라가 오도카니 앉아 있는 것을 발견하고 그 곁으로 내려갔다.

"바엘라!"

"······테, 테엘······."

그녀는 거의 울음을 터뜨리기 일보직전이었다. 그러면서도 테엘을 보는 순간 부끄러웠는지 시선을 피했다.

"이 안으로 카이가 들어간 게 맞나?"

"으, 응."

"왜 쫓아왔는지는 모르겠지만, 정말 잘했다. 이 골목 안인가?"

테엘은 앞으로 손을 내밀어 보았다.

뭔가 탄탄한 막 같은 게 있었다. 아무것도 없는 듯 투명해 보이는데도. 마법의 일종인가 싶지만 그와는 전혀 달랐다.

"문령이 확실하다."

"······무, 문령?"

"용언으로도 이건 힘들어 보이는군."

테엘은 입술을 악물었다. 그렇지만 곧 바엘라와 리슨의 표정에 저도 모르게 웃고 말았다.

"괜찮아. 한번 해 보지. 마나의 흐름을 못 이겨 심장이 깨지는 한이 있어도······."

"테, 테엘······."

그제야 바엘라는 이 일이 얼마나 심각한지를 깨달았다.

테엘은 입구에 손을 댔다.

"······물러나 있어. 어떻게 될지 모르니까."

"하, 하지만 바로 안쪽에 주공이 계실지도 모르는데요."

"괜찮아. 바로 깨지면서 여파가 미치지는 않을 거고······. 그렇게 되면, 바엘라."

테엘은 고개를 돌려, 등 뒤로 그녀를 바라보았다.

"카이를 부탁한다, 차기 사제 후보님."

"······알았어."

블루 드래곤, 위대한 치유력의 소유자. 바엘라는 바로 마음의 준비를 갖추고, 리슨을 자신의 뒤에 세웠다.

테엘은 경건한 마음으로 힘을 모았다.

'아직은 미숙한 사제지만······ 용신 로잉루여. 모든 힘을 다 써서라도, 이번 일만은······.'

테엘은 자신의 손아래 힘이 모이는 것을 느꼈다. 저도 모르게 마나를 먼저 끌어올렸다. 테엘은 몇 번이나 심호흡을 해서 마나를 진정시켰다.

'마법이 아냐. 용언이다. 신이여, 저에게 힘을!'

"축제에서도 경배한다고 약속했으니까 좀 해 줘요!'

테엘은 중얼거렸다.

"파(破)."

순간 벽이 일렁거렸다. 출렁거리면서, 순간 환영이 깨지면서 옅은 녹색의 벽이 눈앞에 드러났다.

"……큭!'

힘의 반동으로, 테엘은 작은 충격을 받았다.

바엘라가 그의 곁으로 달려왔다.

"괜찮아?'

"……잠시만. 아니, 잠깐만."

테엘은 다음 순간 옅은 마법 너머로 보이는 광경에 눈을 크게 떴다. 바엘라도 시선을 안쪽으로 돌렸다가 순간 기겁했다.

"저, 저것들 뭐야?'

리슨도 멍하니 그것을 바라보고 서 있다가, 갑자기 벽을 향해 확 달려들었다.

"주공—!'

그 싸움의 한가운데 언뜻 뭔가가 보였다. 드래곤 특유의 오만하면서도 노노한 섬모. 마나 따위 아실 것도 없다는 듯 퍼붓는 기운!

카이였다.

"……큭, 저 안에……! 싸우고 있는 건가!'

테엘은 자리에서 일어났다. 바엘라가 치료를 펼치기 위해 그의 곁에 달라붙었지만 테엘은 고개를 흔들었다.

"힘을 아껴라, 바엘라! 저 안에 들어간다면 무슨 일이 벌어질지 모르니까!'

"……힘내. 사제님."

"그래."

테엘은 다시 일어섰다. 다리가 약간 후들거리는 것을 테엘은 간신히 억눌렀다.

"할 수 있어……. 신이여……."

테엘은 입술을 꾹 다물었다.

두 눈을 감았다. 카이의 모습이 눈앞에 어른거려서야, 레드 특유의 성질만 폭발할 뿐이니까.

고요해지도록 그는 정신을 집중했다. 그 가운데 그는 천천히 호흡을 다듬으며 빌었다.

'제발…… 기적을…….'

"파."

처음에는 아무 변화도 없었다.

그러나 이내 그의 손아래에서 작은, 계란만 한 파열이 생겨났다. 유리창이 깨지듯이 그렇게 천천히 작은 공간이 쩡, 하면서 깨졌다.

거기에서부터였다. 갑자기 주름이 쩌쩡, 소리를 내면서 벽 전체로 내달리기 시작했다. 쩌억— 쩍 갈라지는 가운데.

테엘은 자신의 몸 안에 끓어오르는 기운을 느끼면서, 다시 한 번 분명하게 외쳤다.

"파!"

퍽—! 콰콰콰콰쾅—!

그날, 도성에서는 천둥소리가 울려 퍼지는 통에 사람들이 크게 놀랐다. 그 소리가 어디에서 들렸는지 모두들 알지 못했다.

빈민가 한가운데…….

녹색 막이 빠지직거리면서 옆으로 번져 나갔다. 그리고 전체가 천천히 무너지는가 싶더니, 이내 까만 연기가 되어 사라졌다.

테엘은 그것을 보면서 힘없이 그 자리에 주저앉았다. 바엘라가 황급히 그를 부축했다.

"테, 테엘!"

테엘은 리슨이 그 안으로 뛰어드는 것을 보며 고갯짓을 했다.

"……너도 어서 따라 들어가."

"……아, 알았어!"

바엘라는 꺼내 들고 있던 검을 다시 잡고는 리슨의 뒤를 따라 안으로 달려갔다.

테엘은 그제야 피를 한 움큼 토했다.

"제, 제길……. 아직 이 정도도 무리라는 거야, 아님 대체 이 문령이 그 정도로 강하다는 거야……?"

그렇게 생각하면서 테엘은 눈을 감았다. 한동안은 쉬어야 했다. 그러나 그는 이내 호기심에 눈을 떴다.

"망할, 싸움이잖아. 그것도 마물. 마물 보기가 어디 쉬워?"

그는 비틀거리면서 싸움의 끝자락에 발을 들여놓았다.

리슨과 바엘라가 뛰어들기 직전.

카이와 벨하임의 상황은 그렇게 좋지는 않았다.

카이는 쉴 새 없이 검을 휘둘렀다. 그야말로 몇 번을 휘둘렀는지 이제는 정신이 없을 지경이었다.

둘이 한참을 휘두르다가 등을 맞댔을 때였다.

잠시 숨을 다듬으며 벨하임이 물었다.

"언젠가 그러셨죠?"

"뭘?"

"싸우다 보면 사막의 갈증이 그리워질 때가 있을 거라고."

카이는 그 말에 웃고 말았다.

"그렇군. 그 말을 기억했는가."

벨하임은 씩 웃었다. 그는 이제 슬슬 한계였다. 베고 베고 또 벤 좀비가 몇인지 그는 알지 못했다. 완벽한 형태를 보이던 검강이 이제는 흔들리기 시작했다.

카이와 등을 맞대고 섰을 때, 벨하임은 저도 모르게 카이에게 기댔다.

카이는 그런 벨하임의 상태를 눈치 챘다. 그러나 별말을 하지 않았다. 대신 그는 입술을 꾹 악물었다.

"벨하임, 엎드려라!"

"예?"

지친 끝이라 벨하임의 반응이 한발 느렸다. 카이가 먼저 검을 휘둘렀다.

"용보월강참!"

"엣!"

벨하임은 자신의 코앞까지 닥쳐 온 검강을 보고 순간 등골이 서늘하게 식는 것을 느꼈다.

"벨하임!"

카이의 등골에도 소름이 쫙 돋았다.

카이는 더 생각할 것도 없이, 검을 위로 들었다. 검강이 하늘로 치솟아 올랐다. 검강이 하늘로 치솟았다.

"차라리 방어진이라도 깨란 말이다!"

벨하임을 잃을 것 같다는 순간의 두려움에 카이는 저도 모르게 외치고 말았다.

그렇게 외친 순간.

검강이 하늘로 높게 계속 날아올라 사라졌다.

카이는 잠시 그 광경에 멍하니 서 있었다. 그리고 잠시 후 퍼뜩 그 사실이 뭘 의미하는지 깨달았다.

"벨하임!"

그렇게 외쳤을 때.

쉐엑―!

지긋지긋할 정도로 익숙한 소리였다. 카이는 눈을 크게 떴다.

"벨하임! 엘프다!"

"망할 새끼들 같으니!"

벨하임은 죽어도 입만 살아 있을 남자였다. 그는 외치면서 한발 앞으로 나섰다.

그러나 좀비들은 아직 죽지 않았다. 그들은 벨하임의 주변으로 까맣게 몰려들었다.

건물 아래 깔린 좀비들도 다 죽은 게 아니었다. 그것들이 이제 건물 사이에서 손을 내밀었다. 꾸역거리면서 내밀어진 반쯤 썩은 손들이 벨하임의 발을 붙들었다.

"꾸우어어어어어."

마치 승리의 찬가처럼, 좀비들이 외쳤다.

"이 새끼들이!"

그리고 화살이 정면으로 날아드는 것을 보며 벨하임은 웃기 시작했다.

"죽여 봐라, 이 개새끼들아! 크하하하하하핫!"

"벨하임! 몸을 숙여!"

그러나 벨하임은 알고 있었다. 자신이 몸을 굽힌다면 카이에게 화살이 날아든다는 것을.

'주공이라면 막을 수 있을지도······.'

그러나 그에게는 자존심이 있었다. 호위기사라는 자존심이었다. 카이의 아버지가 자신 때문에 죽었다는 죄책감이 있었다.

'그래도 못 굽히지······!'

카이라면 할 수 있다고 벨하임은 철석같이 믿었다. 그러나 여기에서 몸을 굽힌다면, 또다시 카이에게 기대어서는 그의 자존심이 살지 않는다.

그래서 그는 웃었다. 죽더라도 그것이 통쾌하기에.

"벨하임! 몸을 숙여!"

카이가 다시 외쳤다. 그의 목에 핏줄이 돋았다.

다음 순간. 벨하임의 가슴 앞으로 날아들던 화살 두 대가 순간 궤적을 잃고 출렁거렸다.

철커덩……!

벨하임은 이 낯선 소리에 눈을 떴다.

바로 앞에서 황금빛 머리카락이 출렁거렸다.

"큭……! 하필이면 너냐!"

"어디서 앙탈이야, 이 무식한 호위기사야!"

리슨이 옆을 스쳤다.

뒤이어 바엘라가 분노에 찬 음성으로 양손을 들었다. 다크 엘프들이 서둘러 건물 사이로 숨었지만 소용없었다.

"파이어 플레어 버스트(Fire Flare Burst)!"

그녀의 양손에서 불길이 너울거렸다. 그리고 바로 허공으로 두 줄기의 불길이 달려 나갔다.

바엘라의 양손에서 내뿜어진 불길을 보며 엘프들이 사방으로 흩어졌다. 그러나 바엘라는 그들을 고이 보내 줄 생각은 이예 없었다.

"건방진 것들이!"

그녀의 양손이 휘저어지자, 불길이 그 손을 따라 움직였다. 허공에서 일렁이는 불길 하나가 바로 엘프의 등을 따라 맞혔다.

"크학!"

불길은 무서웠다. 끝까지 기세를 잃지 않고 엘프의 등을 꿰뚫고 지나갔다. 엘프의 심장이 완전히 터지는 것을 확인하고서야 불길이 다른 쪽으로 지나갔다.

리슨 역시 가만히 있지 않았다. 그의 양손에서 채찍과 같은 참월도가 사정없이 사방을 후려갈겼다. 다가오던 좀비들의 머리가 툭툭 떨어져나갔다.

벨하임은 거칠게 숨을 몰아쉬면서 검을 고쳐 잡았다.

"좋아, 대결이다, 날라리 집사! 누가 많이 베는지!"

"……해 볼까? 지친 주제에 아주 죽으려고 악을 쓰는구나."

리슨과 벨하임이 앞으로 달려 나갔다. 그들의 검이 각기 다른 방식으로, 그러나 매섭게 사방의 좀비 목을 베어 떨어뜨렸다.

카이는 벨하임을 말리지 않았다. 대신 그는 그들의 등 쪽에서 다가오는 좀비들을 향해 검을 휘둘렀다.

다음 순간이었다.

"마물 격파."

신성한 기운이 일렁이는 목소리가 사방을 압도했다.

다음 순간 환한 빛이 사방을 꽉 채웠다.

카이는 눈을 황급히 가렸다. 눈앞이 너무 환했다. 그렇게 팔로 가린 채 그의 주변을 휩쓰는 바람에 몸을 간신히 가누고 있던 중, 지친 테엘이 다가와 카이의 팔을 붙들고, 내리도록 했다.

"이 멍청한 공작아! 죽으려고 이런 곳에 뛰어든 거냐!"

다른 때보다 훨씬 지친 목소리로 테엘은 말했다.

카이는 그제야 숨을 거칠게 내쉬면서, 테엘을, 그리고 리슨과 바엘라를 바라보았다. 마지막으로 그는 벨하임을 바라보았다.

"……모두 고맙다."

카이는 진심을 담아 말했다.

"……정말로."

테엘은 그 말에 힘이 쭉 빠진 듯 그 자리에 털썩 주저앉았다. 바엘라가 황급히 카이의 곁에 달라붙었다.

"어, 어디 다친 데 없는 거야? 바보! 나랑 같이 나왔으면 이런 일 없잖아!"

"……괜찮다. 그보다는 벨하임을……."

카이는 그렇게 말하면서 사방을 둘러보았다.

그들이 싸운 빈민가 대부분의 저택이 무너져 있었지만, 그 속에서는 죽어 가는 비명 하나 들리지 않았다.

바엘라가 죽여 버린 다섯 명의 엘프가 땅 위에 떨어져 있었다. 카이는 그 곁으로 걸어갔다.

바엘라는 그의 옆에 바짝 달라붙어서 걸어오더니, 싸늘하고 독한 표정으로 시체를 발로 한번 걷어찼다. 엘프의 시체가 얼굴을 드러냈다.

"……엘프들. 가만히 두지 않겠어."

"동감이다."

"저도요."

테엘과 리슨이 덧붙여 말했다. 카이는 그들의 말에 아무 대꾸도 하지 않고, 대신 다크 엘프의 시체 곳곳을 살펴보았다. 엘프들이 쓰는 활과 화살뿐, 몸에 지닌 다른 특별한 건 없었다.

'어디에서 왔는지 추적하긴 무리겠군.'

카이는 이어 우울한 표정으로 무너진 잔해 한 곳을 파헤치기 시작했다. 벨하임은 아차 싶었는지, 그를 천천히 도왔다.

"뭐 하는 거야?"

"……꺼내야 할 게 있어."

"손이 더러워집니다, 주공. 저와 벨하임이 할 테니……."

"어서 꺼내야 한다. 그를 이런 부정한 곳에 둘 수 없어."

그제야 외성의 치안대가 우르르 달려왔다. 그들은 먼저 무너진 지역의 규모에, 그리고 그 가운데 카이가 있고 엘프들의 시체가 있는 것을 보고 다시 한 번 놀랐다.

'엘프들…….'

카이는 답답하기만 했다.

그는 오늘 중요한 한 사람을 잃었다.

*　　　　*　　　　*

"실패했습니다."

"그래?"

"죄, 죄송합니다!"

"괜찮다. 어차피 나로서는 별 손해 본 일도 없는데, 뭐."

사내는 여유 넘치는 목소리로 대꾸했다.

"그래도 거참, 대단한데? 그게 깨질 줄은 몰랐어. 역시 드래곤이란, 만만하게 볼 게 아니네."

사내는 그렇게 중얼거리고는 턱을 만지작거렸다.

타글라흐의 안색은 그만큼 좋지는 못했다.

"이 상처…… 언제쯤 괜찮아질 것 같소?"

"글쎄요. 한 2주일 후면 괜찮아지려나. 3주 후면 완전히 전처럼 움직일 수 있을 걸요? 왜요, 타글라흐? 어차피 드래곤과 카이가 붙어 있는 한 공격하는 건 무리일 텐데."

"그렇다면 떼어 놓아야 하니까."

"……으흠. 그렇군. 알겠어, 타글라흐의 말. 좋아요. 내 몇 가지 또 준비를 해 볼까."

타글라흐는 사내를 보며 고개를 끄덕였다.

"부탁하오."

"뭘. 그럼 자아, 자료를 찾으러 가 보실까. 몸조리 잘하시오, 타글라흐."

사내는 일어나서 방 밖으로 나갔다. 이프로스 백작이 타글라흐의 곁에 가까이 붙어 와 앉았다.

"일이 제대로 되지 않아 아쉽습니다. 특히 다크 엘프들은……"

"아니, 괜찮습니다. 확실히 손해 본 일은 없었으니까요. 다섯의 목숨이야, 처음부터 소드마스터와 로인을 상대로는 너무 적은 숫자였습니다."

타글라흐는 그렇게 말하며 눈을 감았다.

"……적어도 내가 이렇게까지 다치지 않았다면 모르겠지만, 어쩔 수 없는 일이지요. 당분간 외부에서의 일, 잘 부탁하외다."

이프로스 백작은 고개를 끄덕였다.

그렇게 그들은 아무렇지도 않은 듯 일상으로 돌아갔다.

그들이 좀비로 만들어 버린 수천의 빈민들과 죽은 크람, 그리고 다크 엘프 다섯 따위는 아무렇지도 않다는 듯.

*　　　　*　　　　*

카이는 잠시 문 앞에서 가만히 서 있었다. 그의 뒤에는 공작 가문의 마차가 서 있었다.

해가 거의 질 무렵이었다. 길거리는 이 화려한 공작의 행렬에 호기심으로 멈춰 선 인파들로 북적거렸다.

카이는 그들의 호기심 어린 눈초리에도, 부끄러워하거나 신경 같은 건 쓰지 않았다.

대신 그는 자신의 눈앞에 있는 작은 건물을 바라보며 착잡한 표정을 짓고 있었다.

크람의 집이었다. 그가 죽었음을 알리기 위해 카이는 이 자리에서 있었다.

'오늘 하루는…… 정말 길었구나.'

어제와 똑같이 시작한 하루였는데, 끝이 이렇게 될 줄 카이는 상상도 못했다.

카이는 숨을 깊게 내쉬고는 리슨에게 신호를 보냈다. 리슨이 정중하게 문을 두들겼다.

저택으로 되돌아간 테엘과 벨히임 편에 그는 크람의 시체를 맡겼다. 깨끗하게 씻기고 염을 해 놓도록 명하고, 자신은 그의 유족들을 만나기 위해 이곳에 서 있었다.

결코 유쾌하지 않은 일이었다.

"누구세요?"

문이 열리더니, 하녀 하나가 얼굴을 삐죽 내밀었다. 그녀는 곧 리슨을 보고는 얼굴이 확 달아올라선, 저도 모르게 문을 활짝 열면서 한발 뒤로 물러섰다.

"크람 자작부인 계십니까?"

리슨은 정중한 목소리로 물었다. 하녀는 말을 못 이은 채 고개를 끄덕이기만 했다.

"로인 공작께서 크람 자작부인을 뵙고자 청하십니다. 부인께 전해 주시겠습니까?"

하녀는 다시 고개를 끄덕였다. 그녀가 허둥지둥 안으로 사라졌다.

"……로인 공작께서?"

집이 넓지 않은 듯, 젊은 여인이 외치는 소리가 다 들려왔다.

카이는 그 소리에 입술을 꾹 다물었다.

곧 여인이 아기를 안은 채 문가로 나왔다. 그녀는 당황한 기색이 역력했다.

"로, 로인 공작님? 이렇게 누추한 곳까지······."

카이는 그녀의 얼굴을 보면서 무슨 말을 해야 할지 망설였다.

"······자, 자작께서 공작님을 모시게 되어 항상 기쁘다고······."

그렇게 말을 하던 부인은 뭔가를 깨달았다.

카이는 오는 도중 마차 안에서 윗도리를 갈아입고, 물수건으로 대충 몸을 닦아 냈을 뿐이었다.

그의 몸에서는 아직까지도 희미하게나마, 싸움의 냄새가 풍기고 있었다. 그리고 자작 부인은 여성의 본능으로 깨달았다.

"그, 그 사람은요?"

카이는 무겁게 입을 열었다.

"전사했습니다."

"······!"

그리고 자작부인은 그대로 기절해 버렸다. 카이는 씁쓸한 표정으로 그 둘을 내려다보았다.

"부인을 저택으로 모셔라."

카이는 그것으로 불쾌한 하루가 끝났다고 생각했다.

그러나 저택에서는 아직 한 가지 일이 남아 있었다.

카이와 바엘라가 돌아오자, 걱정하고 있던 이르엘이 달려들었다.

"카이! 무사······!"

"엘프. 물러나라."

바엘라가 당장 카이와 이르엘 사이에 끼어들었다.

그녀의 눈에서 분노가 활활 타올랐다.

"무, 무슨……? 헛…….'

이르엘은 당황했다가, 바엘라의 몸에서 풍겨 나오는 냄새에 저도 모르게 얼굴을 찌푸리고 한발 뒤로 물러났다.

엘프를 죽인 자 특유의 냄새가 바엘라의 몸에서도 풍기고 있었다. 엘프들 사이에서나 맡을 수 있는 것이고, 본인도 느끼지 못하는 그런 냄새였다.

바엘라는 이르엘의 표정 변화를 보고는 피식 웃었다.

"엘프 따위…… 감히 나를 보고 그런 표정을 지을 수 있다는 건가? 너희 종족이 언제나 다른 생물들을 깔보고 있다는 건 익히 잘 알고 있었어! 가장 약하고, 가장 한심한 주제에……!'

"바엘라. 그만 해 둬라."

테엘이 지친 목소리로 말했지만, 바엘라는 계속 표독스럽게 이르엘을 노려보았다.

"어서 썩 물러나! 너희들이 좋아하는 숲으로 가서 나무 위에서 노래나 부르란 말이다! 그것 외엔 할 줄 아는 게 없는 종족 주제에!'

"……하, 하지만…….'

"뭐가 하지만이야!'

바엘라가 순간 살기를 드러냈다. 모든 생명체에 영향을 미치는 그 살기에 이르엘은 저도 모르게 무릎을 꿇었다.

카이가 지친 몸으로 바엘라의 손을 붙들어 뒤로 잡아당겼다.

"그만."

"……카이! 하지만……."

"당신의 사적인 감정으로 남을 진창으로 끌어내리려 하는 건가!"

카이가 버럭 소리 질렀다.

테엘은 눈을 동그랗게 떴다.

'저 녀석이 저런 소리도 내?'

바엘라는 그의 말에 몸을 움찔거렸다.

카이는 지친 몸으로 이르엘을 품으로 잡아당겼다. 그리고 한 손으로 그녀의 머리를 안고는 바엘라를, 그리고 리슨을 노려보았다.

"오늘 그대들이 나를 따라왔고, 때문에 그 난국에서 쉽게 풀려났다는 건 익히 잘 알고 있어. 하지만 바엘라! 그대가 이 상황을 자신의 이익에 이용하는 것은 너무 비겁한 짓 아닌가? 누가 누구의 편이고 누가 누구의 적인지 다들 잘 알고 있는 상황에서!"

"……."

바엘라는 입술을 깨물었다.

카이는 두 사람을 바라보면서, 이르엘을 안고 있던 손을 천천히 놓았다.

"그대의 감정은 고맙게 생각한다, 바엘라. 하지만 본 공작은 인간이다. 마음은 이미 한 곳으로 흘러갔다. 그것을 마음대로 거둘 수는 없어. 이것이 인간이다."

카이는 자신의 가신들을 둘러보았다.

"……오늘은 길고 긴 하루였다. 쓸데없는 논쟁은 여기까지 하도록 하고…… 우선은 다들 쉬도록. 내일은 또 어떤 일이 기다리고 있을지 모르니까."

카이는 그렇게 말하고는 천천히 방을 향해 걸음을 옮겼다. 문가에서 그는 잠시 멈춰 섰다.

"오늘 이후로 다시는…… 아무도 죽지 마라. 다시는……!"

SWORD OF DRAGON LOAD

제6장
1주 전 — 풍운의 그림자

공기가 바짝 말랐다. 손을 내밀기만 해도 그 끝에서 정전기가 파직 하고 일어날 것 같았다. 살기, 투기라는 이름을 씌울 수 있는 정전기였다.

도성의 분위기는 그렇게 살벌했다.

로인 공작의 암살 미수─. 그리고 엄청난 수의 좀비. 빈민들을 좀비로 바꾼 다크 엘프들의 시체.

이제 황성, 제국의 백성들은 엘프라면 치를 떨곤 했다. 자연스럽게 각지의 엘프들은 그 세력이 위축되었다.

"로인 공작 드십니다."

카이는 다른 때보다 더 날카로운 표정이었다.

그는 자신의 온몸에서 넘치는 기운을 굳이 숨기려 하지 않았다.

보라! 로인 공작이 한 발을 내딛을 때마다 그의 기운에 압도당하여 무릎을 꿇는 황제의 기사들을!

오직 한 사람, 로인 공작의 이름만이 황제의 영원한 수호자가 될

지니……!

카이젤 아민 라 로인이 걸음을 내딛는다. 기사들이 양옆에 무릎을 꿇었으며, 그의 얼굴을 감히 볼 생각도 못했다.

저벅…… 저벅…….

카이의 걸음에 따라 심장을 심하게 억누를 정도의 투기가 흘렀다.

황궁의 모든 기사들을 단지 기세만으로 압도하는 광경을 보며, 밀테이너 공작은 무표정하게 서 있었다.

카이가 일부러 기운을 보내지 않고 있는 게 분명했다. 카이는 황궁에 들어설 때부터 밀테이너 공작을 노려보고 있었다.

그 입가에 어린 자신만만한 웃음! 밀테이너 공작은 미칠 것 같았다.

카이는 일부러 그를 세워 놓고 있었다.

'감히 네가 날 죽이려 했겠다?'

그리고 카이는 그의 앞에 도착했다.

"……로인 공작."

"밀테이너 공작."

둘의 목소리에 냉기가 확 퍼지는 듯했다.

"무사한 것을 보니 다행이오."

"이리 직접 맞이하러 나와 계시니 기쁘군요."

둘은 마음의 소리와 정반대의 소리를 했다.

밀테이너와 카이는 나란히 섰다. 그리고 동시에 한발을 내딛었다.

사박—. 카이의 한 발이 황궁의 돌 위에 찍히는 순간, 기사들은 저도 모르게 목을 부여잡고는 그 자리에 끓어앉았다.

"크, 크헉……!"

뒤에서 신음 소리가 울려 퍼졌지만, 밀테이너는 뒤돌아보지 않았다.

두 공작의 뒤에는 각기 소드마스터가 어깨를 나란히 했다.

"……어렵게 이겼더구나."

"살아남은 게 신기하죠, 뭐."

둘은 가식 없이 이야기를 나누며 걸었다.

체스터 백작은 뒤쪽을 돌아보았다. 그들의 바로 뒤에는 두 사람이 따라오고 있었다.

이번 로인 암살 때문에 특별히 입궁을 허락받은 둘이었다. 한 사람은 로브를 쓰고 있었고, 다른 한 사람은 붉은색 머리카락을 화려하게 휘날리는 남자였다.

바엘라와 테엘이었다.

체스터 백작은 둘을 힐끔 쳐다보며 물었다.

"저 사람이 너희 집안의 집사인가?"

'틀림없다. 이 사람한테 배운 거야. 말 쉽게 꺼내는 거.'

벨하임은 잠시 아찔함을 느꼈다.

"……그, 그건 아닌데요."

"호위기사인가?"

"그렇죠, 뭐."

"그렇군. 기세가 만만치 않다. 언제 겨루어 봤으면 좋겠군."

'드래곤인데요? 죽으려고요?'

벨하임은 속으로 땀만 흘렸다. 그는 슬쩍 둘을 돌아보았다. 둘이 체스터의 말을 듣지 못할 리가 없었다.

"……싸우자는데?"

"시비 거는 거야?"

"인간이니까."

"정말 무모한데? 맛보기라도 보여 주고 싶어."

"……아서라. 지금 한눈팔 때냐?"

두 사람은 나란히 걸어왔다.

헤첸 4세가 기다리는 방은 멀지 않았다.

카이와 밀테이너가 나란히 들어서자, 헤첸 4세는 자리에서 일어나 그 둘을 맞이했다.

"로인 공작! 그대가 공격을 받았다는 이야기를 전해 듣고 짐은 크게 분노했노라."

헤첸 4세가 카이를 향해 한 손을 내밀었다.

카이는 그 손을 붙잡고 그 자리에 한쪽 무릎을 꿇었다.

"폐하의 분노를 세상에 떨친 죄, 황송하여 세상을 바라볼 수가 없나이다. 분노를 거두시고 로인의 이름을 벗으로 반가이 여겨 주시옵소서."

"일어나게, 로인 공작."

"황공합니다, 폐하."

카이는 그렇게 말하고 황제의 옆자리에 섰다. 황제를 사이에 둔 채, 밀테이너와 카이는 나란히 섰다.

헤첸 4세는 카이의 뒤에 나란히 선 세 사람에게 주의를 기울이지 않았다. 그는 버릇대로 밀테이너를 향해 몸을 기울였다.

"일에 대해 보고하라!"

귀족들이 조용히 자리를 채웠다.

카이의 시선은 그들을 하나하나 훑어보았다. 눈이 마주친 자들은 카이의 시선에서도 살기를 느끼고 뭐라 말을 꺼내지 못한 채 고개를 확 수그리기 일쑤였다.

밀테이너의 차갑고 침착한 목소리가 설명을 시작했다.

"로인 공작이 빈민가를 순찰하던 중에 시작된 공격은……."

이야기는 그렇게 길지 않았다. 게다가 사실은 극히 제한적이었다. 문령에 대해 아는 사람은 극히 적었거니와, 카이가 그와 같은 사실은 숨겼기 때문이었다.

"다크 엘프들의 소행으로 보이며…… 이 일로 미루어 보았을 때 그들에게는 좀비를 만들어 내는 기술이 있는 것으로 판단됩니다. 해당 구역의 사람들에 대해 추적한 결과, 그들이 대략 일주일 전부터 행방을 감추었으며……."

카이는 그와 같은 사실을 담담하게 읽어 내려가는 밀테이너 공작을 계속해서 노려보았다.

밀테이너 공작은 마침내 말을 마쳤다.

"이에 축제 1주일을 앞둔 지금, 특단의 조치가 필요하다 판단해

회의를 개최하는 바입니다. 이 모든 공격은 단지 로인 공작 가문에만 미치는 것이 아닐 수도 있습니다. 축제를 중단해야 합니다."

밀테이너 공작의 말에 귀족들이 서로 수군거리기 시작했다. 모두들 이번 축제를 거의 다 준비했으며, 이미 많은 돈을 쏟아 부은 후였다. 밀테이너 공작 역시 다를 바가 없었다.

"축제를 그만둔다니?"

그러나 그 반응에 가장 예민하게 나온 것은 바로 황제였다.

"축제를 더 이상 했다간 어떤 피해가 있을지 모릅니다. 축제 기간 동안, 특히 첫째 날과 마지막 날에는 황궁의 일부가 내외성의 모든 귀족들에게 공개됩니다. 외침을 받은 적이 없는 황궁입니다. 혹시 마물이나, 엘프족이 습격할지도 모를 일입니다."

카이는 즉각 밀테이너의 말을 끊었다.

"엘프족이 아니라 다크 엘프입니다."

"그 둘이 다릅니까?"

"성향이 다릅니다. 다크 엘프는 파괴의 종족입니다. 또한 그들이 다른 귀족들을 노리는 이유는 없습니다. 로인의 땅을 두고 엘프 간에 전쟁을 벌이는 것뿐입니다."

"그렇다고 그들이 다른 귀족을 공격하지 않으리라는 법은 없습니다."

밀테이너는 단 한 마디도 지려 하지 않았다.

헤첸 4세는 그쯤해서 한 손을 들었다.

"그렇다면 로인의 땅 어디를 그들이 요구하는 것인가? 로인 공작,

그대의 땅이니 짐이 무어라 말할 수는 없다. 하지만 전쟁의 피해가 커지지 않도록 어떤 결정을 내렸어야 하지 않는가?"

"이미 저는 엘프들에게 과거 그들의 땅인 네크시아라를 허용했습니다. 엘프족의 새로운 수장인 이르엘 우네르달리아넨카바리갈과 그에 대한 이야기는 마쳤으며, 란펜의 숲에 살던 엘프들은 이미 그곳을 버리고 모두 떠났습니다."

"엘프들이 떠나? 짐은 그에 대한 보고를 들은 적이 없는데?"

"……제가 일주일 전에 결재 서류를 올렸습니다만, 축제와 관련해서 서류가 뒤섞인 모양입니다, 폐하."

르퀸 공작은 조심스럽게 말했다. 헤첸 4세는 고개를 흔들었다.

"어째서 직접 보고를 하지 않았는가?"

"황송합니다, 폐하."

르퀸 공작은 한발 물러났다. 헤첸 4세가 보고를 들을 시간이 없다고 서면 제출을 요구했던 것이지만, 황제의 탓을 할 수는 없었던 것이다.

"그렇다면 어째서 그들이 로인의 땅을 아직도 요구하는 것인가?"

"주도권 싸움입니다, 폐하."

"짐은 이종족과의 갈등으로 짐의 신민(臣民)들이 다치는 것을 용납할 수가 없다! 다크 엘프들을 체포해라!"

귀족들은 헤첸 4세의 뒷북에 어떻게 대응해야 할지 망설였다. 밀테이너 공작도 입을 다물었다.

결국 카이가 나설 수밖에 없었다.

"그들은 현재 도성 어딘가에 몸을 숨기고 있습니다, 폐하. 지난 몇 주 동안 찾으려 했지만, 그들의 행적을 쫓을 수가 없었습니다."

"허!"

젊은 황제는 짧게 불만을 토해 냈다.

"무엇을 했단 말인가? 그들의 행방을 찾을 수가 없다니!"

"……전력을 다했으나……."

카이가 말을 꺼냈지만 헤첸 4세는 역정을 부렸다.

"전력을 다했다면 어째서 찾지 못했단 말인가?"

카이는 고개를 숙였다.

"황송할 따름입니다, 폐하."

"이 일로 축제를 연기할 수는 없느니라! 신의 사자께서 짐을 방문하여 경고했다. 이번 축제는 짐의 신민들이 입은 피해를 위로하고자, 모든 신께 경배를 바치고 가장 화려해야 한다고!"

카이는 테엘을 생각하며 입술을 꾹 다물었다.

황제는 황홀한 표정으로 잠시 신의 사자를 회상했다. 큰 키에 불빛을 뒤로한 화려한 머리카락이 언뜻 불타오르는 듯 빛을 반사시켰었다.

"그렇지만 폐하, 귀족들을 대상으로, 혹은 폐하의 신민을 대상으로 그들이 공격한다면 또 다른 피해가 발생할 것입니다. 이에 대한 대책을 분명히 세워야 합니다."

"1주일 안에 그에 대한 대책을 세우는 건 불가능하지요. 그러니 마땅히 축제를 연기하거나……."

"축제는 미루거나, 축소하지 않는다."

헤첸 4세는 강경하게 말했다.

"신께서 이번 축제를 열라고 하셨다면……."

그렇게 말한 순간, 황제는 카이의 뒤에 선 테엘을 발견했다.

"……그에 대한 대책을…… 분명히 뭔가 갖고 계실 것……."

황제는 말을 하는 도중 자꾸만 테엘에게 눈길이 가는 걸 어쩔 수 기 없었다.

"폐하?"

카이는 당황해서 황급히 황제를 불렀다.

헤첸 4세는 카이에게로 시선을 돌렸다.

"로인 공작, 등 뒤의……."

순간 황제는 말문을 닫았다. 그의 얼굴이 순식간에 까맣게 변했다.

"……폐하?"

밀테이너도 뭔가 이상하다는 생각을 했는지, 황제의 곁에 한발 다가섰다.

황제는 머리를 흔들었다.

"짐은 오늘 피곤하다. 다들 물러가거라."

"……에엣!'

'엥?

"폐, 폐하! 시간이 많이 남지 않았습……."

"물러나라고 했다! 짐의 명령을 거역하는 것인가!'

황제의 말에 신하들은 모두 고개를 숙였다.

그들의 뒤에서 황제가 한 마디를 남겼다.

"……밀테이너 공작, 이프로스 백작은 짐에게 가까이 오라."

"……!"

카이는 저도 모르게 입술을 꽉 다물었다.

밀테이너와 이프로스는 서로를 바라보았다.

'무슨 일이지?'

황제의 명령에 따라 둘만 남는데 속이 영 찜찜했던 것이다.

'뭔가 눈치 챈 건가.'

카이가 나가면서 남기는 시선이 영 불안하고 못마땅했다. 카이야
말로 불안해서 시선을 남긴 것이었지만.

나가자마자 카이는 테엘의 어깨를 붙들어 돌려세웠다. 테엘은 해
죽 웃었다.

"아, 아하하하……."

"……그때 얼굴을 보인 거냐."

"아니. 어두웠어. 안 보였다고."

"목소리는?"

"목소리를 어쩌라고?"

카이는 주변을 한 번 둘러보았다.

다른 신하들도 삼삼오오 모여서 대체 어째야 하는지 의견을 모으
고 있었다.

카이는 엘란이 다가오는 것을 보며 목소리를 낮췄다.

"폐하가 눈치 챈 것 같아. 어떻게 할 거야?"

"알았어, 알았어. 변하면 되잖아."

테엘은 자기가 잘못한 게 있는지라, 뭐라 말은 못하고 구시렁거리면서 당장 모습을 바꿨다.

다가오던 엘란 후작은 그 모습을 보고 순간 몸이 굳어 버렸다.

"……!"

카이는 순간 이 사태를 어떻게 수습해야 할지, 화들짝 놀랐다. 테엘은 카이 앞에 보란 듯이 턱을 내밀었다.

"이제 됐냐?"

그래 봤자 붉은 머리가 좀 짧아지고, 키가 좀 작아지고 근육이 줄어들고, 생김새가 아까와 다른 그래도 꽃미남이 된 것뿐이었다.

"……! ……! ……!"

엘란은 입을 떡 벌렸다.

카이는 주변을 둘러보았다. 이 사태를 눈치 챈 건 그나마 엘란뿐이었다. 다들 머리를 맞댄 채로 이야기를 나누느라 바빴으니까.

카이와 벨하임이 눈을 마주쳤다. 벨하임은 당장 자신이 해야 할 일을 깨닫고는 엘란의 곁으로 다가갔다.

그의 몸에서 흘러나오는 살기에 엘란이 한발 뒤로 물러났지만, 벨하임은 아예 그의 어깨 위에 손을 얹은 채 있는 힘껏 그를 질질 끌고는 카이의 곁에 세웠다.

"구석에서 우리 이야기 좀 하실까, 엘란 후작?"

'공작님, 꼭 뒷골목 깡패 같은…….'

벨하임은 그렇게 생각하며 한숨을 폭 내쉬었다.

카이와 엘란이 멀어지는 걸 언뜻 본 귀족들도 있었지만, 그들도 제각기 이야기를 나누는 데 바빴다. 고위 귀족 둘이 사라져서 밀담을 나눈다 해도 전혀 의심받지 않는 분위기였다.

은밀한 기둥 뒤에 선 채, 카이는 엘란을 노려보았다.

"보았는가?"

"……! ……! ……!"

"……말을 해!"

엘란은 말을 못 꺼낸 채로 손을 벌벌 떨면서 테엘을 가리켰다. 테엘은 얼굴을 찌푸렸다.

"왜?"

"어, 어떻게 황궁 안에서……!"

"……조용히 해!"

카이가 엘란 후작을 으박질렀다.

"테엘, 엘란 후작이다. 엘란 후작, 이쪽이 우리 가문신 용신 로잉루의 사제님이신 레드 일족의 테엘 님이시네."

카이는 빠르고 낮은 목소리로 서로를 소개했다.

엘란은 선 채로 기절해 버렸다.

"뭐야, 듣던 대로 한심하잖아."

"별수 없지. 보통은 드래곤이랑 턱턱 마주치는 건 상상도 못하니까."

"쳇! 드래곤에게 말 턱턱 놓고 지내는 녀석도 있는데, 뭐."

"됐다. 일단 그 상태로 이 상황은 대충 빠져나가기로 하고……. 안에서 무슨 이야기를 하는지 모르겠군."

"어차피 알아낼 수 있잖아?"

테엘의 말에 카이는 슬쩍 미소 지었다.

"그렇겠지. 우선은…… 일단 안쪽에서 기다리기로 할까?"

둘이 등을 돌려, 안쪽의 대기실로 향하던 때.

기절해 있던 엘란이 의식을 회복했다.

"자, 잠깐만요……."

"일어나셨는가, 엘란 후작."

"아, 저기, 그러니까, 에……."

"뭐야?"

테엘은 시비 거는 투로 그의 앞에 건들거리며 갔다.

드래곤은 그 존재감만으로도 사람을 위축시킨다. 엘란의 얼굴은 다시금 창백해졌다. 엘란은 차선책으로, 시선을 카이에게 향한 채로 말을 더듬었다.

"태, 태후마마께서 부르십니다."

"……."

카이의 얼굴이 잠시 굳었다.

"응? 그게 누군데? 왜? 태후? 그러면 어떻게 되는 거야?"

"황제 엄마."

바엘라가 짤막하게 설명하자 테엘은 깜짝 놀랐다.

"뭐야? 그런 여자가 카이는 왜?"

카이의 표정을 본 순간 테엘은 또 놀랐다. 카이의 얼굴은 딱딱하게 굳어 있었다.

"안내해라."

카이는 굳은 얼굴로 엘란의 뒤를 따랐다.

밀테이너 공작과 이프로스 백작은 황제의 곁으로 다가섰다. 황제는 둘에게 더 가까이 오라고 손짓했다. 둘은 궁금해 하면서 황제의 가까이에 섰다.

"축제에 대해서 어떻게 생각하는가?"

"신이 어찌 감히 폐하의 뜻을 꺾을 수 있겠사옵니까? 그저 폐하의 뜻대로 하소서."

밀테이너는 머리를 깊숙이 숙이며 말했다.

그는 축제가 벌어지지 않기를 바랐다.

축제는 신께 바치는 경배의 의미. 그러나 다른 의미로는 집안의 부를 자랑하는 자리였다.

그동안의 축제에서 밀테이너 공작은 항상 다른 사람의 부러움과 경탄을 받아왔다. 올해는 달라질 것이 뻔했다. 거기에 올해는 군사비에 더 많은 투자를 했기 때문에 축제에서 남과 겨룰 여유가 별로 없었다.

그리고 물론, 사람이 번잡하게 오가면 로인에게 손을 대기가 껄끄럽기도 했고.

밀테이너가 반대하는 것을 눈치 챈 헤첸 4세는 잠시 망설였다.

"그래, 그렇지만······."

헤첸 4세는 이윽고 못 견디겠다는 듯 둘을 향해 몸을 앞으로 내밀었다.

"짐은 천사를 만났노라."

"······?"

"······무슨 뜻이신지······?"

이프로스 백작의 질문에 헤첸 4세는 답답하다는 듯 바락 외쳤다.

"천사 말일세, 천사!"

"······."

이프로스와 밀테이너는 서로를 마주 보았다. 황제의 정신 상태를 몹시 의심할 수밖에 없는 말 아닌가?

천사. 날개를 달고 나타나는 신의 사자.

헤첸 4세는 그때를 떠올리며, 골치 아프다는 듯 고개를 흔들었다.

"······분명 보았네. 어둠 속에서 그는 갑자기 나타났지."

"어둠 속이시라 하면······?"

"한밤중에, 내 침소에 말일세!"

"누가 침입했다는 말씀이십니까!"

밀테이너 공작은 펄쩍 뛰었다. 침입자가 있다면 군권 책임자인 자신에게도 영향이 미치게 된다.

"······침입······이 아니었던 걸세. 천사였어! 금빛의 빛줄기 속에서 나타나서······ 나에게 신께 바치는 경배를 이어야만 하다고 했지. 그렇게······ 말은 했는데······."

"천사……라……. 마법이 통하지 않은 건가."

"그럴 수도 있지요. 천사라면 신의 사자. 이 세상의 주술로는 막을 수 없을지도……."

황제는 그들의 대화를 들으며 고개를 흔들었다.

"그렇지만 조금 이상하단 말일세. 밖에, 로인 공작이 호위기사로 데리고 들어왔던 자. 어둠 속에서 빛난 붉은 머리와 덩치가 엇비슷해."

"폐하, 황궁의 마법진은 대대로 이어지며 중첩되었으며, 그 마법진 중 일부는 심지어 지금 인간의 기술로는 파훼할 수 없을 정도로 고대의 것입니다. 그 마법진을 뚫고 침입했다면, 정말…… 신의 천사일 겁니다. 물론 천사를 봤다는 이야기는 처음입니다만……."

밀테이너는 믿을 수 없다는 듯 중얼거렸다.

"짐은, 그러나……."

"로인 공작이 아무리……!'

밀테이너는 말을 잇다가 갑자기 충격을 받았다.

'……드래곤!'

밀테이너는 이프로스를 바라보았다. 그는 이야기가 나오자마자 황제가 만난 천사라는 것이 로인의 드래곤이라는 것을 눈치 챘다.

'그, 그럼 아까 뒤에 있던 자가…….'

밀테이너 공작은 등골이 서늘해지는 것을 느꼈다.

황궁 가장 깊숙한 곳의 마법진을 깨고 들어온 자였다. 전해 들은 것이지만, 가장 막강한 문령이라는 것도 테엘 하나를 뚫지 못해서

이 고생 아닌가.

드래곤이 로인의 곁에 있다면, 그 누구도 건드릴 수 없다.

'아, 젠장할!'

속으로 이를 부득부득 갈고 악을 쓰지만, 어쩔 수가 없었다.

"……그자는 천사가 아닙니다, 폐하. 드래곤입니다."

밀테이너가 말을 잇지 못하는 사이, 이프로스가 조용히 입을 열었다.

'이프로스 백작!'

밀테이너는 무슨 짓인가 싶어 그를 확 바라보았다.

황제는 이프로스의 말에 깜짝 놀랐다.

"드래곤? 드래곤이라니?"

"……로인 가문은 용의 신 로잉루를 섬기는 집안. 그는 필시 드래곤일 것입니다. 이번 축제를 기념해서…… 벌써 그는 세력을 끌어모으기 시작했습니다."

"세력? 무슨 소린가?"

이프로스는 밀테이너를 힐끔 바라보았다.

"최근 로인 공작은 자신을 향한 엘프들의 암살에 대응하고자, 자신의 군사력을 키우려 시도하고 있습니다. 벌써 그는 가장 숫자가 많은 외성의 블루와 레드, 두 기사단을 자신의 것으로 만들어 냈습니다."

혜첸 4세는 그 말에 이미를 찌푸렸다.

"그래서, 그들이 강해졌는가?"

가장 약한 두 기사단은 언제나 눈 밖에 있던 존재였다. 헤첸 4세의 엇나간 질문을, 이프로스는 익숙하게 다루었다.

"그들은 소드마스터인 벨하임 경에게, 아, 그는 기사 서임을 하지 않았으니 경이라 할 수도 없군요. 일개 소드마스터를 집안의 가신으로, 방랑 검사라도 되는 양 그냥 두고 있으니……."

"그러고 보니 정말 그렇군. 나중에 로인 공작에게 물어봐야겠어."

"사실 따지고 보면, 그에게는 엘프 종족에게 어느 땅을 주니 어디로 가라고 지시할 권리도 없습니다. 그렇지 않습니까? 애당초 그런 지시를 내림으로 엘프족의 내전을 이끌어 낸 것이 문제입니다."

선후 관계를 따지자면, 엘프가 땅 때문에 내전을 일으켰다는 쪽이 더 진실에 가까웠다.

그러나 이프로스 백작의 말에 황제는 점점 흥미를 가졌다.

"그것도 그렇군. 일 처리가……."

"형편없이 미숙하지만, 어쩌겠습니까? 저택에서 10년 동안이나 꼼짝도 없이 숨어 지내던 사람입니다. 오죽 미숙하면, 소드마스터에게 작위 하나 내리지 않고 있겠습니까?"

"그 문제는 심각한데. 어떻게 생각하는가, 밀테이너 공작? 이 나라에 새로운 소드마스터가 생겼는데, 그에게 마땅한 작위를 수여해야 하지 않겠는가?"

"체스터 백작과 마찬가지로, 백작이 적당하다고 생각합니다."

밀테이너 백작은 즉시 동의했다.

"그렇지. 거기에 저택과 땅을……."

"저택과 연금을 내리시는 것만으로도 충분하다고 봅니다."

"그런가?"

"체스터 백작의 제자였던 자니, 앞으로 차차 대우하면 될 것입니다. 서열은 중요한 문제니까요."

"그건 그렇지."

황제는 그 말에 동의했다.

이프로스 백작은 침착하게 고개를 끄덕였다.

"폐하께서 보신 천사가 사실은 로인 공작 댁에 온 드래곤이라면…… 축제를 여시면 아시게 될 것입니다. 로인은 자신의 세력을 과시하려 하고 있습니다. 과거와 똑같이, 황실보다 더 돈이 많다는 것을 은근히 내보일지도 모르지요. 혹은 기사단을 더 강하게 보이려 할 것입니다. 언제고 그들에게는 힘이 있다는 것을 과시하려 할 것입니다."

"그러나 로인 공작은……."

"폐하께서 축제를 벌이고자 하는 뜻은 신께서도 익히 잘 아실 것입니다. 그렇지만 폐하, 축제를 여신다면 알게 되실 겁니다."

"그대들은 로인 공작이 또 가짜라고 말하려는 건 아니겠지?"

그러나 헤첸 4세의 목소리는 약했다.

"폐하께오서 이미 그를 로인으로 인정하셨습니다. 저희 역시 폐하의 뜻을 믿사옵니다. 하오나, 폐하! 신하된 자로서 그들이 어떻게 나오는지 보시옵소서."

황제의 수호신은 태양신 가제르아나.

대대로 모든 귀족들은 가제르아나를 자신들의 신보다 더 높게 떠받든 작은 모형을 만들곤 했다. 혹은 자신들의 신보다 더 빛나도록 했다.

"폐하의 뜻대로 축제를 펼치소서."

이프로스의 말에 밀테이너는 혀를 내둘렀다. 황제에게는 번지르르하게 말하지만, 결론은 로인 공작을 의심하게 만들었다.

헤첸 4세는 정말 고민하고 있었다.

"하지만…… 천사는……."

"천사일 겁니다. 드래곤이 비록 인간의 일에 개입하지는 않는다고 하지만, 로인에 관해서는 움직입니다. 로인이 원하는 것을 위해서라면……."

"허! 그런……."

이프로스 백작은 이쯤에서 말을 아꼈다.

황제는 주위가 고요해지자 생각에 잠겼다. 축제를 열어야 하는 건지, 말아야 하는 건지…….

밀테이너로서는 축제를 열지 않는 편이 좋았다. 그의 집 저택에서 뭔 일이 벌어져도 모르도록.

그러나 이프로스의 말대로 되어서, 황제가 로인을 믿지 않는다면 그것이 더 좋지 않은가.

고민에 빠진 황제를 보면서 밀테이너 공작은 싸늘한 미소를 지었다.

*　　　*　　　*

별궁은 황제를 낳은 여인이 사는 곳이었다. 지난 7년 동안 그녀는 그곳에서 살아왔다.

언뜻 권력에서 물러난 태후가 외롭게 시간을 보내는 곳처럼 생각되지만, 사실은 그와 전혀 달랐다.

하루에도 수없이 많은 시녀들이 드나들면서 황궁에서, 혹은 성 밖에서 떠도는 이야기들을 태후에게 전했다.

태후를 만나기 위해 드나드는 신하들도 아직 여전했다.

엘란도 그중 하나였다.

태후의 방은 작은 편이었다. 그렇게 화려하지도 않았지만, 정갈한 방이었다.

옆에는 시녀 둘만을 거느린 채로, 황궁의 실질적인 주인이라는 태후는 앉은 채로 카이를 맞이했다.

"……태후마마를 뵙습니다."

"어서 들어오세요, 로인 공작."

카이는 인사를 하는 내내 거북한 시선을 느꼈다.

태후는 카이를 관찰하는 눈으로 한참을 바라보다가, 이어 카이의 뒤쪽에 있는 세 사람을 바라보았다.

"아마 저 사람이 이번 소드마스터라는 벨하임 아리준 경인 모양이군요. 그리고…… 그 뒤의 한 분은 누군지 짐작이 가요."

온화하고 부드러운 목소리. 그러나 강철과 같은 의지가 느껴졌다.

"……아마도 댁의 사제님이신 것 같은데…… 드래곤인가요?"

"……호. 놀랍군."

테엘은 당장 말을 놓았다.

엘란 후작은 태후의 옆에 서 있다가 그 말에 화들짝 놀랐다.

태후는 그 옆에 있는 바엘라를 보고 고개를 갸웃거렸다.

"그대는…… 엘프 같지는 않군요. 내가 듣기로는 또 다른 여인은 꽤 얌전하고 체구가 작다고 했는데, 그는 아닌 것 같고……?"

'음?'

'엥?'

테엘은 카이를 잠시 노려보았다.

'너, 여자 끌어들였냐?'

'리슨 좋다고 드나드는 누가 있는 건가.'

카이는 그렇게 생각하고 넘겼다.

바엘라는 잠시 망설이다가 못마땅한 듯 로브를 뒤로 젖혔다. 고운 모습에 태후는 고개를 끄덕였다.

"미안하군요. 또 다른 드래곤인가요?"

"……그래. 어떻게 안 거지?"

"엘프가 아니고, 호위 삼아 데리고 올 여인이라면 드래곤이 아닐까 싶었습니다. 로인 공작 가문의 엘프 여인에 대해서는 들었지요. 은빛의 요녀……."

태후는 타이르는 얼굴로 카이를 돌아보았다.

"공작의 지위는, 사실 왕국 어떤 사람보다 튼튼한 것 같지만 그 누구보다 공격받기 쉬운 대상입니다. 로인 공작, 어째서 그런 위험한 존재를 저택 내에 두는 건지…… 사정을 모르는 건 아니지만, 당신은 내가 생각하던 것보다 신중한 편은 아니더군요."

"……그렇게 보이십니까?"

"예를 들면 엘란 후작이 불렀다고 해서 여기까지 왔다는 것…… 자신의 실력을 그렇게까지 믿는 겁니까?"

태후의 목소리는 상냥했다. 그러나 그 질문에 숨은 뜻을 깨닫고, 벨하임과 엘란, 두 사람은 깜짝 놀라서는 등골이 서늘해졌다.

카이는 오히려 웃었다.

"로인이기 때문에 겁을 내지 않았습니다만."

"듣던 것보다 더 무모하군요."

태후는 고개를 흔들었다.

"그대의 가문이 그대의 어깨 위에 있다는 걸 모르는 건가요? 가문의 번성이나 유지는 생각도 않는 건가요? 그대는……!"

"저는!"

카이는 무엄하게도 태후의 말을 중도에 잘랐다.

태후는 이 색다른 경험에 눈을 크게 떴을 뿐이었다. 오히려 주변 사람이 크게 놀랐다.

카이는 태후의 눈을 똑바로 바라보면서 말을 이었다.

"저는 지난 10년 동안 죽은 듯 지냈습니다. 그 이전에도 죽은 듯 지냈습니다. 단지 하나, 힘을 갖기 위해서……. 힘을 갖기 전까지 저는 제가 왜 힘을 갖고자 했는지, 단지 무시당한 그 눈빛들 때문이라고 생각했는데……. 가문을, 과거의 영광을 되살리는 일이 우선이라고 생각했습니다. 그렇지만 태후마마. 이미 모든 일이 시작되었습니다. 쉽게 되돌릴 수 없고, 쉽게 막을 수도 없는 물길이 트였습니다."

"……모든 일이라?"

"전쟁입니다."

카이는 강하게 힘을 주어 말했다.

"전쟁이라?"

"전투가 몇 차례 있었습니다. 적은 수천의 백성들을 좀비로 만들어 저를 습격했습니다. 하지만 저는 지지 않습니다! 절대로……!"

"가문을 위해서?"

"저를 위해서입니다."

카이는 두 손을 들어 보였다. 자칫 태후 앞에서 오만해 보일 수도 있는 광경이었다. 그러나 카이의 쭉 펴진 등과 어깨에서는 그만큼 자신감이 흘러나왔다.

"저에게 시비를 걸었습니다. 제 아버지를 죽인 것처럼 저를 죽일 듯 오만하게 굴고 있습니다!"

"아버지가 개죽음 당했다고 보는 군요."

"……개죽음은 아니지만, 절대 공작의 지위에 어울리지 않는 죽음이었습니다. 한낮 길거리에서 마차에 치여 죽이고는……. 밀테이너는 그리고 그냥 웃으며 돌아섰습니다."

카이는 주먹을 불끈 쥐었다.

"그자를 용서할 수 없습니다. 단지 그것뿐……. 지금 제가 생각하는 것은 그것뿐입니다."

"그래서 외성의 백성들을 다른 곳으로 보내려는 건가요? 파이엘 백작과 함께 손을 잡고?"

카이는 신기한 듯 태후를 바라보았다. 부드러운 노부인의 얼굴 뒤에 태산과 같은 존재감을 갖고 있지 않은가. 깊은 강처럼 그 속과 생각의 흐름을 알 수 없는 여인이었다.

카이는 비로소 조금은 진정할 수가 있었다.

"그 일은 단지 의무이기 때문에 하는 것입니다. 일석삼조니까요."

"하나는 도성의 치안이 안정된다는 것일 테고…… 두 번째는 로인의 인구수를 늘리기 위해서라는 건 알겠는데, 세 번째는?"

"그들이 살아날 수 있다는 것입니다, 마마."

"아……."

태후는 빙그레 웃으며 고개를 끄덕였다.

"그렇군요. 그 일에 대해서는 누구도 생각하지 않았는데. 젊지만, 사려가 깊군요, 로인 공작……."

태후는 한참이나 카이를 가만히 들여다보았다.

그때 누군가가 문을 조심스럽게 두들긴 후, 안쪽으로 들어왔다. 손님이 있다는 것을 아는 듯했다.

"……마마, 모셔왔나이다."

"삼시만 기다리시게 해라."

태후의 목소리가 살짝 흔들리는 것을 카이는 눈치 챘다.

문이 닫히자, 방 안의 분위기가 무거워졌다.

'……이 기운은……! 믿을 수 없어!'

테엘은 태후의 몸에서 흘러나오는 무거운 기운에 깜짝 놀랐다. 여인의 가녀린 몸에서 뿜어낼 수 있는 것이 아니었다.

그야말로 황제의 기운!

비록 여인의 몸으로 태어났으되, 기질은 그야말로 뛰어났다. 25년 넘게 실질적인 황제로 살아온 그녀였다.

"카이젤 아민 라 로인 공작, 오늘 황실의 이름으로 그대에게 묻고 싶은 게 있어 불렀노라."

분위기를 따라 말투 역시 바뀌었다.

카이는 한쪽 무릎을 꿇었다.

"하문하소서."

"……그대에게 내려진, 황실의 수호자라는 옛 이름은 아직도 건재한 것인가?"

태후의 목소리에는 날이 서 있었다.

카이는 고개를 들어 태후의 얼굴을 똑바로 바라보았다.

"그 이름을 저희 가문에서 지우실 수는 없을 것입니다. 제가 로인 공작으로 있는 한……!"

태후는 천천히 자리에서 일어났다. 테엘은 그녀가 부축을 받아서야 간신히 거동하는 것을 보고는 깜짝 놀랐다.

'늙었잖아!'

겉으로 봤을 때에는 곱게 늙었다. 언뜻 나이보다 10년은 젊게 보였다. 그러나 실제로 몸속은, 그리고 마음속은 형편없이 망가져 있었던 것이다.

태후는 한 손을 시녀에게 내밀었다. 시녀는 그 손에 낀 장갑을 천천히 벗겼다.

검으면서도 녹색기가 살짝 감도는 손이었다. 귀부인의 손은 보통 하얗고 갸름하다. 그러나 태후는 수없이 자신을 독살하려는 시도에 피부색이 그렇게 변한 것이었다.

카이는 그 손을 보고는 저도 모르게 신음 소리를 냈다.

"……마마."

"이 정도는 약과입니다. 나는 여인으로서 최상의 권력을 누렸습니다. 그렇지만…… 로인 공작, 황실의 수호자여……. 그대에게 부탁드리고 싶은 것이 있습니다."

태후는 시녀에게 눈짓을 하면서, 자신은 카이의 앞에 천천히 무릎을 꿇었다.

"……태후마마!"

카이가 서둘러 그녀를 붙들었지만, 태후는 고개를 흔들었다.

문이 열리고, 한 소년이 시녀의 안내를 받아 안으로 들어왔다. 태후는 소년에게 손을 내밀었다.

"이 아이는 이 제국의 황태자입니다, 로인 공작."

카이는 태후의 뜻을 알 것 같았다. 그래서 그는 소년의 얼굴을 똑바로 바라보았다.

어디 하나 모난 곳도, 잘난 곳도 없는 평범한 소년—. 그러나 그 소년의 어깨 위에는 제국이 있었다. 작고 가녀린 어깨 위에 얹힌 무게 때문인지 소년은 벌써부터 겁을 먹었지만, 적어도 당당하게 서 있기는 했다.

'미래의 황제…….'

태후는 황태자를 내보내고, 이어 엘란 후작과 시녀들을 모두 내보냈다.

방 안에 있는 것은 태후와 카이, 그리고 벨하임과 두 드래곤이었다.

태후가 자리에 앉는 것을 도우면서, 카이는 새삼 그녀의 가벼운 몸무게에 놀랐다. 속이 몽땅 독에 타 버린 것 같았다.

"황제를…… 나는 세심하게 신경을 기울였습니다. 그 아이가 무(武)에 관심을 보이는 것도, 나는 장려할 만한 일이라고 생각했지요. 패기 넘치는 황제, 야망을 가진 황제는 적어도 아둔한 황제보다 나으리라고 생각했으니까……. 그러나 현 황제 폐하께오서는 오히려 아둔하면서 욕망을 주체 못하는 황제가 되었을 뿐. 아직까지도 뭘 잘못했는지 모르겠습니다."

"……그래서, 현 황제를 버리고 또 다른 황제를 키우시려는 겁니까?"

카이의 질문에 태후는 피식 웃었다.

"그렇게 보일 수도 있겠지요. 그러나 당신과 마찬가지입니다, 로인 공작. 당신이 가문과 당신 자신의 야망 사이에서 균형을 잡으려 하듯이…… 나도 어머니, 할머니로서의 역할과 권력에 대한 야망 사이에서 균형을 잡으려 하는 것뿐."

"보통 사람들은 어느 하나도 못해 허둥거리기 일쑤지."

테엘은 참지 못하고 끼어들었다.

태후는 고개를 끄덕였다.

"그렇지요, 보통은. 저도 어머니로서의 역할을 못한 것 같지만…… 지금 와서 후회한다고 시간을 되돌릴 수 있는 것은 아니니까요. 그렇다면 단지 안배를 해 놓을 수밖에……."

태후는 그렇게 말하며 카이의 두 손을 꼭 잡았다. 카이의 거친 손 위에 겹친, 작고 마른 검은색 손은 너무나 약했다.

"황태자를, 그리고 제국의 황실이 이어질 수 있도록…… 부탁합니다, 로인 공작."

카이는 그녀의 두 손을 마주 잡았다.

사실 하고 싶은 말이 많았다. 그들 가문을 어째서 돕지 않고, 이제야 불러들인 것인지 등등. 그러나 그녀의 손을 보는 순간, 자신의 가문만 위협을 받은 게 아니라는 걸 알 수 있었다. 태후 역시 귀족 간의 균형을 잡으려 애썼고, 때문에 수없는 독살 시도에 시달려 온 것이다.

"저는 로인 공작입니다, 마마. 걱정 마시옵소서."

카이는 씩씩하게 말했다.

"저를 믿으시옵소서."

"앞으로 어떻게 할 거냐?"

테엘이 불쑥 물었다.

카이는 그를 바라보았다.

"뭘 어떻게 해?"

"태후라는 저 여자 말야. 일단 포션을 하나 주긴 했는데, 워낙 골수까지 중독되어 있어서 살아나기는 쉽지 않을지도 몰라. 그렇다면 앞으로 황제를 그냥 둘 거냐?"

"……반역이라도 하라는 건가?"

"두, 두 분! 그런 무시무시한 대화를 그냥 황궁 복도에서 때리시는 겁니까!"

"괜찮아. 마법 걸어 놨다."

바엘라가 퉁명스럽게 말했다.

"태후마마께서 부탁한 건 황태자 저하야. 폐하가 아니라. 그 말은, 지금 황제의 실정 따위는 참지 말라는 말일지도 모르지. 안 그러냐?"

테엘이 카이를 부추겼다.

"내가 나선다면, 밀테이너는 좋아라 하며 군사력을 자신의 것으로 확고히 할 거야. 내전이 되겠지. 그렇게 되면 죽어 나가는 건 일반 병사들뿐이다. 그 상황만은 막고 싶다."

카이는 자신의 힘을 잘 알고 있었다. 세상 천하에 자신을 막을 수 있는 것은 없다.

"또 빈민을 데려다가 좀비를 만든다거나, 아예 마족이랑 손을 잡을지도 모르지."

"마족이라. 크ㅎㅎㅎㅎ……."

테엘은 주먹을 불끈 쥐었다.

"이거, 밀테이너를 응원하고 싶어지는데?"

"네 승부욕 때문에 인간들을 지옥으로 처박으려는 건가? 어디 한 번 응원해 봐. 마족이랑 같이 지옥에 끌려가도록 해 주마."

"……쳇. 성질 세우긴."

데엘은 머쓱한지, 말을 돌렸다.

"긴장의 끈을 놓을 수는 없고, 드래곤들은 모여들고 있을 거고……. 머리 아프군."

"뭐, 그렇게 생각하지 마라. 크핫핫핫!"

테엘은 카이의 어깨 위에 한 팔을 둘렀다.

"모든 드래곤들이 모였는데 설마 너를 해치려는 간 큰 놈이 있다면 그야말로 낯짝을 그대로 뜯어낸 뒤 천 년 동안 썩지 않게 해서 저택 위에 장식해 줄 테니, 기념비로 삼자고!"

"……내 저택 그만 좀 망쳐 줘……."

카이는 그렇게 신음 소리를 흘리면서도 기분이 좋았다.

드래곤들이 모일 날이 멀지 않았다.

이제 축제는 1주일 후!

황궁에서 돌아온 그들은 로인 저택의 가장 깊숙한 방에 자리를 잡았다.

"그들이 테엘 님에 관해 알고 있었습니다."

리슨은 침착하게 이야기를 꺼냈다.

"그렇다면 저번에 만난 것들과 연결이 되어 있다는 것 같은데. 저번의 문령은 내가 간신히 깰 수 있었어. 거기에 좀비를 만들어 낸 방법도 그렇고. 그렇다면 밀테이너, 이프로스. 적어도 이 둘은 문령술사와 관련이 있다는 이야기로군."

테엘의 이야기에 카이는 담담하게 고개를 끄덕였다.

"누구와 손을 잡았든, 어쨌든 원래 적이니까."

그러나 리슨의 이야기가 이어질수록 그들의 표정은 어두워졌다.

"세력을 모은다……."

"자기 이야기 아냐, 그건?"

밀테이너는 몇 개의 기사단을 거느리고 있었다. 소드마스터인 체스터가 제자들을 모은다고 끌어 모은 인원도 많지 않은가. 내성의 기사들과 다른 인력도 전부 밀테이너의 수중에 있었다.

거기에 카이가 지닌 병력은 기사단과 치안대가 전부. 외성의 병력을 이끄는 수장은 밀테이너의 수하였다.

"문제는……."

"그래, 문제는 저 녀석이로군."

카이와 테엘은 벨하임을 돌아보았다.

"작위……."

벨하임은 황홀경에 빠져 있었다.

"작위를 줌으로써 소드마스터를 군부 영향 아래, 즉 밀테이너 공작 지휘하에 두겠다는 거로군. 지금은 우리 가문에 속했지만, 작위를 받으면 정식으로는 황제 폐하의 신하가 되는 거니까."

카이의 말에 테엘은 궁금하다는 듯 물었다.

"그거 받아들이면 어떻게 되는 거야?"

"안 받는 경우가 심각해지는 건데. 황제 폐하의 어명을 거스른 죄로 지방으로 보내진다든가……."

"……그게 아리준이 로인에 머무르게 된 이윤가? 그게 얘네가 몇 백 년 전 돌아왔을 때 이유였어?"

"그렇지."

"……이번에는 받아야겠네. 그리고 적이 되는 건가?"

"마음 놓고 죽일 수 있겠군요."

리슨이 그렇게 대화를 마무리했다.

그 대화가 나누어지는 동안 벨하임의 얼굴은 창백해졌다.

"나, 나보고 어쩌라고!"

"해결책은 없다. 폐하께서 작위를 내린다면 일단 받는 수밖에."

"저 녀석은 그러면 신이 나서 날 죽이려 할 겁니다!"

벨하임은 리슨을 가리키며 외쳤다. 정말 리슨은 씩 웃으면서 무기를 보란 듯이 꺼내 휘두르고 있었다.

"아냐. 걱정 마. 축제를 막으면 카이도 위험하니까."

"엣?"

"……갑자기 나는 왜?"

카이는 얼떨떨해서 물었다.

"그 녀석들이 뭘 알고 축제를 추진하는 건지는 모르겠지만……. 이미 늦었다. 모든 드래곤들이 자신들의 신을 자랑하는 자리야. 그

걸 막는다고? 너에게는 용신께 경배를 바쳐야 하는 의무가 있어."

"알고 있다."

"이번처럼 드래곤들에게 전부 알린 경배의 자리에서 네가 피한다면? 그건 나로서도 도울 수 없어."

테엘이 엄한 목소리로 경고했다.

"너에게 준 힘과 재산을 모두 빼앗을 거다. 그뿐이 아니다. 벨하임 아리준과 리슨 멕에게 준 힘도 빼앗고, 그들이 저항할 시에는 죽일걸. 드래곤의 이름으로 대대손손 이어졌어야 할 힘을 빼앗기겠지."

벨하임과 리슨은 테엘의 말에 당황해서 자리에서 벌떡 일어났다.

"그, 그럴 수는 없을 겁니다!"

"주공을 지키기 위해서 저희들의 힘은……!"

"지금 그렇게 한다는 것도 아닌데 왜 난리들이냐!"

카이가 버럭 소리 질렀다.

벨하임과 리슨은 움찔거리며 고개를 숙였다. 막 살기를 키우려던 테엘은 카이의 말에 피식거리며 웃었다.

"어차피 상관없는 이야기다. 그 녀석들에게 보란 듯이, 더 화려하게 해 보여도 좋다. 무도회를 이틀에 한 번 열겠어. 매일 다른 장식을 할 준비를 갖춰라!"

리슨의 얼굴이 잠시 창백해졌다. 그러나 그는 씩씩하게 고개를 끄덕였다.

"감히 우리 가문을 어떻게 하겠다는 꿍꿍이가 있어도 상관없다.

드래곤의 종족을 최상의 예우로 대접한다. 모든 준비는 끝났고, 밀테이너가 어떤 꿍꿍이속이 있다 해도 상관없다."

카이는 일행을 둘러보았다.

"우리는 최선의 선택으로 그들을 이겨 나간다!"

SWORD OF DRAGON LOAD

제7장

하늘로부터의 축복

축제가 하루 앞으로 닥쳐 왔다.

"어째서 안 오는 거야!"

테엘의 외침이 저택 안을 쩌렁쩌렁 울렸다.

바엘라는 잘 다듬어진 손톱을 들여다보면서 심드렁하게 대꾸했다.

"설마 너, 초대장 제대로 안 보낸 거 아냐?"

"……."

테엘은 잠시 생각해 보곤, 이내 고개를 흔들었다.

"아니. 제대로 보냈는데. 이상한걸. 먼저 와서 같이 오랜만에 수다라도 떨고 싶었는데, 쳇, 기껏 온 게 너뿐이라니."

"실례야, 레이디에게."

"이상한데. 왜들 안 오는 거지?"

테엘은 둘둘거렸다.

"……왜 그분들이 여기로 오신다는 겁니까?"

"그야 당연히 축제니까."

"……그분들은 신전에 다녀가셨습니다."

"거긴 왜? 이상한 종족이야, 하여간. 부르면 무조건 자기 편하게 생각한다니까."

"그쪽으로 부르셨다던데요."

"엥? 누가?"

테엘은 그렇게 말하다가 그 귀에 익은 목소리의 주인을 발견했다.

"아, 모드네? 영감, 여긴 웬일로?"

"이걸 만들어 내라고 닦달하셨잖습니까!"

모드는 이어 등에 짊어진 거대한 석상을 바닥에 꿍차, 하며 내려 놓았다.

"이게 뭐더라?"

"……필요 없으시다면 부숴 버립니다."

테엘은 그 석상을 감싼 천을 벗겨 보고는 아하, 하고 무릎을 쳤다.

드워프의 손끝 아래, 용신의 모습이 정교하게 새겨진 석상이 드러났다. 지금 당장이라도 하늘로 날아오를 듯, 석상에는 생명력이 넘쳐흘렀다.

모드를 따라온 세 명의 드워프가 신기하다는 듯 저택을 둘러보았다.

"로인에 남아 있는 주춧돌로 미뤄 봤을 때, 저택은 서로 비슷한 것 같은데……"

"거울상으로 서로 반대되는 모양 정도일까? 크기는 로인이 좀 작고, 더위를 막을 수 있도록 방향이 달라."

"그렇네. 재미있는 일이로군."

"좋아, 탐험이다!"

드워프 셋은 당장 종이와 펜을 꺼내고 이어 등에 큰 가방을 짊어진 채 저택 탐색에 나섰다.

"잠깐, 거기 셋."

테엘의 목소리에 그들은 멈춰 섰다.

"왜 만들다 말았냐? 내일 당장 아침에 써야 한단 말이다."

테엘이 불평하며 석상의 머리 부분을 가리켰다. 모드는 젊은 동료들을 돌아보며 명령했다.

"리슨 군을 찾아내서 저택 탐사에 필요한 도움을 받도록. 아마 그가 로인의 옛 성채나, 다른 점에 대해서도 모두 잘 알고 있을 걸세."

"괘, 괜찮……."

"부족장으로서 내리는 명령이다."

셋은 말이 떨어지자마자 얼른 방 밖으로 달려 나갔다.

테엘은 모드를 돌아보았다.

"어이, 개기는 것이여?"

"……지금 그렇게 말씀하실 때가 아닐 텐데요? 드래곤께서 신전에 들어오시던 때의 그 기분을 테엘 님이 아십니까?"

바엘라는 소파에 누운 채로 눈을 동그랗게 떴다.

"……와아. 용감한 드워프네."

"그거야 네놈들이 게을러서 그렇지!"

"용의 신을 석상으로 만들어 내라 하시고는 신전을 언제 고치라는 겁니까!"

"어이, 드워프. 개기다간 너 정말 혼난다! 네가 유일하게 남은 드워프족의 최고 수장이며 최고 기술자라고 해도 나 안 봐줘!"

테엘이 마나를 끌어올릴 때, 모드는 고개를 홱 돌렸다.

"맘대로 하십시오. 이 석상을 마저 끝낼 수 있는 건 저뿐입니다."

"뭐, 뭐야?"

"뿔도, 눈도, 이빨도, 얼굴 부분이 채 완성되지 않은 석상의 축제 행렬이라! 볼 만하겠군요."

"네, 네 이놈!"

바엘라는 테엘과 싸우는 사람은 모두 자신의 친구라 생각했다. 그녀는 모드를 구할 겸 느긋하게 입을 열었다.

"……그런데 왜 다른 어른들이 로인으로 간 건지 알아, 테엘?"

"응? 왜냐?"

"로인을 보러 오라고 했거든. 용신의 축제가 있을 거라고."

"그래."

"그래서 그들은 로인 '으로' 간 거야. 나는 로인 '에게' 온 거고."

"……! ……! ……! ……!!!"

테엘의 얼굴이 창백해졌다.

모드는 투덜거리면서 석상의 한쪽을 들어 올렸다.

"조각을 할 적당한 방이 필요합니다."

"나 우쩌냐!!"

"……어쩌긴 뭘 어째. 어르신들이 한번 맘 잡고 이동하셨는데 그 로인이 아니라 이 로인인 걸 알면 꽤 화를 내시진 않을까. 어머, 로드께서도 헛걸음하셨으면 큰일이겠는데."

"왜 거기로 가는 건데!!"

"로인을 보러 오라고 했으니까. 아, 그 말은 로인을 노리는 경쟁자는 드래곤 중에 나밖에 없다는 거네?"

바엘라는 활기차게 외쳤다.

"까아—! 드레스 찾아봐야겠다! 좋아, 내일이면 승부다!"

"승부라면 나도—!가 아니라, 대체 이게 어떻게 돌아가는 거야!"

"……잘 돌아가는 거지."

그 혼란을 언제부턴가 지켜보고 있던 카이는 그렇게 짤막한 평을 내렸다.

그는 혼란에 빠져 머리를 부여잡은 드래곤과 무턱대고 돌가루를 날리기 시작한 드워프, 이공간을 열어 놓고 옷을 뒤적거리는 드래곤을 가만히 바라보다가 한숨을 내쉬었다.

'역시 내가 정신을 차리는 수밖에…….'

그의 뒤로 저택을 탐사하던 드워프들이 떠들면서 지나갔다.

"꽤 넓어, 하지만 인간이 지은 거라 기초가 약한데."

"과거에 설치한 마법진들은 거의 다 지워진 것 같고."

"게다가 골조가 엉망이야. 당장이라도 때려 부수고 다시 짓는 게 나을지도 모르겠는데."

"……."

카이는 그 세 드워프를 노려보다가 한숨을 내쉬었다.

비단 그의 저택 안에서만 이런 것이 아니었다.

도성 전체가 축제의 열기에 들떠 있었다. 외성이며 내성 가릴 것 없이, 오가는 마차들로 길거리는 꽉 차 있었다. 술과 음식, 보석이며 손님들, 그런 것들을 싣고 오는 것이었다.

카이의 저택에서도 리슨이 발 빠르게 움직이고 있었다.

카이가 관심 있는 것은 두 기사단과 외성 치안대의 노력으로, 20일 동안 제대로 문제를 일으키지 않는 것뿐이었다.

"무도회 같은 건 시작하지 않는 게 좋을 텐데."

벨하임은 그 말에 고개를 흔들었다.

"그래도 레이디들과 만날 수 있는 기회 아닙니까."

"……무슨 일이 벌어질지 모른다는 게 무서운 일이지."

"무슨 일이라뇨?"

"공작부인이라는 지위를 탐내는 여자들이 꽤 많아서 말이지……. 환약을 먹인다든가…… 벨하임, 자네도 주의하는 게 좋아. 그런 한심한 것들이 주변부터 공략할 수가 있으니까."

벨하임도 축제 때문에 살짝 들떠 있었다.

"으허허허. 그거 참 고마운 이야기인데요, 오히려!"

벨하임은 실실 웃었다. 카이는 잠시 그를 한심하다는 듯 쳐다보았다.

둘은 현관으로 나갔다. 말이 준비되어 있었다.

공작 가문의 앞은 귀족들도 조심스럽게 지나기 마련. 그러나 오늘은 달랐다. 마차들이 폭주하고 있었다.

"그런데 이 사이를 어떻게 나가죠?"

"……잘."

잘못 나섰다간 그야말로 치어 죽을 것 같은 상황.

"가자!"

두 사람은 힘차게 말을 몰고 앞으로 나갔다.

둘은 외성으로 향했다. 기사단의 사무실로 향했다.

카이에게 가장 시급한 일은 인재 선발이었다. 기존의 인재는 밀테이너와 르퀸이 독차지하고 있었다.

르퀸이 카이에게 호감을 갖고 있었다. 그렇다고 사람들을 무작정 카이에게 떠밀어 보낼 정도는 아니었다.

무엇보다 카이는 두 번이나 습격을 받았다. 한 번은 저택이 홀랑 탔고, 다른 한 번은 좀비의 습격을 받아 그나마 있던 수하를 잃었다.

그에게 인재가 오길 꺼려 하는 것은, 당연한 일이었다.

벨하임은 발랄하게 말했다.

"오늘도 사무가 꽤 쌓여 있겠는데요."

"……끄응."

"어서 사람을 구하셔야겠어요, 주공. 언제까지 글 석 자만 읽으면 자는 녀석들에게 일을 맡기실 겁니까?"

"논을 준다 해도 목숨이 귀한 줄 아니까. 그 문제사서 어떻게 할 수는 없지 않은가. 그보다도 벨하임, 너야말로 이럴 때 목숨을 걸고 나에게 와서 일을 해 줄 친구도 안 만들어 놓은 거냐?"

"……."

벨하임은 지금 그 말에 부끄러워해야 할지, 아니면 뭐 뛴 놈이 화를 내냐고 되받아쳐야 할지 알 수가 없었다.

"뭐, 스승님께서 저만 상대하셨으니까요. 미움만 잔뜩 샀죠. 그 와중에 죽지 않은 것만 해도 다행이구나, 하고 말씀해 주실 수는 없는 겁니까?"

"용케 살았군."

"……크흑. 어째선지 뒷목이 뻐근해요, 주공."

"운동을 덜 해서 그렇다. 내일 아침부터는 좀 더 일찍 일어나서 둘 다 대련을 해 보는 게 좋겠군. 나도 검을 든 지 꽤 시간이 흐른 것 같고."

두 군신은 나란히 외성으로 향했다.

"차라리 평민들을 대상으로 인재를 모으시는 건 어떻겠습니까?"

"평민들을……?"

"아카데미에서도 꽤 많은 평민들이 졸업을 합니다. 뭐, 물론 최고 성적을 낸 자들은 황궁이나 다른 귀족들이 싹쓸이하지만……. 그렇지 못한 이런저런 사정을 가진 평민들도 있으니까, 그들에게 일하라고 하면……."

"근본적인 문제가 남아 있다. 내 곁에 있으면 죽기 쉽다는 것."

"뭐, 그거야 그렇죠. 잘하면 주공 곁에는 평생 저랑 리슨만 있겠는데요?"

픽!

카이가 주먹을 날렸다. 벨하임은 이마를 슬슬 문지르면서 카이의 곁에서 멀어졌다.

"그렇게 손부터 날리시면 여자한테 인기 못 얻으십니다."

"필요 없다."

"하긴, 이르엘 님이 계시니까 말이죠?"

"……그런 뜻이 아니잖아."

"헤에, 그럼 다른 여자도 필요하세요?"

"……말을 못하겠군."

카이는 일부러 냉랭한 얼굴로 앞장섰다.

"앗, 같이 가요, 주공!"

헤헤거리면서 쫓아오는 벨하임.

내일이 축제라는 것 때문에 도성 전체에 흥분이 넘쳤다. 히죽거리는 얼굴로 서로를 바라보는 평민들을 보며 카이는 벨하임의 제안을 생각해 보았다.

'……그것도 나쁘지 않겠는데?'

오후에 사무실로 파이엘 백작이 들렀다. 그와는 빈민과 상단 문제로 계속 만나 왔다.

"그러고 보니 저택에 드워프의 장로가 와 계시네."

순간 파이엘은 무슨 프러포즈라도 받은 사람처럼 안절부절못했다.

"오, 오늘 오후에 미리 뵈어도 괜찮을까요? 그분들은 뭘 좋아하십니까?"

"……그렇게 하든가. 가장 좋은 건 사람들을 먼저 보내는 걸 텐데. 아니면 지난 200년 동안 인간들이 만들어 낸 도구들을 보여 드려도 좋아하시지 않을까 싶은데."

"그, 그렇겠군요. 200년 만에 드워프……!"

그렇게 말하다가 파이엘 백작은 경악했다.

"……그럼! 가문신의 조각은 드워프가 하셨겠네요!"

"그렇지."

"……그럼 태양신 가제르아나는요? 설마 그것까지 드워프들이?"

"그건 우리 가문신이 아닌……!"

말을 받다가 카이는 얼굴이 굳었다.

"폐하의 수호신……."

"설마 준비 안 하신 건……?"

"안 했소만. 안 하면 어떻게 되지?"

"어, 어떻게 되는 일까지는 없겠지만 폐하의 신뢰를 잃으실 수도 있습니다. 어라, 그럼 어떻게 되는 거지!"

파이엘은 장삿속에 계산을 하면서도, 그동안 알아 온 카이에 대한 걱정으로 우왕좌왕했다.

'그런 뜻이었군, 이프로스 백작…….'

축제를 반대하던 것은 밀테이너 공작.

그것을 갑자기 찬성하기로 한 데는, 그런 계산도 깔려 있었던 것이다.

카이에 대한 황제의 신뢰를 완전히 깎아내리는 것.

카이는 이프로스의 말을 곰곰이 생각했다.

"그런 세세한 일까지는 조사할 시간이 없었으니…… 큰일이로군. 일주일 전만 해도 조사를 끝냈겠지만, 지금으로서는 준비를 할 수도 없고."

"그, 그럼 어떻게 하시렵니까?"

파이엘 백작의 흐릿해진 얼굴을 보며 카이는 어깨를 으쓱이기만 했다.

"괜찮네. 어차피 자네의 상단에 대해서는, 로인과의 연결을 위해 부탁할 일이 많으니까. 폐하께서 신뢰를 잃는다 해도 최악의 상황은 나를 로인으로 내쫓는 것일 테니까."

"그, 그렇죠……."

"뭐, 걱정 말게. 알아서 준비를 하든 준비를 못하든 할 테니까. 그럼 내일 오후에 보지."

"아, 아니. 오늘 오후에……. 저기, 소개를 미리……."

여기 또 한 사람이 불타올랐다. 축제 때문은 아니었지만.

축제의 첫날 아침이 밝았다.

축제 첫날, 황제는 정오에 행진을 시작한다. 내성의 귀족들과 외성의 귀족들이 그 뒤를 따르고, 재산이 일정 수준 되는 자들도 자신의 가문신을 내세우는 물건이나 석상을 만들어 짊어지고 그 뒤를 따른다.

거의 모든 백성들이 그렇게 행진을 한다. 귀족들이 화려함과 성대함으로 승부를 건다면, 평민들은 기발하고 우스꽝스러운 모습에 승부를 걸었다.

같은 신이라 해도 그 모습들은 각기 다르고, 표현된 모양도 달랐다.

가장 앞에 서는 것은 황제의 태양신 가제르아나.

황제가 앞장서서 성의 동쪽 문을 나와 서쪽 문으로 들어온다. 해가 뜨고 지듯이, 봄이 돌아온 것을 환영한다는 의미였다. 혹은 태양의 빛과 함께 봄이 왔음을 의미하는 것이었다.

귀족들 당사자를 제외하고, 주변에는 신께 얼굴을 보이지 않도록 가면을 쓰곤 했다.

'……암살하기 참 좋은 환경이네.'

리슨은 문득 그런 생각을 떠올렸다.

표적―즉 귀족 당사자―은 얼굴을 드러냈다. 그 외의 인물들은 얼굴을 가면으로 가렸다.

찌르고, 튀면서 가면 몇 개 갈아 쓰고 태연하게 행진을 따라가면 끝.

'좋구만.'

암살자로 개시도 못했으면서, 벌써 그런 머리를 굴리는 리슨이었다.

공작 간의 서열은 나이순.

이번에는 다섯 공작이 모두 모였다. 황제 다음으로 거리로 나설 준비를 하는 그들은, 각자의 장식들을 자랑하면서 벌써부터 신경전이 대단했다.

"비켜—! 너무 달라붙지 말라고!"

"헹! 왜, 벌써부터 부서지는 거냐?"

"얼씨구나, 겉만 살짝 금박 입힌 거야?"

그렇게 축제 행렬에 나서는 하인들끼리 다투는 목소리가 높았다.

그러나 그들 중 누구도 건드리지 못하는 집안이 있었다.

로인 공작의 행렬.

하인들은 카이의 행렬을 힐끔거리기만 할 뿐, 뭐라 헐뜯지도 못했다.

황금이 번쩍이는 것도 아니었으며, 다이아몬드로 눈알을 박아 넣은 것도 아니었다. 그러나 그 누구도 카이가 앞세운 용신 로잉루에게서 눈을 떼지 못했다.

마치 이제 금방이라도 하늘로 날아오를 듯, 금세 석상의 모습에서 살아 움직일 듯⋯⋯!

그들에게는 낯선 용신의 모습이었지만 그 어떤 가문보다 그들에게는 위압적이고 경건하게 와 닿았던 것이다.

한참을 아웅대는 가운데.

"행렬이 움직인다—!"

"시작이다!"

앞쪽에서부터 황제의 가문신, 그리고 다른 공작들이 천천히 움직이기 시작했다.

"……훗, 결국 아무도 오지 않은 건가……."

필시 드래곤들이 매우 분노한 것이라고, 테엘은 그렇게 각오했다. 로인의 신전에서 아마 사제를 기다리면서 이를 갈고 있, 아니 마나를 다스리고 있지 않을까, 테엘은 생각했다.

드래곤은 좌우에 둘. 카이와 나란히 무개 마차 위에 있었다. 이르엘은 고운 복장을 했지만 가면으로 얼굴을 가린 채 카이의 옆자리를 차지하고 있었다.

마차 옆에는 말에 타고 가면을 쓴 벨하임과 리슨. 가장 든든한 호위막이 카이의 주변에 있었다.

"그래도 움직일 수밖에. 로드께서 오시지 않은 건 조금 실망이지만……."

"어쩌면 관중들 사이에서 감시하는 걸지도 모르지? 제대로 하는지 등등."

바엘라의 말에 두 사나이의 얼굴이 딱딱하게 굳었다.

"그, 그냥 말에서 내려서 걷는 게 낫지 않을까?"

"괜찮을…… 거야, 아마도. 안 그래?"

"출발하십시오, 로인 공작님!"

앞에서 시종이 달려와서 외치는 바람에 달리 결정을 내릴 시간도 없었다.

덜컹거리는 소리와 함께 일행이 출발했다.

귀족들의 거리를 지나친 그들은 이어 외성으로 향했다.

"우와와와와와―!"

외성에서 구경을 나선 백성들이 일제히 지르는 함성을 들으며, 카이는 눈을 감았다.

'아버지…….'

로인 공작 가문은 그동안 내내 이 자리에 참석을 못했다.

가문의 신, 자랑스러운 용신 로잉루를 석상으로 조각할 돈이 없었기 때문에. 그들이 타고 나갈 마차 한 대 없었고, 하인들 하나 없이 그저 집사 한 사람만 거느리고 있었기 때문에…….

'아버지……!'

봄의 축제!

오늘 이 자리에서 로인이야말로 새로 태어나고 있었다.

카이는 갑자기 마부를 불렀다.

"잠시 앞과 간격을 벌려라!"

"……예?"

"멈추라고!"

카이의 목소리는 강했다.

테엘은 그 말에 마차에서 내릴 준비부터 했다.

"역시 걸어서 나가는 게 다른 어르신들 보시기에 좋겠지?"

"……그게 아냐."

"그게 아니면?"

성밖에서는, 황제와 이어 네 귀족이 지나간 것을 보면서 백성들이 다섯 번째 공작을 기다리고 있었다.

그들은 특히 다음 순서를 기다렸다.

"그러고 보니, 몇백 년 만의 참가라던데?"

"저택을 지을 때도 엄청나게 돈을 썼다는데, 이번에는 또 어떻게 나올까?"

"동전을 막 뿌려 대는 거 아냐?"

"허이고! 퍽이나 그럼 좋겠다! 어차피 그래 봤자 저기, 앞쪽에서 구경하는 녀석들만 받아 처먹을 텐데, 뭘!"

그렇게 웅성거리기를 한참.

그러나 행렬은 뚝 끊겼다.

"왜 안 나와?"

"뭐야, 초라해서 안 나오려는 건가? 그래도 왜 거, 소문이 빈곤 공작이었잖아."

"역시 전의 일로 돈을 다 써 버린 건가?"

그렇게 웅성거리던 때.

"나온다─!"

성문과 가장 가까운 곳에서 외침이 터져 나왔다.

"우와와와와와와와─!!!!"

행렬이 매끄럽게 거리를 가로질러 백성의 눈앞을 스쳐 지난 순간.

이제껏 외쳐진 적이 없는 엄청난 함성이 터졌다.

그 가장 앞에 있는 것은 용신 로잉루의 모습─!

날아오르려 한다, 코끝이 매끄럽게 하늘로 치솟아 있었다. 용맹한 두 뿔 위에 하늘을 꿰뚫을 듯싶었으며, 두 눈이 부리부리하니 금세

라도 사방의 백성들을 노려볼 것 같았다. 살짝 벌린 입술 사이에서 금세 날카로운 이빨을 드러내며 불을 토해 낼 것 같다!

위압감과 저도 모르게 드는 경외의 감정!

사람의 손끝에서 태어날 수 없는 아름다운 모습에 사람들은 저도 모르게 마음속에서부터 감정을 담아 소리 질렀다.

누구라도 그 소리를 들으면 알 수 있었다. 얼마나 감탄하며, 얼마나 경건하게 여기는지를.

그런 외침에 카이는 흡족한 미소를 지었다.

"용의 신 로잉루께 경배를!"

카이는 마차 위에서 벌떡 일어나 백성을 향해 외쳤다.

"경배의 찬사를 바칩니다, 용신 로잉루여!"

"로잉루—!"

"로! 잉! 루!"

"로잉루 만세!"

그때였다.

테엘은 그 소리에 흡족하게 웃음을 짓다가, 백성의 가장 뒤쪽을 힐긋 보고는 몸이 굳었다.

"바엘라, 로드시다!"

"로드? 어디, 어디!"

"저, 저기에……!"

두 사람이 웅성거리는 사이.

카이는 양손을 들어 올린 채로 크게 숨을 들이마셨다가 일시에 내뱉으며 소리 질렀다.

"용신 로잉루께서 그대들에게 축복을!"

"우와와와와와와!!!!"

이제껏 없었다.

이제껏 그 누구도 그들에게, 가문의 신을 내걸고 축복을 빌어 준 적이 없었다.

이제껏 그들은 보일 뿐―. 황금과 보석으로 장식된 화려한 장식 상은 그러나 1년 중 한때, 눈이 즐겁고 잠깐 즐거운 것으로 끝날 뿐 인 것을 선심 쓰듯 백성들에게 보이는 것이 전부.

그러나, 지금 이 자리에서 저 생생한 석상을 본 백성들의 마음은 흔들렸다.

신은, 있을지도 모른다.

그리고 그 신은 용신, 로잉루라는 이름일지도 모른다!

그리고 축복을 내려 준다면 어떤 신이든 존재한다고 확신할 수 있을 것이다!

백성들의 가슴에서 일시에 불꽃이 타올랐다. 기쁨, 환희, 그리고 경배의 불꽃!

"우오! 로잉루!"

"로잉루여, 경배를!"

거기에 이어 이제껏 없던 일이 벌어지기 시작했다.

카이의 행렬을 따라 백성들이 이동하기 시작한 것이었다.

"로잉루! 로잉루!"

그 이름을 연호하면서, 백성들의 무리가 천천히 이동하기 시작했다.

금세 내성의 입구 근처에는 아무도 남지 않게 되었다.

그들은 한 번이라도, 그리고 좀 더 가까이에서 용의 신을 보기 위해 로인의 행렬을 감쌌다.

로인의 행렬 주변으로는 수천, 수만 명의 인파가 몰려들어서 이제 말을 몰고 나갈 수조차 없게 되었다.

행렬이 나갈수록 그 열기는 점차 도성을 지배하기 시작했다. 카이는 연신 사람들에게 손을 흔들고, 이따금 두 손을 바짝 쳐들고는 외쳤다.

"용의 신 로잉루께서 그대들에게 축복을—! 위대한 로잉루의 이름으로 그대들의 부를, 그대들의 건강을 기원하노라!"

이제 황제의 행렬과 다른 공작들은 저 앞으로 가 버렸다. 뒤처진 것은 로인의 행렬뿐.

다른 귀족들이 뒤따르고는 있었지만, 그들의 신은 금과 은으로 장식되었으나 그 만들어진 솜씨가 몹시 조잡하여, 신이 아닌 인간의 장난감으로밖에 보이지 않는 것이었다.

자연스럽게 인간들은 로인의 주변으로 몰려들었다. 용신의 주변에서 천천히 거대한 인원이 이동하던 때.

행렬의 가장 뒤에 서 있던 사내는, 그 광경을 보면서 흣 웃고 말았다.

"제법이로군."

이어 로드는 모습을 감췄다.

바엘라와 테엘은 그의 행적을, 긴장해서 바라보았다. 순식간에 사라진 것을 두고도 둘은 죽을 맛이었다.

"왜, 왜 간 거야!"

"……로드 제대로 삐치셨나 보다."

"바, 바엘라! 오늘 이 시간부로 사제는 네가 해라!"

"……안 그래도 너 죽으면 내가 사제 되지 않을까?"

"으, 윽……! 어떡해……!"

인파에 밀려 말을 몰고 가기가 여의치 않는지, 벨하임과 리슨은 연달아 몰려드는 사람들을 피하다가 결국 포기하고 마차 뒤쪽으로 자리를 피했다.

"젠장! 테엘 님, 그런 소리 하실 때가 아니잖아요! 이 와중에 뭐라도 닥쳐 오면 저 어떻게 손도 못 움직이니까 알아서 하세요!"

"……그것마저 못하면, 로드께서 너 정말 밟아 죽이실걸?"

"아, 알았다! 제길, 이놈의 인간들이란 정말 애만 싸질러 낳아 놓고, 정작 낳아야 할 놈은 애를 낳지도 않고! 뭐가 이렇게 엉망이야!"

그렇게 축제의 분위기가 한창 흥을 더해 가던 때.

뒤쪽과 앞쪽에서 다른 목소리가 터져 나왔다.

"동전이다—! 귀족들이 동전을 뿌려!"

귀족들이 자신의 행렬에 관심을 끌기 위해 최후의 수단을 쓴 것이었다.

한두 푼짜리 동전이라도, 많이 주우면 술값은 된다. 로인의 행렬 주위에 모여 있던 인파가 하나 둘 다른 곳으로 튀어 가기 시작했다.

카이는 그것을 보면서 잠시 쉴 겸, 마차 의자에 털썩 앉았다. 땀 한 방울이 이마를 흘러내리자, 사람들이 흩어진 틈을 타서 리슨이 옆으로 와 그에게 손수건을 건넸다.

"잘됐습니다, 차라리. 이 틈에 행렬을 좀 따라붙는 게 나을 것 같습니다. 이 틈에 가지 않으면 오늘 하루가 끝나도 한 바퀴를 돌지 못할 것 같습니다."

리슨의 말에 카이는 못마땅한 듯 고개를 흔들었다.

"금화를 뿌리고 싶은데, 이렇게 되면."

"……제발 참아 주세요, 주공."

"질 수는 없잖느냐, 리슨! 게다가 이게 몇백 년 만의 자린데 겨우 동전 따위로 사람들을 홀리다니……!"

"저들보다 남은 사람들이 사실 실속이 있는 거잖아. 뭐, 용신께 굳이 사람들이 몰려들어 봤자 별로 챙겨 주고 싶은 것도 없지만."

테엘은 로드를 찾아 두리번거리면서 말했다.

그렇게 일행이 그 틈을 타서 앞으로 나가던 중.

동전을 받으러 흩어졌던 인파가, 동전을 줍고는 이내 카이의 주변으로 돌아왔다.

카이는 그들을 보며 훈훈하게 웃고는, 연신 손을 흔들어 주었다.

산발적으로, 그러나 자발적으로 군중은 카이의 주변에서 외쳤다.

"로잉루 만세! 로인 만세!"

"만세긴 만센데…… 로드는 어디로 가신 거야?"

"보시다가 질려서 가신 거 아냐? 정말 인간 많다. 마법을 쓴 것도 아닌데 어쩜 이렇게 다 얼굴이 달라?"

드래곤 둘은 신나서 흔들어 댔다.

그때 마차 곁으로 한 꼬마가 뛰어들었다.

리슨이 당장 아이를 말 위로 낚아챘다.

"뭐냐!"

"리슨! 어이, 봐 봐, 아이잖아! 왜 그래?"

벨하임이 당황해 외쳤지만 리슨은 가차 없었다.

"이런 아이의 손에도 무기가 들릴 수 있다."

"저, 저는…… 히잉……."

"리슨."

이런 일은 카이가 나서야 정리된다.

"그 아이를 이리로."

구경꾼들은 그 광경을 보고 하나 둘 입을 다물었다. 언제 축제가 있었냐는 듯, 자리가 조용해졌다.

"하, 하지만 주공……."

"무엇 하러 뛰어들었는지는 물으면 될 것 아니냐."

"알겠습니다."

리슨이 아이를 바닥에 내려놓았다.

아이가 머뭇거리면서 마차 곁에 섰다.

마차가 다시 천천히 멈췄다. 카이가 마차 밖으로 몸을 내민 채 아이를 내려다보았다.

"내게 할 말이 있느냐?"

도리도리. 아이는 고개를 흔들었다.

"그럼 무슨 일이더냐?"

"오늘은 신이 내려오시는 날이래요."

"그렇지."

"그래서 이 꽃을 신께 바치랬어요."

아이는 등 뒤에 감춰 든 작은 손을 내밀었다. 그 손에는 작은 꽃 뭉치가 들려 있었다. 어디서든 흔하게 볼 수 있는 꽃이었다.

카이는 그 말에 미소 지었다.

"우리의 용신 로잉루께서 너에게 축복을 내리실 것이다. 꼬마야, 건강하고도 원대한 꿈을 이룰 수 있기를 용신의 이름을 빌어 기원해 주마."

꼬마는 쪼르르 앞으로 달려갔다. 꼬마의 손에 있던 작은 꽃 뭉치는, 이내 용신의 신상 앞 작은 공간 위에 놓였다.

"……고맙다."

테엘은 아무도 듣지 못하게 작은 목소리로 말했다. 바엘라는 그의 얼굴 앞에 바짝 얼굴을 들이댔다.

"울어?"

"이 시퍼런 기집애가…… 누가 울어!"

테엘은 꽥 소리 지르면서 재빨리 얼굴을 손으로 훔쳤다.

카이가 이르엘을 돌아보았다.

"저 아이에게 축복을 내려 주겠나."

이르엘이 한 손을 아이에게 뻗었다. 곧 그 손에서 푸른 정령이 생겨나더니 이내 아이의 두 어깨 위에서 스며들 듯이 사라졌다.

"우와와와와!"

"정령, 정령이야!"

"로인 공작 곁에 정령사가 있다!"

사람들이 다시 열광했다. 그리고 일제히 손에 닿는 꽃을 갖고 와 용신의 앞길에 뿌리기 시작했다.

황제의 앞에서나, 다른 공작들에게도 보이지 않던 정성이었다. 그들이 뿌린 경배의 길 위를 걸으면서 카이는 내내 뿌듯한 표정을 지었다.

"……최고의 경배다, 저 꽃이야말로."

그 용신의 석상 가장 앞에 걸려 있는 작은 꽃.

이 경배를 이끌어 낸 작은 시작이었으나, 그 결과는 실로 거대했다.

"꽃이 자라나는 것 같아요."

이르엘의 말에 바엘라는 저도 모르게 고개를 끄덕였다.

꽃이 층층이 쌓이고, 이어 앞길로도 계속 깔렸다.

하늘에서 본 그들의 앞은 길이 새로 만들어지는 듯했다. 그야말로 신이 실제로 강림하실 듯한 그런 장면이었다.

그리고 마침내……!

"궈에에에에에에에에에에에에—!"

높은 하늘에서 울려 퍼지는 알 수 없는 울음소리.

가장 놀란 것은 황제였다. 그는 단박에 고개를 쳐들었다.

그리고 수많은 사람들이 황제를 따라 하듯이 고개를 들어 올렸다.

누군가가 하늘을 가리키며 외쳤다.

"……저 위다—!'

저 먼 하늘 위에 하나.

독수리가 날개를 펼친 듯한 광경이었다.

독수리 한 마리가 사냥감을 발견하고 하늘에서 둥글게 맴도는 듯했다.

그러나 이내, 그 주변으로는 구름을 뚫으면서 둘, 셋……! 그렇게 숫자가 크게 늘어나기 시작했다.

"퀘에에에에에에에—!"

울음소리가 다시 도성 전체로 퍼졌다. 멀리서 들려오는 그 소리는 천둥보다 더 위압적이었으며, 번개보다 더 확실하게 사람들의 마음을 꿰뚫었다.

"헉!'

테엘의 마음도 확실히 꿰뚫렸다.

"와, 왔다……!'

그들도 하늘을 올려다보았다.

맴을 도는 날개 달린 종족이 서른까지 늘어났다. 이제는 그 첫 번째 모습이 어떤 것인지 누구나 알 수 있었다.

바늘 떨어지는 소리도 들릴 정도로, 성 전체가 고요해졌다.

"드래곤이다!"

갑자기 누군가가 외쳤다.

"끼야아아아아아!!"

"도망쳐!"

"드래곤의 공격이다!"

그 소리에 발끈한 셋이 소리 질렀다.

"누가 공격을 한다는 거야!"

테엘과 바엘라는 광장 저 위쪽, 집 위에 서 있는 로드를 발견했다.

"로드!"

"뭐 하시는 거예요!"

"……구경!"

"어떻게 좀 해 보세요!"

"망할 인간들은 달라진 게 하나도 없다니까!"

로드가 그 자리에서 갑자기 화려한 푸른 날개를 펼쳤다. 두 날개를 몇 번 퍼덕거리자 거대한 바람이 광장을 스쳤다.

이어 로드는 하늘로 곧장 날아올랐다. 그 하나의 그림자가 맴도는 원 한가운데로 사라지고 잠시 후…….

하늘에서 뭔가 하나가 툭, 바닥 위로 떨어졌다.

그건 정확히 가장 먼저 꽃을 바친 꼬마의 발 앞에 떨어졌다. 아이는 거기에 시선을 빼앗겼다.

그것을 주워 들자, 태양빛에 찬란한 빛을 내면서 번쩍거렸다.

“……?”

이어 투둑, 마치 비가 오는 듯이 하늘에서 보석이 떨어졌다.

“……보, 보석이다!”

“마, 말도 안 돼!”

그러나…….

맴도는 드래곤들 사이에서 계속해서 보석이 떨어졌다. 그 떨어지는 보석은 햇살에 반짝거리면서 눈부신 빛을 시민들에게 내뿜었다.

“보석이다—!”

사람들은 일제히 땅바닥으로 몸을 굽혔다.

“……허.”

벨하임은 무심코 옆에 떨어지던 보석 하나를 허공에서 낚아채서 손에 쥐었다.

반짝이는 것은 새끼손톱만 한 작은 루비였다.

“…….”

벨하임은 슬쩍 눈치를 살피면서 루비를 품 안에 챙겨 넣었다.

카이는 하늘을 올려다보았다.

드래곤의 날개 품에서 떨어지는 보석.

카이는 저도 모르게 손을 번쩍 쳐들었다.

“용신 로잉루의 축복이다!”

“로잉루 만세!”

“만세, 로잉루 만세!”

외침이 외성 전체로 퍼져 나갔다.

황제는 행렬의 가장 앞에서 이 모든 상황을 전해 들었다.

그는 하늘에서 떨어지는 보석을 향해 떨리는 손을 내밀었다. 그의 손안에서 떨어지는 보석이 투툭 소리를 내며 잡혔다.

"……돌아간다."

그의 목소리는 처음에는 몹시 낮았다.

"예……?"

"돌아간다, 지금 당장!'

황제의 얼굴에는 분노가 가득했다.

그러나 800년 봄의 축제에서, 그 누구도 행렬을 도중에 되돌린 적은 단 한 번도 없었다.

봄을 맞이하고 가을에 거두기를 기원하는 행렬이었다. 신께 경배를 바치며 복을 기원하는 자리!

그 어떤 황제도 출발은 해도, 돌아오는 길을 바꿀 수는 없는 신성한 행렬!

그러나 지금 헤첸 4세는 그 발길을 되돌리려 하고 있는 것이었다.

행렬이 삐거덕거리면서 길을 돌렸다. 백성들은 놀랐지만, 그 앞을 가로막을 수는 없었다.

황제의 행렬을 따라 네 공작들도 차례로 수레를 돌렸다. 황제의 뒤를 따름으로 황제에게 충성하겠다는 의미가 있었다. 그들도 다른 길을 갈 수는 없었다.

백성들은 그러나 상관도 하지 않았다. 하늘을 올려다보며 드래곤

구경을 하랴, 보석을 주우랴, 정신이 없었던 것이다.

그들이 바라보는 것은 드래곤과 용신을 내세운 로인 공작뿐.

마침내 황제의 행렬이, 로인 공작의 행렬 앞에 이르렀다.

"길을 비켜라!"

황제는 있는 힘을 쥐어짜 내 외쳤다.

카이는 마나 덕분에 간신히 그 소리를 알아들을 수 있었다.

"……어찌하여 길을 되돌아가시는 겁니까, 폐하?"

지금 상황을 이해할 수가 없어 카이는 물었다.

"길을 비키라고 했다!"

카이의 얼굴이 굳었다.

"폐하, 이 축제는 제국 800년의 역사가 이어지면서 내려온 전통입니다. 발길을 돌리시면 안 됩니다."

카이의 목소리는 낮았지만, 또렷하고 명확하게 황제와 다른 공작들에게 전해졌다.

르퀸 공작은 망설이면서 황제의 옆으로 향했다.

"폐하, 로인 공작의 말이 맞사옵니다. 이 행렬을 되돌리는 것은 신께……."

"신은 없다!"

황제의 외침이 순간 벼락처럼 사람들의 귓가로 퍼져 나갔다.

사람들은 그 소리를 듣고는 서로를 바라보면서 웅성거렸다.

헤첸 4세가 한 손으로 카이를 가리켰다.

"신이 있다면, 저자가 거느린 드래곤이겠지! 태양신 가제르아나는 없다. 다른 신도 없다. 신은, 없다!"

헤첸 4세의 손이 카이의 뒤쪽 테엘에게로 움직였다.

"신의 천사라 했는가! 그대가 천사라 할 수 있는가?"

"……쳇. 들킨 건가."

테엘이 낮게 읊조리면서 자리에서 일어섰다. 카이가 그를 뒤쪽으로 밀었다.

"폐하, 길을 돌아가소서. 이 행진은 태양이 지나는 길처럼 되돌릴 수도, 멈출 수도 없사옵니다."

"이미 멈췄다. 그렇다면 되돌릴 수도 있겠지."

헤첸 4세는 날카롭게 외쳤다.

"로인 공작! 그대의 불경한 태도는 이미 충분히 보았다. 길을 돌려라."

리슨은 황제에게서 미약하나마 살기를 느꼈다.

황제가 실력으로 뭘 할 수 있을 리는 없었다. 그러나 황제의 자리는 로인을 사형시킬 수 있었다. 또한 황제의 마음이 움직인다면, 밀테이너는 마음껏 로인에게 덤벼들 것이다.

"주, 주공……. 우선은 마차를……."

카이가 한 손을 뻗어 그의 말을 막았다.

"돌릴 수 없습니다!"

그의 강한 목소리가 크게 울려 퍼졌다.

헤첸 4세의 얼굴이 창백해졌다.

밀테이너는 그 상황을 보면서 웃음을 간신히 억누르고 있었다.

'어느 쪽이 이겨도 좋다! 그러나 어느 쪽이든 제대로 싸워만 다오!'

헤첸 4세는 이 상황에 잠시 어떻게 말을 해야 할지, 망설이기만 했다. 이제껏 그에게 큰 소리를 낸 사람은 아무도 없었다.

게다가 카이의 온몸에 가득 찬 기합에 그는 위축되었다.

카이는 당당하게 마차 위에서 일어선 채 황제를, 그리고 그 뒤의 공작들을 정면으로 바라보고 있었다.

눈빛이 마치 그들의 마음을 들여다보는 것 같아서, 공작들은 시선을 슬며시 피했다.

"신은 계십니다, 폐하. 그리고 그 모든 신의 축복을 받으시는 존재가 이 라페드 제국의 단 한 분뿐인, 황제 폐하이십니다. 길을 되돌릴 수는 없습니다. 다시 앞으로 나가십시오."

헤첸 4세는 간신히 버티다가, 끝내 카이의 말에 못 이겨 시선을 돌렸다.

"어서!"

카이는 외쳤다.

황제의 마차가 한두 발씩 뒤로 물러나기 시작했다. 그 앞을 따라 카이의 마차가 한두 발씩 움직였다.

천천히 뒤로 걷던 황제의 마차.

헤첸 4세는 새파랗게 질린 얼굴로 결국 마차를 돌려, 행진을 계속하도록 명령했다.

카이 역시 굳은 표정으로 그 뒤를 따랐다. 심지어 공작 중에 가장 앞선 자리를 차지해 황제의 바로 뒤를 따라가고 있었다.

한두 번, 헤첸 4세는 뒤를 돌아보았다.

그러나 그때마다 그들 사이의 먼 거리에도 불구하고 카이의 두 눈빛만이 그를 재촉하는 걸 발견하곤 했다.

황제는 내내 고개를 수그리고 있었다. 마차도 천천히 몰지 않았다. 말은 잰걸음으로 외성을 쏜살같이 빠져나갔다.

이윽고 황제는 황궁 안으로 들어갔다.

귀족들의 마차도 일제히 자신들의 집을 향해 흩어졌다. 보통 행렬이 끝나면, 내성의 귀족들에게는 서로의 마차를 타고 거리에서 신의 이름으로 축복을 서로에게 퍼붓는 것이 보통 있던 일이었다. 그러나 올해는 그런 뒤풀이는 없었다.

카이도 저택으로 돌아왔다.

저택의 정원에는 몇십 명의 사람들이 서로 모여서 이야기를 나누고 있었다. 그 가운데, 희미한 파란색의 머리카락을 뒤로 길게 늘어뜨린 사내가 카이를 보고는 다가왔다.

"로드 영감이다."

테엘은 신음처럼 중얼거렸다.

카이는 마차에서 뛰어내려, 드래곤 로드를 향해 걸어갔다.

"로인!"

고르진이 카이를 향해 두 손을 뻗었다.

"……로드께 인사 올립니다."

"음. 테엘에게서 10년 사이 몇 번 연락은 받았네."

고르진은 이어 카이의 전신을 훑어보다가, 빙그레 웃었다.

"자네의 온몸에서 느껴지는군. 로인의 핏줄……."

"감사합니다, 로드."

고르진은 이어 카이의 한 손을 붙잡고 일족 앞에 섰다. 정원 이곳 저곳에서 노닥거리던 일족이 카이의 앞으로 모여들었다.

"우리의 신께 이제껏 본 중 가장 성스러운 경배를 바친 이름을 위하여—!"

"로인을 위하여—!"

황궁 전체에 그들의 외침이 일제히 울려 퍼졌다.

그 소리를 들은 외성의 백성들이, 따라서 외치기 시작했다.

"로인 공작을 위하여—!"

그 소리는 물결을 타고 번져 나가듯이, 그렇게 그날 하루 종일 란펜 전체로 퍼져 나갔다.

헤첸 4세는 눈물 젖은 얼굴로 창밖을 내다보고 있었다.

그날 해가 저물고 있었다.

이제껏 없었던 치욕의 날이 저물고 있는 것이다. 그러나 황제는 앞으로 다시는 오늘을 잊을 수 없으리라는 걸, 스스로도 잘 알고 있었다.

헤첸 4세는 이를 뿌득 갈았다.

"……두고 봐라……! 로인! 니희 가문을 멸실하고야 말겠다!"

그날 저녁의 황궁 무도회.

헤첸 4세는 공작 반열에 선 카이 앞을 그냥 휑하니 지나치는 것으로 자신의 심기를 드러냈다.

SWORD OF DRAGONLOAD

제8장

무도회의 그림자

다섯 공작들은 번갈아 무도회를 열었다.

황궁에서는 첫날, 그리고 마지막 날 무도회를 열었다. 그리고 그 다음날부터 다섯 가문이 돌아가면서 무도회를 열고, 중간에는 그 외의 가문에서 크고 작은 무도회가 열린다.

끝으로는 다시 공작 가문이 돌아가면서 열고 황궁의 무도회를 끝으로 봄의 축제, 정식 무도회는 끝이 나는 것이다.

카이의 순서가 되었다.

축제 첫날 벌어진 황제와의 알력 다툼 때문에, 카이는 조금은 곤란한 상황이었다.

황제는 축제 초기에 있는 공작 가문의 무도회에는 참석하기 마련이었다.

실제 다른 네 공작의 무도회에는 참석한 황제였다.

로인 공작 저택에서 펼쳐질 무도회는, 앞선 무도회의 인상을 확 흐릴 성도로 화려하고 아름다울 것이라 예상되있다. 그린 만큼 황제도 싸움은 잊고 한번 참석하지 않겠느냐는 조심스러운 예측도 나왔다.

　부드러운 음악 소리가 홀을 감싼다.

　초저녁의 공기는 아직 쌀쌀해서, 방의 벽난로 몇 개에 불을 피웠다. 하지만 저택에는 여전히 냉기가 돌았다.

　"사람의 온기가 가장 따뜻하다는 이야기를 이제 이해하겠어."

　"뭐, 춥다면 레드 몇 녀석이 열을 뿜으면 따뜻하다 못해 더워지지 않을까?"

　테엘과 바엘라는 서로 주거니 받거니 이야기를 나눴다.

　오늘, 많은 손님들이 올 것을 대비하고 저택의 1층 전체를 개방했다. 그러나 아직 그 전체를 맴도는 것은 드래곤뿐이었다. 대륙 전체에 퍼진, 몇몇 잠에 빠진 드래곤을 제외한 모든 드래곤들의 회합!

　"……여기에 모이는 인간들이 있으면 그야말로 낯짝을 보고 싶네요."

　벨하임이 뒤에서 투덜거렸다.

　"모조리 드래곤뿐인데 무슨 심정으로 온답니까?"

　"그런 것을 무시하고 행동하는 게 인간 아니던가? 엘프들과 드워프들은 침범도 하지 않는 레어 근처에서 깝죽거리잖아. 나중에서야 '아, 드래곤 레어 근처에 와서 몬스터가 많았구나! 라고 말하면서 몰랐다고 벌벌 떨고."

　"최소한 그 말씀은 여기가 레어라는 건 인정하시는 거죠?"

　벨하임의 말에 테엘은 홀을 내려다보았다.

어슬렁거리는 인간은 사실 모두 드래곤.

"그렇네? 이왕 이렇게 된 거 본체로 변신해서 다 같이 저택이나 꽉꽉 채워 볼까? 높이가 낮아서 좀 불편하려나."

테엘이 팔자 좋게 중얼거렸다.

"그 본체로 무도회라니, 보기에 조금 불편할 것 같은데…… 케헥!"

벨히임은 그렇게 중얼거리다가 테엘과 바엘라가 동시에 살기를 쏘아 보내는 바람에 숨을 컥컥거렸다.

무도회 시작 시간은 이미 지났지만, 인간 손님은 하나도 없었다.

카이는 드래곤들을 만나 일일이 인사를 나누느라 정신이 없기는 했다.

이제는 그들을 진정시키느라 정신이 없었다.

"인간들이 로인의 무도회에 이렇게 오지 않는다니, 너무한 일 아닌가! 이는 용신을 무시한 처사다!"

"로, 로드. 그런 건 아닙니다."

'정확히는 드래곤과 암살 위험 때문이지요.'

사실 자기가 생각해도 오면 용타 싶었다. 인간들이야 서로 모여 봤자 시끄럽기만 하다.

"인간에게 체면은 매우 중요한 요소 아닙니까. 또한 파벌이라는 것도 있지만……. 올 사람은 올 것이고, 오지 않을 사람은 오지 않을 것이고. 거기에 대해서 명령을 내릴 수는 없을 것으로 압니다."

고르진은 그 말에 고개를 끄덕였다.

"그들은 언뜻 우리에게 겁을 먹는 것 같으면서도…… 가끔은 신기하게도 기어오른단 말야. 허허허…… 그대들의 선조가 로드 하이르를 처음 찾아왔을 때가 생각나는군. 그녀도 그랬지. 드래곤을 마주 볼 때의 눈빛은…… 신비했어."

"그렇습니까?"

카이는 살짝 웃었다.

"그래. 그런 표정. 가끔 인간에게는 신비한 존재가 태어나는데…… 그녀 역시 그랬고, 어쩌면……."

드래곤 로드 고르진은 카이를 가만히 바라보았다. 깊이와 세월을 짐작조차 할 수 없는 현명한 눈이 카이를 한참이나 바라보았다.

"아니, 그대 역시 그렇군. 시간이 흐름에 따라 변치 않기를 바랄 뿐이네."

"……말씀 감사할 따름입니다."

"뭐……."

그때였다.

문이 열리면서 리슨이 안도감이 역력한 표정으로 안으로 들어왔다.

모여 있던 드래곤들이 일제히 리슨을 돌아보았다.

움찔하긴 했지만 리슨은 외칠 건 외쳤다.

"엘란 후작께서 카란 영양을 모시고 도착했습니다! 파이엘 백작 부부께서 따님과 함께 도착하셨습니다."

"……올 사람은 온다니까요."

"그렇군."

"비록 한 사람은 우정을 갈구한다고 날뛰는 철없는 청년이고, 다른 한 사람은 이득을 얻고자 파들거리는 겁 많은 상인 출신이긴 합니다만……."

카이는 로드와 함께 문가로 다가갔다.

두 무리가 나란히 카이를 향해 걸어왔다.

"공작님. 조금 늦었다고 생각했는데, 그렇지 않은 듯해서 다행입니다."

"로드, 이쪽이 엘란 후작입니다. 엘란 후작, 드래곤 로드 고르진 님이십니다."

카이는 그의 인사를 받으며 부드럽게, 반쯤은 놀리는 목소리로 서로를 소개시켰다.

엘란 후작의 몸이 굳었다.

그리고 이어 카이는 파이엘 백작을 향해 몸을 돌렸지만, 그들 역시 굳어 있었다.

"크하하하하핫! 그래, 이래야 정상적인 인간이건만……! 카이, 그만 하시게나."

"하지만 첫 손님이라서 한번 그렇게 말해 보고 싶었습니다. 엘란 후작, 파이엘 백작, 놀라게 해서 죄송합니다. 음악을 준비하지요. 음식이 준비되어 있습니다. 마음껏 즐기시길 바랍니다."

두 사람은 경직된 상태로 드래곤 사이를 뚫고 음식이 차려신 곳으로 향했다.

이르엘이 그들을 맞이해서 대화를 시도했다.

"……오셔서 기쁩니다. 엘프의 대표 이르엘 우네르달리아넨카바리갈이 인사드립니다."

"은빛의 요녀!"

분위기는 더 험악해졌다.

그나마 모드 덕분에 파이엘 백작은 조금 괜찮았다.

"모드 님을 뵙습니다!"

"어제 만나 뵌…… 파이엘 백작이시던가?"

"옙! 기억해 주신다니 영광입니다!"

하지만 곧 테엘이 곁에서 중얼거리는 소리에 파이엘 백작의 몸이 굳었다.

"뭐야, 드워프가 드래곤보다 더 좋다는 거야?"

이 불쌍한 무도회를 바라보며 카이는 고개를 흔들었다. 결국 분위기를 바꿀 방법은 자신의 한 몸 희생하는 것뿐인가, 생각하던 중.

다시 문이 열렸다.

"르퀸 공작님과 청홍조의 기사단 분들께서 파트너를 대동하시고 도착하셨습니다."

"……그 녀석들도 파트너가 있단 말인가."

카이는 중얼거리면서 르퀸 공작을 향해 움직였다.

르퀸이 뒤에 기사단을 거느린 채 들어왔다.

두 사람의 시선이 마주쳤다.

서로 같은 것을 떠올리는 것이다. 아까 황제의 길을 되돌릴 때의

일.

이미 둘은 황제의 눈 밖에 있었다. 그렇게 된 이상 제국을 위해 힘을 합치는 길이 남았을 뿐.

카이는 부드럽게 인사말을 꺼냈다.

"꼭 르퀸 공작님의 군대 같군요."

의미심장한 발언에 르퀸 공작은 눈썹을 치켜 올렸다.

"나도 이세는 군내가 몹시 필요하게 되었으니까 말일세. *조금 늦었군, 로인 공작.*"

"아닙니다."

두 공작은 서로를 가만히 바라보다가, 손을 맞잡았다.

"한번 해 보세."

"……해 보지요."

둘은 짤막하게 대화를 나누었다.

바엘라가 르퀸 공작에게 다가왔다.

"어서 오세요, 르퀸 공작님. 오시길 기대했습니다."

"이거, 미인께서 맞아 주시니 영광입니다."

"부인께 인사 올립니다. 현명한 아름다움을 뵈니, 제가 너무 철없어 보이네요."

나이 수천 살의 드래곤은 넉살 좋게 사람들을 대접했다. 이르엘은 우울한 눈빛으로 그들을 바라보고 있었다.

카이는 이백 명의 사나이들을 맞이했다.

"……어서들 오게나."

"공작님을 뵙습니다—! 일동 차렷—!"

쿵—! 발끝이 일시에 모아지면서 일사불란하게 움직였다. 바닥을 힘차게 차는 군화 소리!

"늦었습니다—!"

쿵—! 일제히 그들이 다시 뒷발을 부딪쳤다. 그 소리가 음악 소리를 잠시 기세 좋게 압도했다.

"자, 제군. 음식이 있고 오늘은 알아서 파트너도 대동했으니, 필요한 게 있으면 말을 하게나."

"감사합니다!"

사람들이 이백 명이나 채워지자, 조금 더 분위기가 살아났다. 악단은 부지런히 음악을 연주했고, 사내들 중 몇몇은 용기를 내어 이르엘, 바엘라, 다른 드래곤 여인들에게 접근해 춤을 신청했다.

"간 큰 녀석들 같으니."

테엘은 그 춤판을 보면서 푸념했다. 그러다가 슬쩍 미소 지었다.

"하여간 알 수 없는 종족이라니까……."

르퀸 공작이 이끄는 파벌의 몇몇 귀족들도 슬며시 얼굴을 내밀었다. 중도 파벌의 몇몇 귀족들도 뒤늦게 도착했다.

사람들이 채워지자 드래곤들도 그 사이에 슬쩍 섞였다.

르퀸과 카이는 다시 술잔을 하나씩 들고 구석으로 향했다. 테라스 중, 가장 구석진 자리를 찾아들자 손님들이 알아서 섞였다.

"……전날에는 신세를 졌네."

"아닙니다."

본론으로 돌아가도 둘 사이의 대화는 꽤 서먹하기만 했다.

르귄 공작은 머리를 흔들었다.

"그 길을 막는 건 사실 내가 했어야 하는 일인데……. 막을 엄두조차 내지 못했군."

"젊은 객기에 맡기셔야 하는 일도 가끔은 있잖습니까."

"뭐, 제국의 앞날을 그 젊은 객기에만 맡기기도 그렇지만. 이번에는 정말 그럴 수밖에 없더군."

"결국 폐하의 심기를 완전히 거스르고 말았지요."

"우음……. 최근 자네 소문이 자자하던데, 들었던가?"

카이는 웃으면서 물었다.

"이번에는 뭐라던가요?"

"호통 공작일세."

"하하하하하하핫!"

빈곤에서 참수, 이번에는 호통이라는 별명. 그러나 기분 나쁘지는 않았다.

"그리고 용신을 모시는 공작이라고 다들 존경하면서 보기는 해. 혹시 신문이라는 걸 들어 봤나?"

"심문요?"

"신문. 얇은 종이책 같은 걸세. 한 다섯 페이지 내외의."

카이는 고개를 흔들었다. 르귄은 한숨을 내쉬면서, 테라스 한쪽에 마련된 긴 의자에 앉았다.

리슨이 눈치 빠르게 나타나, 그 곁에 작은 화로를 놓고 갔다. 불기운이 훈훈하게 둘 사이를 덮쳤다.

"최근 들어 그런 게 나돌고 있네. 뭐, 읽을 줄 아는 사람은 드물지만……. 사벤 알 미네드 자작의 말로는 잡는 게 좋겠다고 하더군. 그 영향에 대해서 하루아침에 뿌리를 뽑을 수 없을 테니까 말야."

"……그렇습니까?"

"아아. 실제로 읽는 녀석들 중에는 주변에 그 이야기를 퍼뜨리는 사람이 많은데……. 여기 하나 가져왔네. 축제라 그런지 한 장뿐이야."

르권 공작이 품속을 뒤적여 얇은 종이 한 장을 꺼냈다. 싸구려로, 접힌 자국이 벌써 닳아 글씨를 읽을 수가 없었다.

거기에 인쇄된 글씨는 얼마나 작은지, 카이는 눈을 부릅떠야 했다.

"……용케 이런 걸 써 내는 군요. 암호문도 아니고."

"그래서 읽는 사람이 없지만……. 그걸로 미루어 봐서, 꽤 돈이 없는 녀석이라는 건 밝혀 냈네."

"이건 밝혀 내고 자시고 할 것도 없습니다만."

딱 봐도 할 말은 많고, 종이 값과 인쇄 비용이 없다는 게 드러나는 지면이었다.

카이는 그 내용을 읽기 시작했다. 그의 얼굴에서 표정이 오락가락했다.

이윽고 카이는 종이를 깔끔하게 접었다.

"……문체가 많이 조악하군요. 명문은 아닙니다."

"아무래도 평민 대상이니까 그렇겠지."

"그렇지만 문제를 제기하는 의식은 분명한데요. 이 생각이 전체로 퍼져 나가면 곤란하겠습니다."

"그래서 어서 빨리 그자를 적발해 내고 싶네. 지금은 축제 기간이라 쉽지는 않겠지만. 폐하께서 이 일을 알게 되면 어떤 일이든 꼬투리를 잡힐 수 있네."

신문의 내용은 간단했다. 축제 첫날 황제가 일부 길을 거꾸로 갔으며, 그 일이 얼마나 중대한 일인가를 성토하는 것이었다. 그리고 내용의 반은 로인 공작이 그 앞을 가로막은 것을 역사에 길이 남을 충신의 역할이라 말하고 있었다.

'허허. 이런 종이 쪼가리의 내용도 이제는 의심을 해야 한다는 건가.'

카이는 고개를 흔들었다. 르퀸은 술을 가볍게 홀짝이면서 동감을 표시했다.

"폐하의 마음이 완전히 돌아섰으니, 어떤 변명을 해도 쉽지 않을 터. 나야 어느 정도 안전하겠지만, 자네는 어떻게 할 건가? 내가 도울 수 있는 일을 말해 보게."

"일단 사람이 많이 필요합니다만, 지금 당장 귀족들을 불러 모으려 해도 쉽지 않을 것 같습니다. 세력 부풀리기로 보이면 폐하의 눈밖에 날 테니까요."

카이의 말에 르퀸은 그를 신중한 눈으로 바라보았다.

"생각해 둔 방법이라도 있던가?"

카이는 무도회장 안에서 기사단을 거느린 채 껄껄 웃고 있는 벨하임을 바라보았다.

"벨하임이 그러더군요. 평민들이 아카데미를 나왔다고……. 어렸을 때는 잘 듣지 못하던 이야기입니다만……."

"아. 몇몇 비서를 키울 생각으로 보조를 했는데, 의외로 성적들이 좋게 나와서. 최근에는 한 해 꾸준히 다섯 명 내외의 평민 졸업생이 나오고 있네. 사실 입학금 외에도 자격을 꽤 엄하게 따지기 때문에……. 허용이 된다면 귀족들의 자녀들과 비슷한 수준으로 다니겠지."

"흐음, 평민들을 대상으로도 예법과 정치를 가르치는 겁니까?"

"정치는 생략했지."

르긴 공작이 짤막하게 대꾸했다.

카이는 고개를 끄덕였다.

"그들에게 내일 바로 찾아가 볼 생각입니다."

"축제 중인데?"

"축제라 해도 적은 쉬지 않을 테니까요."

르긴 공작은 그 표현에 잠시 더 표정이 굳었다.

"그래. 적이로군. 이제 그 표현에 익숙해져야겠지."

"몇 가지 스크립트를 며칠 내로 전해 드리겠습니다."

"스크립트를?"

"가장 안전한 곳으로나, 아니면 일시적인 마법 방어용으로나 요긴하게 쓰실 수 있겠지만……."

카이는 흔들리지 않는 목소리로 르퀀을 묵묵히 바라보았다.

"당분간은 아무 내색도 하지 마십시오. 연합을 적이 모를 때에는 의외의 복병이 될 수도 있으니까요."

"나 때문이라면……."

"그것 때문이기도 하니까, 괜찮습니다."

"……고맙네."

르퀀에게는 무력이 없었다. 때문에 밀테이너가 들고일어나면 가장 만만한 희생양이 되고 만다.

아직 카이는 그를 감싸 줄 정도의 무력을 키우지는 못했다.

"그리고 보니, 준비한 물건을 이제 슬슬 내놓을 때가 되었네요."

"준비한 물건?"

"멋질 겁니다. 용사들에게 줄 물건이라 신경을 썼지요."

카이는 자리에서 일어났다.

"주인을 너무 오래 잡아 두었군."

"들어가시지요."

카이는 르퀀 공작의 한 손을 잡아 자리에서 일어나는 걸 도왔다.

둘은 다시 회장으로 나왔다. 거칠고 다소 무례한 사내들은 벌써부터 이 분위기에 취해서 훈훈하게 타오르고 있었다.

벨하임의 주변에는 수없이 많은 여인들과, 수없이 많은 남자들이 서 있었다. 소드마스터는 어쨌든 인기인이었다.

르퀀 공작이 손님들과 어울려 이야기를 나누는 사이, 카이는 리슨을 찾아 주변을 둘러보았다.

보통 그가 찾는 듯 고개만 살짝 들어도 나타나던 리슨이었다. 그러나 지금은 어디에서도 보기가 쉽지 않았다.

'누가 침입이라도 한 건가?

드래곤에 실력자들이 버글거리는 지금 이 카이의 저택에 누가 침입을 한다면 오히려 재미있겠다고 카이는 내심 생각했다.

그러나 어쨌든, 리슨의 모습이 보이지 않자 카이는 테라스 쪽으로 걸음을 옮겼다.

공기를 쐬면서 잠시 카이가 마음을 풀었을 때.

희미한 목소리가 들렸다. 카이는 옆으로 고개를 돌렸다.

옆의, 옆의, 옆의 테라스. 어둠 속에 두 남녀가 나란히 앉아 있었다.

가만히 앉아 있을 뿐, 아무 말도 하지 않는다. 어쩌면 말하는 게 더 힘든 일일 수 있었다. 둘의 입이 찰싹 달라붙어 있었으니까.

"……."

카이는 잠시 몸이 굳었다.

남자가 누군지는 쉽게 알 수 있었다. 화려한 금발에 큰 키, 균형 잡힌 몸은 곧 리슨이었으니까.

하지만 상황이 조금은 묘했다. 앉아 있는 리슨의 얼굴 위에 여자가 일어나서 얼굴을 대고 있었다.

'못 본 체하는 게 정답이겠군.'

카이가 그렇게 생각하며 안으로 들어오려다가, 생각해 보니 이상했다.

‘……시킬 일이 있는데? 이럴 때는 그냥 무덤덤하게 찾아야 하나? 그럼 아는 척해야 하는 건가?’

그렇게 망설이면서 테라스 밖으로 나왔을 때.

엘란이 상기된 얼굴로 그의 앞에 불쑥 나타났다.

“드디어 르퀸 공작님과 손을 잡으셨네요.”

“들었는가. 빠르군.”

“당연하죠! 제가 르퀸 공작님 최강의 병력이니까요.”

카이는 천천히 엘란의 말을 음미했다.

“……최강이라.”

엘란의 얼굴이 붉어졌다.

“그래도 최강입니다. 다 문인 중에……. 앞으로 두 분 사이의 조율을 맡도록 하겠습니다.”

순간 카이는 뭔가 이상한 느낌을 받았다. 그래서 엘란의 표정을 바라보니 어째 심상치가 않았다.

“……다른 할 말이 있으신가, 엘란 후작?”

“아그니스가 어디 있는지 혹시 아시는가 해서요.”

“……아.”

드디어 여자의 정체가 생각났다. 뒤이어 카이는 자신의 입장이 참으로 곤란해졌다는 걸 깨달았다.

“그걸 왜 나한테 물으시는가?”

“아니요. 두 분이 동시에 보이지 않기에.”

카이는 이런 상황이 참으로 난감했다.

지금 대놓고 이르엘에게 감정이 있음을 밝히는 게 예의일까? 아니면 일단 아그니스를 감싸 주는 게 예의일까.

"그래서 나와 함께 묶어서 생각한 건가?"

"옛……. 아니, 그만……."

"무슨 생각을 한 건지 모르겠지만, 레이디가 보이지 않으신다니 한번 찾아보도록 하지. 리슨!"

카이는 일부러 약간 목소리를 높였다. 리슨이 제정신이라면 들을 수 있도록.

과연 테라스에서 잠시 주춤거리는 소리가 들렸다.

카이는 엘란 후작을 보면서 억지로 미소 지어 주었다.

"이래저래 정신이 없다 보니 내가 손님 대접을 제대로 못한 걸 지적해 주는군. 고맙네."

"그, 그런 뜻이 아닙니다만."

리슨이 뒤쪽에서 나타났다. 그는 약간 상기된 얼굴로 카이의 시선을 제대로 마주하지 못했다.

"……부르셨습니까."

"준비한 물건을 이제 내놓을 때가 되었다. 준비하고…… 아그니스 카란 백작 영양께서 어디 계신지 찾아보도록."

"……."

리슨은 망설였다.

카이는 리슨을 돌아보았다.

"할 말이 있는 거냐?"

'사실대로 말할 건가. 어떻게 할 거냐?'

리슨은 입술을 깨물고 잠시 시선을 굴렸다.

"……아그니스 영양은……."

"저, 리슨 님과 있었어요."

죽어 가는 새보다 더 작은 목소리로 뒤에서 중얼거렸다.

세 사나이는 일제히 뒤를 돌아보았다.

아그니스가 붉어진 얼굴로 바닥을 내려다보며 손을 꼼지락거렸다.

"아그니스!"

엘란은 배로 당황했다. 카이와 있었다면 축하할 만한 일이지만, 하인과 눈이 맞았다면 당황스러운 일이다. 거기에 그는 카이와 있었으리라고 이제껏 혼자 북 치고 장구를 쳐 댔다.

카이의 눈빛은 험악하고, 리슨은 눈길을 피하고, 아그니스는 전답지 않게 당당했다. 세 사람 사이에서 엘란이 제정신을 차리는 건 쉽지 않았다.

"이, 일단 오늘 너는 먼저 가는 게 좋을 것 같다."

"먼저 보내는 건 예의가 아닌 것 같은데……."

"로인 공작님!"

"……제가 모셔다 드려도……."

리슨이 중얼거리자 엘란이 아그니스의 팔목을 홱 붙들어 뒤로 잡아당겼다. 그의 얼굴이 새파랗게 질렸다.

"지, 지금 어디에 손을 대는 건가, 자네!"

"지금 우리 집 집사의 손이 더럽다고 생각하는 건 아니겠지, 엘란 후작?"

30분 전에 맺어진 동맹이, 채 한 시간도 못 되어 깨질 분위기였다.

엘란 후작은 카이의 위협적인 말투에 그것을 예감하고는 입술을 깨물었다.

"하지만 공작님. 아그니스는 백작 영양입니다."

"마음이 가는 걸 억지로 막아 보려는 건가? 한번 해 보게."

카이는 냉정하게 말했다.

"하지만……."

"녀석 사고까지는 치지 않도록 잘 단속해 보지. 하지만 둘이 서로 좋다고 보는 것까지 막으려는 건가? 그렇다면 눈을 뽑게. 서로 인사를 하는 걸 막고 싶은가? 혀를 뽑아. 가장 확실하게 마음을 없애고 싶다면, 심장을 뽑아내."

"……히끅!"

아그니스의 얼굴이 새파래졌다.

카이는 엘란을 가만히 바라보았다.

언뜻, 그의 눈에 아픔이 감돈다고 엘란은 생각했다. 항상 냉정하고 공작의 가면을 쓰고 있던 것과는 다르게.

"그렇게 할 건가? 그렇다면 우리 집 집사 녀석이 가진 재주가 많아서, 어떻게 해서든 목숨을 걸고 구하러 갈 걸세. 어느 쪽이 되어도 자네는 손해를 보게 되어 있어."

"공작님!"

엘란 후작은 달리 무슨 말을 해야 할지 알 수가 없었다.

카이가 리슨을 돌아보았다.

"……어서 물건을 갖고 와라."

"알겠습니다."

"아그니스 양은 오늘 밤 하루 머물고 가십시오. 엘란, 전에 쓰던 손님방을 치워 놓도록 하겠네."

"…… 알겠습니다."

"오늘은 밤을 새워 이야기를 나눠 보자고."

오늘밤도 길고 긴 밤이 될 것 같았다. 카이는 그렇게 말하며, 긴장 끝에 탈진한 아그니스를 방으로 안내하도록 시켰다.

구석에서 작은 소동이 벌어지는 동안, 벨하임은 자신의 역할을 성실히 수행했다. 사람들 사이에서 단연 분위기를 띄우고 있었다.

리슨이 문가를 지키지 않은 사이, 저택의 문을 대신 지키던 제2집사는 뜻밖의 손님에 당황하고 있었다.

그는 황급히 현관을 열고 홀로 뛰어 들어왔다.

"서방 연합령의 대표이신 마법사 올라스 올싱 힐 님께서 도착하셨습니다!"

"서방 연합령?"

막 어수선한 분위기를 좀 추스르려던 카이는 고개를 돌렸다.

드래곤들이 일제히 눈을 번쩍이며 고개를 돌렸다.

'마법사……!'

'올라스 올싱 힐이라면……!'

'현재 인간 중 가장 강한 마법사다!

카이는 르퀸 공작을 돌아보았다. 르퀸은 알겠다는 듯 천천히 카이의 옆으로 다가왔다.

"어제도 늦게야 잠깐 왔다가 가더니, 오늘도 꽤 늦는군."

"이번 서방에서 보낸 대표 사신이 올라스 올싱 힐이었습니까?"

"아아, 기껏 3년 만에 보냈다 했더니…… 아마도 자신들 영역 내에서 가장 강한 자가 나왔다는 걸 알리려는 속셈이겠지."

두 공작은 나란히 서서 올라스 올싱 힐이 들어오기를 기다렸다.

올라스 올싱 힐. 현재 9클래스의 반열에 올라선 자, 혹은 제8클래스의 마법을 거의 이해한 자로 알려져 있었다. 그의 정확한 마력과 마법의 클래스를 측정할 수 있는 사람은 없었다.

"두 분 공작을 뵙습니다."

"……가장 큰 이해를 얻은 자, 가장 큰 깨달음을 얻는 자를 뵙게 되어 영광입니다."

르퀸이 먼저 말문을 열었다. 카이는 그 말을 그대로 따라 하자니 뒤에 주르르 늘어선 드래곤을 감당할 수가 없어서 짤막하게 고개만 숙였다.

"대마법사를 뵙습니다."

"호오……."

올라스 올싱 힐은 이마께만 희끗희끗한 머리를 길게 길러 머리 뒤로 넘긴 채 그 인사에 고개를 끄덕였다.

"소문이 자자한 로인 공작의 자리에 초대도 없이 오게 되었습니다. 서방 연합령에서 온 올라스 올싱 힐입니다.”

“오늘은 도성 모두에게 열어 놓은 문입니다. 어서 들어오십시오.”

카이는 그렇게 상대를 맞이했다.

올라스는 만족스러운 미소를 지으면서 카이의 옆으로 다가왔다.

“올해 서방 연합에서 누구를 보낼까 생각했는데, 대마법사라니 제국의 위신이 서지 않는군.”

르긴 공작은 다소 기분 좋게 농담을 건넸다. 올라스는 고개를 흔들었다.

세 사람은 나란히 구석으로 향했다.

“별말씀을 다 하십니다. 사실 지난 2년 내내, 저희 연합령 내부에서도 말이 많았습니다. 올해는 제가 오고 싶다고 조금은 고집을 피웠지요.”

다소 가벼운 대꾸에 두 공작은 서로를 쳐다보았다.

올라스는 벽에 등을 기댄 채 서서, 두 사람을 향해 미소를 지어 보였다.

“솔직히 말씀드리자면 로인 공작을 뵙고 싶었습니다.”

“……저를 말씀입니까?”

카이는 그의 호기심 넘치는 눈빛이 다소 부담스러웠다.

“소문은 발이 없으나 가장 빠르다더군요.”

올라스는 그렇게 말하며 카이를 지그시 바라보았다.

“제국의 역사에서 떼어 놓을 수 없는 로인 공작의 부활…… 게다가 축제 첫날의 모습을 똑똑히 지켜보았습니다. 그리고 그 하늘의 광경도."

"그렇군요."

카이는 잠시 고민했다. 그 하늘에 있던 드래곤이 지금 당신 뒤에 있습니다, 라고 말해 줄까 말까.

카이는 어깨를 으쓱이는 걸로 대답을 대신했다.

"제가 로인을 방문할 수 있을지도 궁금했습니다."

"로인으로는 이번 여름에 돌아갈 생각입니다."

카이는 그렇게 말하면서 엘란과 몇몇 사람을 힐끔 쳐다보았다.

"그때 동행하셔도 괜찮습니다만, 당분간 성대한 대접을 해 드릴 수는 없을 겁니다."

"호오……?"

르퀸도 로인에 대한 이야기는 처음 듣는 것이라, 그들 이야기에 귀를 기울였다.

"로인은 지난 세월 계속 가뭄 때문에 건조한 상태입니다. 이제 회복을 눈앞에 두고 있기는 합니다만, 이번 여름에도 몇몇 지인들과 잠시 모험을 하러 가는 것인지라."

어쩐지 카이의 말이 심상치 않게 들리는 르퀸과 올라스였다.

'모험? 영지에 모험을 하러 가?'

'우흠…… 재미있겠군, 역시.'

"짐이 되지는 않겠습니다."

"……그러시지요."

카이는 씩 웃으며 말했다. 올라스는 어쩐지 알 수 없는 오한을 느끼곤 몸을 떨었다.

리슨이 셋의 대화가 끊긴 틈을 타서 카이에게 다가왔다.

"물건을 준비했습니다, 주공."

"아. 잠시만 두 분 이야기를 나누시지요. 저는 잠시."

카이를 향해 르귄과 올라스는 웃으며 고개를 끄덕여 보였다.

카이가 등을 돌리자마자 둘의 표정은 차가워졌다.

르귄 공작은 지난 무노회 내내 올라스를 붙들려 했나. 올라스가 왔다 하면 금세 가 버렸기 때문에, 그리고 르귄 역시 많은 손님들이 있던 자리라 이야기를 나눌 기회가 없었다.

오늘은 서로 접대해야 할 손님도, 피해야 할 이목도 많지 않았다. 르귄이 올라스를 똑바로 바라보며 말했다.

"용케 3년 동안 사신을 보내지 않은 이유를 말하지는 않으시는군요, 올라스 님."

"뭐…… 공작님께서도 다 아시는 눈치 아닙니까? 저희야 그동안 가뭄이 조금 심했고 몬스터가 창궐했다는 핑계라도 있습니다. 하지만 동방 제국에서는 올해도 사신을 보내지 않는 모양입니다만."

"어차피 길이 끊기기도 했으니까, 거기에 대해서는 서로 마음 쓰지 않는 편이 편할 겁니다. 지금 나누어야 할 이야기는 서방 연합에서 무슨 생각을 하느냐 입니다."

르귄은 올라스를 똑바로 바라보았다.

"제국이 연합령에 비해 유일하게 없는 것은 마법사……. 그런데 모처럼 사신을 보내면서 대마법사를 보냈다? 무슨 꿍꿍이인지 궁금하군요."

"······뭐, 언제나 같은 말이지요. 세금을 줄여 달라. 몬스터를 해치울 군대를 보조해 달라. 하지만 제국의 군대야말로 이미 제국에서 마음이 떠난 것처럼 보입니다만······?"

"무엄하오."

르퀸이 나지막하게 말했다.

올라스는 빙긋 웃기만 했다.

"무엄하지요. 사신은 연합령을 대표한, 왕과 같은 자격으로 온 자. 그렇지만 황제 폐하께서는 저를 만나기는커녕 제 이야기를 전해 들으려고도 하지 않으셨습니다. 심지어 저를 아는 척하는 공작은 르퀸 공작님, 당신과 저 젊은 로인 공작뿐. 제가 대마법사라서 대접했다는 이야기를 하시려면 다른 곳에서 하시는 게 좋을 것 같습니다만."

"······폐, 폐하께서는 지금······."

르퀸은 그 이야기에 잠시 당황했다. 황제의 심기가 몹시 좋지 않을 때 하필이면 사신이 왔다.

황제는 기분이 몹시 좋다고 해도 사신을 제대로 대접할 사내는 아니었다.

그리고 서방령에서 정말 황제에게 진지한 건의를 하려 했다면, 황제가 좋아할 무인(武人)을 보냈으리라. 그럼 만나고 싶다는 이야기에 무조건 오케이를 했을 것이다.

"뭐, 두 공작께서 힘을 합치시는 걸 보니 어쩌면 제국의 앞날이 밝은 듯 보이는 군요."

올라스의 비꼬는 말에 르권은 입을 다물었다. 어차피 현자라는 마법사를 상대로 말다툼을 벌인 게 실수였다.

게다가 지금 카이는 뭔가를 준비하고 있었다.

"블루, 레드! 기사단이여!"

그의 목소리가 기분 좋게 홀을 가로질러 퍼졌다.

술이 기분 좋게 들이기고, 레이디와 기분 좋게 춤을 추던 기사단이 그 목소리에 일제히 카이를 돌아보았다.

"그대들을 위한 용신의 선물이다!"

기사들은 선물이라는 말에 입구를 돌아보았다.

그들은 입을 떡 벌렸다.

수많은 수레 위에 단정하게 놓인 그것! 청색과 홍색으로 각기 색을 맞추고 모양은 와이번의 대가리를 잘라 어깨 위에 올려놓은 듯 험상궂고 사나운 모양이었다. 몸에 걸치기만 해도 적이 겁을 먹고 물러설 것 같았다.

그 물건을 본 순간 올라스는 앞으로 확 몸을 내밀었다.

"저, 저 물건들은……?"

카이는 기사들에게 물건을 가리켰다.

"가서 이름표를 찾아라. 그대들을 위해 준비했다."

"우와아아아아!!!"

그제야 얼이 빠져 있던 기사들이 신이 나서 물건을 향해 놀진했다.

"가, 가벼워!"

"와후—! 때깔 죽인다!"

"미스릴와 경량 마법……인가."

올라스는 물건을 보고는 중얼거렸다. 그는 무의식중에 르귄의 옷을 잡아 자신의 옆으로 잡아끌었다. 목소리가 가득 흥분한 상태였다.

"경량 마법이야! 하지만 200구의 갑옷마다 저걸 쓰다니, 말도 안 돼! 마나가 아무리 넘쳐 나도……."

그는 퍼뜩 생각했다.

"드래곤? 드래곤인가?"

"……."

르귄은 올라스가 잡은 손을 풀게 하려다가 주변을 보고 깜짝 놀랐다.

드래곤들이 모여서 고개를 끄덕이고 있었다.

'자식, 과연 눈치가 빠른데?'

'과연 실력은 어느 정도나 될까?'

르귄은 그들의 존재에 심장이 얼어붙는 것 같아서, 슬쩍 몸을 빼냈다.

"……시, 실례하겠소."

올라스는 그것도 눈치 채지 못한 채, 멍하니 기사단이 갑옷을 챙기는 것을 지켜보았다.

"몸에 딱 맞아요!"

"우왓, 감사합니다, 공작님!"

"앗싸아—! 다 덤벼!"

기사단의 함성이 쩌렁거리면서 울려 퍼졌다.

"……흐음. 대단하군. 과연 전설로 알려진 용신의 신전을 로인에 가면 찾을 수 있다더니……."

전설까지는 아니었다.

로인에 가는 일이 워낙 힘들어져서 그렇지, 로인의 사람이라면 누구나 멀쩡히 신전을 얼쩡거리면서 살고 있었다.

올라스는 고개를 흔들었다.

"거기에 로인 공작의 재력은 말로 듣던 것보다 더 대단하군. 저런 갑옷이라니……."

그러다가 올라스는 두 명의 이종족을 눈치 챘다.

"엘프……? 아니다, 아냐. 뭔가 달라. 하이 엘프다!"

드래곤들이 올라스의 뒤에 가만히 선 채로, 눈빛만으로 올라스를 해부하기 시작했다. 자신이 오히려 연구 대상이 되었다는 것은 눈치채지 못한 채, 올라스는 그 옆의 존재를 보며 말을 더듬거렸다.

"뭐, 뭐야! 드워프? 설마? 그냥 난쟁이?"

카이의 선물에 크게 흥분한 기사단, 그리고 혼란 속에서 무도회의 밤은 점점 깊어 갔다.

테엘은 그러나 지루했다.

"우…… 술 마시고 싸움하는 사람들노 없고……."

바엘라는 그의 옆에 털썩 앉아서는 핀잔을 주었다.

"사제 망신 네가 다 시킬래? 아니다, 그건 사제로서가 아니라 드래곤으로서의 기본 자질 문제네."

"시끄럿! 난 레드란 말이다. 불타오르는 종족! 세상에서 가장 화끈하게 아름다운!"

"……술은 마셨는데, 싸움할 상대가 없어서 문제야?"

"그렇잖아. 게다가 이건 화려하지도 않다고. 차라리 첫날이 좋았어. 난 그 자리에서 그놈의 황제를 아예 브레스로 태워 버릴까 생각했다니까."

테엘은 술을 또 한 병 가볍게 비우면서 대꾸했다.

바엘라는 고개를 끄덕였다.

"하긴, 나도 그러니까. 게다가 이놈의 무슨 도성이라는 거…….나 여기 처음 와서 그런데, 왜 이렇게 인간들은…… 인간들은……."

"짜증나지? 뭐가 어떻다, 저렇다, 말만 많이 주고받고."

"그래! 짜증나! 여기에서 버티는 로인도 신기해!"

테엘은 패싸움, 활기 넘치는 뒷골목 식의 축제를 기대했지만 카이의 무도회는 전혀 아니었다.

물론 카이는 매우 바빴고, 나름대로 이런저런 사건들이 벌어지고는 있었다.

드래곤의 사정이야 어쨌든 카이는 이 나라의 공작, 최고의 지위를 차지한 다섯 중 한 사람.

때문에 해야 할 일이 있다는 것을 테엘은 납득은 했지만, 이해할 수는 없었다.

"이따금 궁금하더라. 왜 저런 녀석이 이런 어리석은 인간 사이에서 버둥거리는 건지……. 하긴, 그건 800년 전 그 여자도 그랬고."

"드래곤 역사상 가장 멋지게 사랑한 걸 그렇게 깔아뭉갤 셈이야?"

"사랑……. 사랑이라."

테엘은 고개를 흔들었다.

"그리고 인간 중 가장 큰 힘과 가장 많은 재산을 주었어. 더 줄 수 있었다면 모든 걸 주었을 거야. 나도 그렇게 멋진 사랑을 하고 싶어. 우리 드래곤 간에는 서로 인정할 수 없는 감정이야."

바엘라는 멍하니 중얼거렸다.

테엘은 그 말에 피식 웃었다.

"그래서, 멋진 사랑을 하고 싶다? 카이에게 미혼약이라도 먹여 보지 그러냐?"

"그건 사랑이 아니라 욕정이지……."

두 드래곤은 멍하니 홀을 바라보았다.

기사들은 말과 갑옷을 받았다. 그들은 카이를 떠받든 채로 홀을 한 바퀴 일주하고 있었다.

벨하임은 구석에서 왜 자기 갑옷은 없냐고 징징거렸고, 리슨은 손님들 사이를 번개처럼 움직이면서 시중을 들고 있었다.

올라스는 드디어 자신의 등 뒤에 서 있는 드래곤들을 발견하고 완전히 몸이 굳어 있었다.

생각도 할 수 없는 이 기묘한 조합의 무도회, 그러나 그들의 힘은 가히 대륙을 멸망시키고도 남을 정도였다.

감히 무엄한 생각을 한 자가 있었다.

"꽤 즐거운 밤이로군."

로드는 테엘의 옆에 자리를 잡고 앉았다.

"원래 제가 기대하던 거랑은 많이 다른데요. 그래도 인간들은 이런 걸 만들어 내서 즐기는 데 일가견이 있다니까요."

"그렇지만 이 자리를 망치려는 무리도 있고."

"……에?"

테엘은 그제야 정신을 차리고 먹던 돼지를 내려놓았다.

"밖에 재미있는 인간들이 모여들었군. 무슨 속셈이지?"

"인간들은…… 몇 가지 생각을 복합적으로 갖고 움직이더군요. 예를 들면 카이를 죽이면 좋지만, 죽이지는 못하더라도 로인의 명성을 망치는 것도 즐거운 일이 될 것이며, 그의 파티에서 누군가가 죽는다 해도 카이의 책임으로 몰아붙이면 된다고 생각하니까요."

테엘은 한 손으로 턱을 받친 채 느긋하니 대답했다.

"느긋하구나, 네 녀석."

"다른 녀석들도 하나 움직이지 않잖아요. 게다가 느낌이 딱 엘픈데……. 허허, 인간들이란……. 왜 자꾸만 엘프들을 먼저……."

느릿하게, 축제를 보면서 발로 음악의 박자를 딱딱 맞추던 테엘은 순간 몸이 떡 굳었다.

"아차."

"……?"

"문령!"

"문령?!!"

로드가 자리에서 벌떡 일어났다.

드래곤들이 그 소리를 듣고는 올라스에게서 급속도로 관심을 잃었다.

"문령이라고?"

그야말로 실진된 인간 최강의 힘, 문령.

드래곤도 자유자재로 사용할 수 없는 언령의 일종.

그들의 얼굴이 상기되었다. 잔뜩 흥분한 것이다.

카이가 굳은 얼굴로 그들 곁으로 다가왔다.

"손님을 위해 안쪽 보호를 부탁드려야겠습니다."

"눈치 챘냐?"

"당연히. 뭔가 좀 다르다 했는데, 문령이 발동되기 전에 어서 실드를 부탁해."

"그건 바엘라에게 부탁하지, 뭐. 너랑 나는 나가는 게 좋겠다."

그 소리를 들은 고르진이 대화를 막았다.

"나가다니, 어딜?"

"싸움을 걸어 오는 것들은 상대해 주는 게 예의."

테엘의 말에 카이도 고개를 끄덕였다.

"그리고 좀 쫓아갈 게 있어서요."

"……몇 녀석에게 응원 사격을 부탁하지."

"일단은 괜찮을 겁니다. 문령을 상대할 때에는 언령 외에는 상대할 수가 없기도 하고요."

"······허허."

고르진은 약간 놀라 테엘을 바라보았다.

"100년 전에는 영 불가능해 보이더니, 그새 좀 크긴 한 모양이로 구나."

"······컸죠, 당연히."

테엘은 씩 웃었다.

"로잉루의 축복을 받은 이 몸의 활약을 기대하시라! 자, 몸 좀 풀 고 돌아오겠습니다."

"저도 함께 갈게요."

이르엘이 앞으로 나섰다. 카이는 고개를 끄덕였다.

"그, 그럼 나도!"

바엘라가 손을 들었지만 이번에는 카이에 테엘까지 고개를 흔들 었다.

"너로는 역부족일걸."

"저 엘프는!"

"언령을 사용할 줄 아니까 괜찮아. 위급하면 들여보내면 되고."

바엘라는 분해서 입술을 깨물었다.

세 사람은 테라스로 나갔다. 그들의 뒤에서 창문마다 빛이 잠시 은은하게 번득였다. 실드가 펼쳐졌던 것이다.

올라스는 주변의 드래곤을 멍하니 바라보았다.

"죄, 죄송합니다만······."

인간 최강의 마법사의 말에 드래곤들은 호기심과 기대를 담아 그를 바라보았다.

"너도 싸우고 싶은 거냐?"

"암, 그래야 마나의 전수자답지!"

"좋아, 몇몇은 나가 보는 게 좋을 것 같다."

"……문령이란 뭡니까?"

드래곤들의 표정이 씨늘해졌다.

SWORD OF
DRAGONLOAD

제9장

공작의 춤

"녀석들, 언제쯤 공격하나 사실 지루했는데. 감히 기다리게 해?"

테엘의 말에 카이는 피식 웃었다.

"그래. 지루한 축제였지?"

"그래서 너도 도망친 거냐?"

"비슷할걸."

카이와 테엘은 전속력으로 저택 밖, 정원 중간에 섰다.

카이는 검을 뽑았고, 테엘은 양손에 자신의 주특기인 화염의 불꽃 주먹을 불렀다.

"리슨이 사랑에 빠졌어."

카이의 말에 테엘은 놀란 눈으로 고개를 홱 돌렸다.

"설마 바엘라야?"

"……아니, 아그니스 양."

"누구야, 그건 또?"

"아까 테라스에서 키스를 당하던데."

카이의 말에 테엘은 웃음을 터뜨리고 말았다.

"뭐? 크하하하하핫! 그 녀석이 당한다고?"

"내가 본 바에 의하면."

"……그 녀석 죽을 때까지 갖고 놀려 줄 거리가 생겼군. 가만. 아그니스? 그 엘란이 데리고 온 얌전한 여자 말인가? 너무 심심해서 갖고 놀 엄두도 나지 않던데?"

테엘은 그러면서 자세를 고쳤다.

카이는 어깨를 으쓱였다.

"왜 골랐느니, 어째서 골랐느니 할 말은 없고……. 궁금한 건……."

"……?"

"모드 님이 저택을 고쳐 주실까?"

카이가 한숨을 푹 내쉬며 말했다.

이르엘은 그 한숨에 웃고 말았다.

"인간의 역사는 짧은 대신 항상 무너지고 다시 쌓이잖아."

"그렇지만, 기껏 다시 지으면 무너지니까 이제는 좀 그만 했으면 싶다고. 축제만 끝나면 정말 로인으로 가고 말테다."

카이는 그러면서 이르엘을 힐끔 쳐다보았다.

"……응. 돌아가자."

둘은 잠시 서로를 쳐다보다가, 카이가 먼저 앞으로 시선을 돌렸다. 짧은 순간 그는 자신의 심장이 다시 두근거리는 것을 깨달았다.

'로드, 하이르 아미드라흐의 심장이여…….'

그 심장이 두근거릴 때는 강한 상대와 싸울 때. 그 힘이 필요로 할 때.

그리고 감정을 주체하려 애쓰면서도 그렇지 못할 때.

'그녀를 지키고, 나를 지킬 수 있도록……'

카이는 검을 잡은 두 손에 힘을 주었다.

"온다!"

짧게 외친 순간.

성원의 수풀이 마구 흔들리는 듯싶더니만, 어둠 속에서 까만 종족이 쏜살처럼 튀어나왔다.

"……꽤 많군."

테엘은 주먹을 앞에서 엑스자로 교차했다. 그전에 카이가 한 발을 앞으로 내딛으면서 검을 크게 휘둘렀다.

"용보월강참!"

오랜만에 그의 몸에서 흐르는 기운은 너무나 신선했다. 몸 전체가 드래곤의 힘에 이미 익숙해져 있었다.

'어머니의 뱃속에 들어온 것 같아.'

한번 힘을 쓰자 오히려 몸이 확 풀렸다. 카이는 어깨를 좌우로 흔들어 근육을 풀면서 씩 웃었다.

"후회할 거다. 감히 내 저택 정원을 망치다니……!"

"잔소리 말고! 저것들 원숭이보다 더 빠른데!"

테엘은 주먹을 휘둘렀다. 그의 두 주먹에서 화려하게 치솟은 불덩이가 앞으로 확 날아들었지만 다크 엘프는 그것을 간단하게 피했다.

"실례예요, 테엘 님!"

이르엘이 외치면서 양손을 뻗었다. 그녀의 몸 뒤에서 정령들이 솟구쳤다.

"잡아!"

땅이 우드득거리면서 물결처럼 파도쳤다.

"……이르엘, 땅……."

카이는 눈물을 삼켰다. 뒷말도 삼킨 채, 그는 가장 가까이에서 달려드는 다크 엘프를 향해 몸을 돌리며 그에 따라 검을 휘둘렀다.

부드러운 곡선 끝에 예리한 살기가 빛났다. 그러나 그 칼끝에 선 다크 엘프는 웃었다.

텅!

"제길, 뭔가 주술이야, 아님…… 마법이든 뭐든!"

카이의 검은 극강의 검강으로 둘러쳐 있었다. 돌은 물론 어지간한 검강까지 파괴할 정도의 힘!

그러나 순간 다크 엘프의 몸에 맞고는 오히려 튕겨 나왔다. 카이는 그대로 튕겨져 나오는 검을 따라 몸을 재빨리 돌렸다.

방금 전까지 카이가 서 있던 방향으로 화살이 수십 대 꽂혔다.

"감히 누굴 노려!"

"감히……!"

테엘이 분노해 뛰어들었다. 동시에 이르엘도 외치면서, 바람의 정령으로 카이의 주변을 에워쌌다.

"이르엘! 정령을 빼앗아!"

"노력하고 있어요!"

테엘과 이르엘은 나란히 섰다.

"하지만 뭔가…… 안 돼요!"

이르엘은 하이 엘프.

보통 엘프와 싸운다면 그녀는 모든 정령을 자신의 휘하에 두고 다룰 수 있다.

그러나 지금 싸우는 것은 다크 엘프였다. 그들이 다스리는 정령은 자연에 거역하는 정령, 즉 분노한 자연의 정령이었다. 힘이 된다면 하이 엘프의 지배를 받지 않을 수 있다.

적어도 한 가지, 정령력으로 다룬다면 하이 엘프의 힘에 대항할 수 있는 것은 다크 엘프가 맞았다.

"좋았어! 이르엘의 힘을 봉쇄한다!"

다크 엘프 중 하나가 외쳤다.

"놀고 있네!"

그러나 여기에는 이르엘만이 있는 게 아니었다.

테엘이 그 소리를 듣고 분노한 듯 양손의 전투형 마법을 제거했다. 그는 곧장 두 팔을 펼쳤다.

"어스웨이브(Earthwave)!"

땅이 크게 흔들렸다. 정령들의 힘보다 더 강한 힘으로 순간 우드득, 흔들리다가 급기야 정원의 끝에서부터 하늘로 치솟아 올랐다.

다크 엘프들이 새빨리 바람의 정령을 다고 하늘로 슷이 올랐다.

"이번에는 땅의 해일이냐!"

카이는 외치면서도, 당황한 엘프들을 놓치지 않고 검을 휘둘렀다.

"용조관천—!"

용의 손톱이 하늘을 가르듯, 그렇게 카이의 검이 세 번 가로질렀다.

달빛이 일렁이면서 순간 검이 묘한 잔재를 하늘에 남겼다. 세 줄기 은빛이 허공에 남겨졌을 때.

"크학!"

다크 엘프 하나가 허공에서 미처 피하지 못한 채, 배를 감싸 쥐고 땅으로 떨어졌다. 그의 배는 세 토막으로 갈라져 보기 흉한 것을 땅으로 쏟아 냈다.

다크 엘프들은 서로 눈빛을 주고받았다.

"어딜 도망치려는 거냐!"

테엘은 그 틈을 놓치지 않았다.

"마그마 오브 헬(Magma of Hell)!"

"……."

카이는 정원은 깨끗이 포기하고, 대신 다시 검을 어깨 위까지 치켜올렸다.

"용보……."

"마그마 오브 헬 라이징(Rising)."

"……."

카이의 얼굴이 창백해졌다.

다크 엘프들 역시 마찬가지. 그들은 하늘에 떠올랐다가 눈을 크게 떴다.

땅이 거죽을 드러내듯이 해일이 되었더니, 이번에는 땅이 쩍 갈리면서 보기만 해도 눈을 태워 버릴 것 같은 마그마가 치솟아 올랐다.

거기에 라이징이 걸린 순간, 그 마그마가 하늘 높이 해일이 되어 솟아오른 것이었다.

"뭐 하는 거야!"

"괜찮아."

이어 테엘은 자신들의 앞까지 솟아오른 해일을 향해 태연하게 한 손을 내밀었다.

"실드."

그들 주변으로 파직거리는 투명하면서도 금빛이 살짝 감도는 동그란 구가 생겼다. 그들의 머리 위를 붉게 타오르는 마그마가 덮치는가 싶더니, 이어 다크 엘프를 향해 덮쳐 들었다.

"피해라—!"

그렇게 외쳐도 소용없었다. 다크 엘프들은 저주의 말을 남기며 뜨거운 마그마 속으로 파묻혔다.

저택에서 멍하니 창밖을 바라보던 사람들은 입을 다물지 못했다. 그 외 이종족들은 신비하다는 듯 그 광경을 바라보고 있었다.

"우와—! 저 녀석, 역시 화염계는 거의 거침이 없군."

"그래도 참…… 물불 가리지 않고 써 대네."

사람들은 저택을 향해 덮쳐 오는 마그마를 보면서 얼굴이 창백해졌다.

게다가 카이 역시 마그마 속에 갇혔다고 봐서, 완전히 놀라 심장이 바닥에 떨어진 상태였다.

"피, 피해야……."

올라스가 평온을 유지하려 애쓰면서 중얼거렸다.

마그마 오브 헬! 클래스 오버 클래스라는 건 눈으로 봐도 뻔히 알 수 있었다.

사람들 중 몇은 눈치 없이 자신에게 구원을 요청했지만, 그는 아무것도 할 수가 없었다.

죽음을 관철할 수밖에 없는 그런 멍한 상황.

올라스는 눈을 감았지만, 눈을 뜬 것처럼 마그마가 달려드는 것을 볼 수 있었다.

'……아!'

깨달음이 갑자기 그를 찾아들었다.

올라스가 명상에 잠긴 가운데, 드래곤들은 마그마를 보면서 다음과 같이 말했다.

"따뜻하네."

일행의 실드가 단단하게 저택을 겹겹이 감싸고 있었다.

로드 고르진은 그러나 이마를 찡그린 채로 마그마를 지켜보았다.

'너무 간단한데.'

겨우 마그마에 칼질 몇 번이 지났을 뿐이었다.

보는 사람이 황홀하니, 오히려 무슨 격투 경기를 본 것 같은 느낌

뿐.

고르진은 앞을 가만히 바라보았다.

'뭔가 더 있다.'

로드의 눈이 날카로워졌다.

테엘은 언령의 실드 안에서 히죽 웃었다.

"야아. 다 태웠나?"

"……이럴 거면 다음부터는 혼자 싸우세용, 테엘 님!"

"내 저택은 이제 좀 내버려 두지?"

구해 줬지만 나오는 소리는 타박뿐이었다.

테엘은 툴툴거리면서 모두를 땅 위에 내리게 했다. 이어 그는 마그마를 다시 땅속으로 스며들게 하고, 땅을 정리했다.

이르엘은 아쉬운 심정으로 마당을 돌아보았다.

"나무들이 울어요……."

"코 석 자나 빠져서 울어 대는 소리 하고 있네. 나무가 우는 소리 따위 누가 듣는데? 다크 엘프나 더 없는지 살펴보게 해."

이르엘은 드라이어드를 달래는 노래를 나직하게 부르면서 정령들을 사방으로 풀었다.

카이는 사라진 마그마 위로 조심스럽게 걸었다.

테엘은 그런 카이에게 주의를 주었다.

"어이! 나한테서 멀리 떨어지지 마라."

"……그래."

카이는 땅 위에 꺼멓게 바위처럼 굳어 있는 다크 엘프들에게 걸어갔다.

그 시체는 보기만 해도 섬뜩했다. 완전히 타 버린 시체를 다시 보는 것 같았고, 카이는 때문에 지난 화재를 생각해 버렸다.

카이는 씁쓸한 심정으로 다크 엘프의 시신 옆에 한쪽 무릎을 꿇었다.

"어이, 뭐 하는 거야?"

테엘은 별스런 짓을 다 한다는 듯 그의 곁으로 어슬렁어슬렁 다가왔다.

"뭐 별난 거라도 있냐?"

"아니, 아무것도 아냐."

"테엘 님―!"

이르엘이 뒤에서 테엘을 불렀다.

"이 뒤쪽에 뭔가 있는데요!"

"음? 뭐냐?"

테엘이 멀어져 갈 때.

카이는 다크 엘프의 위에 한 손을 조심스럽게 얹었다.

'확실히 죽은 건가. 하긴, 그 마그마 속에 살아남는다면 그게 더 신기한 거지.'

카이의 손이 다크 엘프의 심장 위쪽에 올라간 순간.

그의 예민한 감각이 이상한 느낌을 잡아냈다. 언뜻 돌처럼 식어 버린 몸이었지만, 그 속에서는 뭔가 살아 있는 듯 생생했던 것이다.

동시에 다크 엘프가 눈을 번쩍 떴다.

"큭!"

카이는 재빠르게 뒤로 물러나면서 검을 뽑았다.

다크 엘프가 돌을 깨고 위로 뛰어올랐다. 그리고 그들은 카이를 향해 뭔가를 뿌렸다. 그 속도가 훨씬 더 빨랐다.

카이의 주변으로 열 개의 주술서가 땅에 꽂혔다. 그리고 동시에 번쩍이면서 기묘한 빛줄기를 내뿜었다.

"우이아사사사사아아아!"

카이는 순간 일찍이 경험한 적 없는 고통에 저도 모르게 비명을 지르고 말았다.

번개가 그의 온몸을 꿰뚫었다.

"크아아악!"

이르엘과 테엘은 동시에 그를 돌아보며 외쳤다.

"카이!"

테엘과 이르엘이 발길을 움직이기 직전.

숲 속, 땅 깊은 곳에서 뭔가 펄쩍 뛰어올랐다. 동시에 둘을 향해 뭔가를 집어던졌다.

테엘과 이르엘이 그걸 눈치 채고 얼른 방어를 펼쳤다. 불꽃과 불의 정령이 동시에 날아갔다.

불꽃이 집어던져진 물체와 맞닿은 순간이었다.

화르르르르르르륵—!

불꽃이 순간 하늘을 뒤넘고 서녘을 뒤덮을 듯 커졌다.

테엘과 이르엘의 눈이 커졌다.

이르엘이 좀 더 빠르게 대응했다.

"시큐엘―!"

그녀가 불러들인 물의 상급 정령은 무려 열이었다. 그 열 개의 정령이 순간 그녀의 몸으로 달라붙었다. 마치 갑옷이 된 듯 그녀의 온몸을 감싼 것이었다.

"카이―!"

"미련한 짓을! 애송이 엘프!"

테엘이 그녀를 붙잡으려 했지만, 물에 감싸인 그녀의 어깨는 테엘의 손아귀 아래에서 미끌거리며 빠져나갔다.

이르엘은 테엘과 자신의 주변을 감싼 불꽃의 문령 결계 사이를 빠져나가려 했다. 그러나 불에 닿는 순간 그녀의 몸을 감싸고 있던 정령들이 하나 둘 역소환되기 시작했다.

"카이―!! 조금만…… 조금만 버텨! 시큐엘―!"

이르엘은 역소환의 충격을 다스리지도 않았다. 연이은 역소환과 소환에 그녀의 입가에서 주룩 피가 흘러내렸다.

"카이―!"

그녀는 다시 외쳤다.

테엘은 입술을 깨물었다. 그는 재빠르게 문령의 주변을 살폈다.

'……이중 문령……!'

인간이란 정말 대단하다.

몇 번을 감탄해도 부족하다.

테엘은 저도 모르게 그렇게 생각했다. 자신이 그 안에 갇혔다는 건 까맣게 잊은 채.

목소리만으로 이루어지는 언령은 신성력을 받아들이는 그릇이 커지면 좀 더 넓고, 강하고, 지속적인 능력을 쓸 수 있게 된다.

인간의 문령은 그렇지 못하다. 문자의 제한을 받는다. 그 문자들을 자유자재로 쓸 수 있다고 해도, 드래곤의 언령에 비해서는 자연에 영향을 미치는 힘이 몹시 약하다.

그러니 문령은 종이에 써서 힘을 발휘한다. 때문에 할 수 있다면 서로 보완하도록 주문을 써낼 수 있다.

지금 그것이 그랬다. 불을 받아들여서 증폭시킨다―. 이어 그것으로 테엘과 이르엘, 두 공격자를 가둔다.

힘을 증폭시키는 것은 일전 타글라흐가 저택을 공격할 때 써먹은 주술이었다. 그것을 공격용 봉인으로 바꾼 것이 달랐다.

테엘은 이르엘을 향해 손을 뻗었다.

"……워터 실드."

자신도 순간 맞닿은 힘의 여파 때문에 휘청거릴 정도의 강력한 문령이었다.

테엘은 일단 이르엘을 안쪽으로 잡아당겼다.

이르엘은 검은 피를 왈칵 토했다.

"이 어리석은 것아!"

"카이가…… 카이가!"

"걱정 마라!"

테엘이 굳은 목소리로 외쳤다.

"네 서방 죽게 안 할 테니까."

"크아아아아아아아앗……!"

카이는 그 순간에도 악을 지르고 있었다. 자신이 어떻게 참으려고 해도, 온몸의 고통 때문에 어떻게 참지 못하는 것이었다.

그러면서도 카이는 천천히 한 발을 앞으로 내딛으려고, 죽은 척한 다크 엘프들을 향해 움직이려 하고 있었다. 목에 벌겋게 혈관이 돋았다.

"……카이!"

바엘라가 저택에서 뛰어 나가려 했지만, 고르진이 그녀를 붙들었다. 그는 저 술법이 문령이라는 것을 쉽게 알아볼 수 있었다.

"잘 들어라!"

고르진은 떨리는 목소리로 안을 돌아보았다.

"절대, 절대 실드를 열어서는 안 된다! 우리가 나가는 순간 저들이 오히려 더 독한 함정을 팠을지 모르니!"

"……하지만 로드! 카이가……! 테엘이……!"

바엘라가 외쳤다.

드래곤 중 하나도 나섰다.

"로드시여! 하지만 우리 종족의 자존심이……!"

"저건 마법으로 통하는 문제가 아니다! 이성을 갖고 생각하도록. 우리가 지금 로인을 돕기 위해 할 일은 하나다. 인간들을 보호해라!"

드래곤들은 그 말에 고개를 끄덕이고는 실드를 키웠다. 그들은 속으로는 나서 싸우지 못하는 것이 몹시 분했다.

그러나 테엘은 드래곤 중 가장 강한 힘을 갖고 있지 않은가. 레드 특유의 싸움을 좋아하는 성격에 강한 힘!

마법을 쓰는 기술이 고루 발전한 그였다. 용신의 사제로 뽑힐 자격이 있는 드래곤이었다. 그러나 지금 테엘도 꼼짝을 못한다면, 그리고 그 술법이 문령에 의한 것이라면 그들로서도 딱히 막아낼 방도가 없다.

단지 틈을 봐서 빠져나가든가, 시술자를 죽이는 수밖에. 드래곤들의 살기가 진득해졌다.

카이가 그 고통 중에서도 천천히 앞으로 움직이려던 때.

테엘은 이르엘에게 회복용 포션을 던져 주고, 한발 앞으로 나섰다.

불꽃이 그를 향해 이글거렸다.

"감히 불꽃의 지배자, 레드인 나에게 덤비는 건가."

테엘의 목소리는 침착했다. 그렇지만 그 끝이 미미하게 떨렸다.

테엘은 한 손을 앞으로 뻗었다. 그리고 눈을 감았다.

"파(破)."

흔들.

불꽃의 벽이 잠시 흔들렸을 뿐이었다.

"파."

흔들흔들. 좀 더 일렁거리는 느낌.

테엘은 순간 머리가 어질하는 것을 느꼈다. 그의 몸이 약해지는 듯, 마나는 충실하지만 생명력이 빨려나가는 느낌이었다.

'이게 한계란 말야, 내가?'

전의 좀비와 싸울 때와는 달랐다. 테엘은 머리를 굴렸다.

'문령…… 단지 보강된 건가? 아냐. 그게 아니다. 내 힘을 흡수해서 그런 건가?'

문득 테엘은 깨달았다.

'……엄청나군. 잊혀 버린 문령을 배울 정도로 영리한 녀석이고, 이런 이중 문령을 써 낼 정도로 영리한 녀석이다. 그렇다면……'

인간은 가끔 드래곤의 지혜를 뛰어넘는다.

잔머리를 굴리는 것이라 해도 좋고, 그들의 짧은 인생에서 한 순간 폭발한 것이라 해도 좋았다.

테엘은 고개를 하늘로 쳐들었다.

"쿼에에에에—!"

자신이 왜 그랬는지도 모를 정도로 절박한 울음소리였다.

그는 울부짖었다.

드래곤으로 태어나 그런 경험은 처음이었다. 그는 힘을 갈구했다. 더 많은 힘을! 파괴를 위한 것이 아니었다. 성과를 위해서, 자신을 위해서가 아니었다.

그의 앞에서 고통의 외침을 내지르면서도 참지 못하고 한 발 앞으로 나서려 안간힘을 쓰는 저 미약한 인간을 위해서였다.

'카이.'

"쿼에에에에에에에에—!"

드래곤의 울부짖음이 다시 울려 퍼졌다.

드래곤들은 로드 고르진을 돌아보았다.

"로드시여! 저 울음소리는……."

"어, 어떻게 할 방법이 없습니까!"

"……."

고르진은 안을 돌아보았다. 그리곤 입술을 깨물었다. 그는 실드 앞쪽, 드래곤 일족의 앞으로 나섰다.

"절대 너희는 이 밖으로 나와서는 안 된다. 알겠느냐?"

"하, 하지만……."

"만약 저들이 별다른 주령을 이 주변에 설치하지 않았다면, 마법 진으로 워프가 가능할 거다. 거기, 르퀸이라 했던가."

르퀸 공작은 카이를 보면서 얼이 완전히 빠진 상태였다.

"예…… 예!"

"자네의 집에는 이동 마법을 위한 좌표가 있을 것 같은데. 어떤 가?"

"이, 있습니다."

"로인의 명예를 걸고, 로잉루의 명예를 걸고, 너희를 탈출시킬 것 이다. 좌표를 일러 줘라. 너희는 인간 모두를 탈출시키고, 역시 이곳 을 비워라. 실드를 거둬. 저택 하나쯤은 아무것도 아니다."

"……로드."

"가라!"

고르진은 그렇게 외치고는 실드 밖으로 나섰다.

"퀘에에에에에에―!"
테엘은 다시 울었다.
그러는 사이, 문령은 천천히 흔들리고 있었다.
드래곤은 신의 천사. 주신이 만들어 낸 생명체.
그런 드래곤이 간절하게 울부짖음에 따라, 저절로 그의 주변으로
신성력이 모이고 있었다.
'카이를 살려야 합니다! 한 인간을 위해 울부짖은 적은 없지
만……, 그러나 지금 이 자리에서 신께 기원합니다. 주신 성천이시
여, 드래곤의 신 로잉루여! 힘을 주소서!'
"힘을!"
순간 테엘은 눈을 번쩍 떴다.
"파(破)!"
순간 그는 고통을 느꼈다. 드래곤 하트가 산산조각 나는 것을 느
꼈다. 그의 온몸의 피가 역류하고 공기를 향해 뿜어 나가는 고통을
느꼈다.
동시에 그의 뇌를 꿰뚫고 새로운 생명이 내려오는 듯한, 그런 황
홀지경에 빠졌다.
그의 온몸에서 뿜어져 나간 붉은 기운이 불꽃을 비집고 하늘을
빛내기 시작했다.
고르진은 그것을 보면서 눈을 크게 떴다.

'저건······?

그러나 그에게는 망설일 시간이 없었다.

카이는 독했다. 번개가 그의 몸을, 근육 속에서부터 지지고 태우는데도 움직여서 다크 엘프들을 죽이려 했다.

'너희를······! 너희를······!

"크아아아아아앗!"

그의 발이 한 걸음 움직였다.

순간 그의 몸을 꿰뚫고 있던 번개 하나가 비틀거렸다. 표적인 카이가 움직이자 잠시 힘을 어디로 보낼지, 마구 하늘로만 치솟은 것이었다.

그런 사이 카이는 자신의 온몸을 앞으로 기울였다. 카이의 입에서 붉은 피가 울컥 솟아났다.

"이놈들—!"

고르진은 살아남은 다크 엘프의 뒤로 순식간에 이동했다. 카이의 이동에 따라 문령의 위치를 조정하려던 녀석이었다.

"죽어라!"

고르진의 두 손에서 얼음이 돋아나면서 다크 엘프의 심장을 꿰뚫었다.

"크핫!"

비명을 지르면서 다크 엘프가 죽었다. 고르진은 이어 다음 순서를 향해 이동했다.

다크 엘프들은 그런 상황을 미리 준비했음이 틀림없었다. 그가 덤벼들자, 거의 만신창이가 된 카이에게서 문령의 힘을 거두었다.

그들은 문령의 주술서를 지닌 채 재빨리 이동해 고르진을 경계했다.

"순순히 죽어라, 다크 엘프!"

고르진이 거칠게 외쳤다.

다크 엘프는 서로를 마주 보았다. 그중 하나가 먼저 불의 상급 정령 이그니스를 불러 고르진을 향해 공격시켰다.

"어딜!"

고르진이 옆으로 몸을 피하는 순간, 다른 엘프들이 주술서를 그를 향해 발사했다.

"받아라—!"

"죽엇!"

그렇게 주술서가 고르진을 향해 쏘아 보내진 순간.

그것이 허공에 떠올라 있는 짧은 순간, 고르진이 기묘한 미소를 지었다.

이어 그의 가슴이 크게 부풀어 올랐다. 인간이 아닌 드래곤의 가슴이 드러날 것 같았다.

"시간 정지."

그의 입에서 짧은 한 마디가 튀어나온 순간.

끼이이이이이익—

무거운 문이 억지로 움직이는 듯한 소리가 도성 전체에 퍼져 나갔다.

순간.

아주, 아주, 짧은 한순간. 다크 엘프들은 서로를 보았다.

그들 스스로가 허공에 뜬 듯, 아주 천천히 느려지는 것을. 그리고 의식할 수도 없는 한순간.

시간이 멈췄다.

고르진은 숨을 거칠게 내쉬었다. 그의 얼굴이 급속히 창백해졌다.

'역시 무린가. 서둘러야겠군.'

고르진은 서둘러 문령 곁으로 움직였다. 그리고 문령을 허공에서 하나하나 거두어 자신의 이공간의 결계 속으로 안전하게 봉인했다.

"크윽⋯⋯!"

마지막 문령을 거두었을 때, 그는 자신의 온몸이 찢어지는 듯한 고통을 느꼈다.

그는 현재 시공간을 넘어 움직이고 있었다. 당연히 그의 심장도 멈추려 하고 있었다.

그는 카이를 바라보았다.

"큭, 차라리 일단 시간을⋯⋯."

카이를 안전한 곳으로 빼돌리고, 테엘과 이르엘을 구하기까지 이 언령은 너무 큰 신성력을 요구했다.

고르진은 카이의 앞에 버티고 선 채 다시 외쳤다.

"회복!"

퓨슛―!

바람이 새는 소리가 허공에 퍼지면서, 동시에 멈췄던 모든 것이 일시에 움직이기 시작했다.

그 속에는 살아 있는 것들의 심장 역시 포함되어 있었다. 심장은 멈춰 있는 동안 뿜어내지 못한 피를 일시에 뿜어냈다.

모든 살아 있는 것들이 순간 고통을 느꼈다.

카이 역시 마찬가지였다.

"크헉!"

그러나 그는 동시에 자신의 앞으로 움직인 고르진을 알아챘다. 동시에 다크 엘프들 역시 심장을 움켜쥔 채 잠시 균형을 잃은 것도.

카이는 상황을 재빨리 눈치 챘다. 그의 몸 상태는 엉망이었지만, 그는 분노에 찬 눈으로 다크 엘프들을 노려보았다.

카이의 뒤에서는 불꽃의 문령이 산산조각 나서 역소환되어 사라졌다. 그 사이에 이르엘이 분노해서 뛰쳐나왔다.

"카이─!"

카이는 다크 엘프를 향해 한발 앞으로 움직였다.

"받아라! 용보월강참!"

그의 검이 엘프들을 절반으로 가르고 지나갔다. 그의 검에서 벗어난 다크 엘프들에게는 이르엘의 정령이 덮쳤다.

단 한순간에 이어진 연속 공격!

이르엘은 빠져나가는 다크 엘프를 뒤쫓으려 나섰다. 그러나 다음 순간 카이는 피를 토하면서 자리에 한쪽 무릎을 꿇었다. 이르엘은 황급히 그를 부축했다.

고르진이 외쳤다.

"가게 둬라! 저택 내로 그를 옮겨!"

그러면서도 그의 입가에 가느다란 핏줄기가 흘러내렸다.

다크 엘프들이 사라지는 것을 보자, 드래곤들이 저택에서 우르르 쏟아져 나왔다.

"로드—!"

"테엘—!"

그들은 둘로 나뉘어 테엘과 고르진의 옆으로 가서 섰다.

"주공!"

벨하임과 리슨이 뛰어나와 카이를 부축했다.

"몸이 엉망이야!"

"내 등에 잘 업혀! 내 등이 더 넓으니까!"

둘이 쏜살처럼 카이를 업고 안으로 들어갔다. 이르엘도 그 옆에서 발을 동동 구르며 따라 들어갔다. 이어 드래곤들도 두 드래곤을 데리고 안으로 들어섰다.

그러는 내내, 저택의 밖은 조용하기만 했다.

이프로스 백작은 로인 공작 저택가의 한쪽에 가만히 숨어 있다가 안도의 한숨을 내쉬었다. 그리고 자신의 스승을 바라보았다.

"스, 스승님. 괜찮으십니까?"

사내는 손을 흔들기만 했다. 그의 안색이 새파랬다. 그는 다시 울컥거리면서 피를 토했다.

"엄청나구나, 드래곤의 힘……."

사내는 이윽고 천천히 중얼거렸다.

이프로스는 사내를 부축하고 어둠 속으로 사라졌다.

SWORD OF DRAGON LOAD

제10장

귀환

고르진은 테엘과 마주 앉았다.

"몸은 좀 괜찮은 거냐?"

로드의 말에 테엘은 피식 웃었다.

"괜찮은 것 같은데요? 살짝 기운이 없고 온몸이 펄펄 끓는 열에, 근육이 뼈에서 벗어나서 제멋대로 돌아다닐 것 같고 비늘이 몽땅 살 끝을 찌르고 들어가는 것 같은 느낌 정도만 빼면."

"그 고비를 넘기면 네가 쓸 수 있는 신성력의 범위는 크게 늘어나게 된다."

"헷. 그럴 줄 알았어요."

테엘은 웃었다.

고통을 느끼면서도 그는 웃는 것이었다. 고르진은 그 철없는 행동에 뭐라 말을 해야 할지 알 수가 없었다.

"로드도 이런 결과를 거치신 겁니까?"

"……당연하지."

"뭘 위해서?"

테엘은 그게 궁금했다.

그는 카이가 그 고통에서도 악을 쓰는 걸 보면서 신께 울부짖었다. 그리하여 용신 로잉루는 그들에게 신의 능력을 내려 주었다.

하지만 고르진은?

"나는……."

고르진은 잠시 망설이다가 씁쓸하게 웃었다. 늙은 얼굴에 그리움이 잠시 스쳤다.

"내 형님이 죽지 않도록 해 달라고 빌었지."

"그래요?"

위대한 드래곤 로드 하이르 아미드라흐는 자신의 모든 것을 바쳐 로인이라는 한 여인을 사랑했다. 그리고 여인이 죽었을 때, 스스로 죽음의 상태로 접어들었다.

"어쩌면 위대한 로드 하이르께서는 알고 계셨을지도 몰라. 인간이야말로 강해지는 방법을 알고 있었던 거다. 그것이 헛된 명예라 해도, 인간은 진실을 꿰뚫어 보지 못하는 어리석음을 가진 덕분에 그것을 지키기 위해 강해질 수 있지. 그런 모순된 존재……."

"그렇죠. 죽을 듯한 고통이었을 텐데도 미친 듯이 번개 속에서 움직이던 녀석."

테엘은 한숨을 푹 내쉬었다.

"안 그랬으면 저도 상황을 좀 더 달리 봤을지도 모르는데 말입니다."

"너 말이다."

고르진은 진지하게, 참았던 질문을 내놓았다.

"혹시나 해서 묻는 거다."

"예."

"······카이를 진심으로 사랑하는 거냐?"

"······."

순간 테엘은 기절할 뻔했다.

잠시 후.

"쿼에에에에에에에에에에에에─!"

드래곤의 울부짖음이 다시 저택 안에 떠들썩하게 울려 퍼졌다.

카이가 제정신을 차린 것은 일주일 후였다.

"······주공!"

"카이!"

세 사람이 그를 향해 달려들었다.

카이는 그들 셋을 뻐끔거리며 바라보았다.

"······며칠이나 지난 건가."

가녀린 목소리에는 전에 있던 힘은 하나도 없는 듯했다. 벨하임이 애써 기운찬 목소리로 대답했다.

"닷새가 지났습니다. 어휴, 뭔 놈의 잠이 그리 독합니까?"

"그렇군. 닷새······."

카이는 힘없이 한 손을 들어 올리려 했다. 그러나 그의 몸은 드래곤의 아낌없는 포션과 치료술이 펼쳐졌음에도 정상이 아니었다.

"내 손은……?"

카이의 질문에 이르엘이 생긋 웃었다.

"괜찮을 거야. 시간이 좀 더 지나면 완전히 복구된다고 하셨어. 내부는 기본적으로 치료가 된 상태라고."

"……그런가."

카이는 눈을 지그시 감았다.

"……그것들의 목을 내가 직접 벨 수는 있는 건가."

카이의 분명한 말에 벨하임이 환하게 웃었다.

"당연하죠!"

그 어느 때보다 떠들썩한 축제가 막바지에 이르렀다.

축제 첫날. 용신 로잉루를 경배하여 드래곤들이 날아들었다.

축제 다섯째 날. 로인 저택에서 엄청난 규모의 전투가 벌어졌다.

그 이후 로인 공작가에서의 무도회는 물론 열리지 않았다. 동시에 로인 공작은 저택 외부로 모습을 드러내지 않았다.

'죽었다, 살았다.' 하는 말만 많았다. 로인 저택은 고요하기만 했고, 드나드는 사람은 하나도 없었다.

황제가 여는 축제 마지막 날의 무도회가 시작되었다.

헤첸 4세는 그 어느 때보다 기분이 좋아 보였다. 사실 축제가 시작되고 그렇게 기분이 좋아 보이는 모습은 처음이었다.

"오—! 백작과 그 영양이 와 계신 줄은 몰랐군."

헤첸 4세는 직접 인파 사이에 섞여, 귀족들과 일일이 인사를 나누었다. 그의 얼굴이 밝은 이유를 짐작하지 못하는 귀족은 없었다.

그들은 로인 공작이 보이지 않자, 비로소 아쉬움을 느꼈다.

"이번에는 정말 죽은 건 아니겠지요?"

"전에도 10년 정도는 숨어 있었잖아요?"

"하긴, 이번에는 더더군다나 병환이라고 생각하면……."

그들은 용의 신을 앞세운 채 황제의 길을 바로잡던 카이의 인상을 잊지 못하고 있었다.

그 당당하게 소리 지르던 모습이 다른 네 공작에 비해 훨씬 더 위엄 있고 강한 모습으로 인상에 남았던 것이다.

"곧 돌아오지 않겠어요?"

"그러면…… 한번 인사를 해 볼까 봐요."

그런 대화가 나도는 가운데.

황궁의 시종장이 천천히 안으로 들어왔다.

귀족들과 기타 참가해야 할 사람들은 모두 다 도착한 상황이라, 그의 등장은 사람들의 주목을 끌었다.

"……카이젤 아민 라 로인 공작과 그 파트너 블루 드래곤 바엘라 양이 도착하셨습니다."

시종장이 무표정하게 외쳤다.

순식간에 음악이 멈추고, 무도회장은 싸늘하게 식었다.

그 가운데 밀테이너 공작만이 되물어 볼 만한 정신이 남아 있었다.

"……뭐라고?"

"로인 공작과 그 파트너이신 블루 드래곤 바엘라 양께서 도착하셨습니다."

"……드래곤?"

시종장이 그렇다고 다시 대답하기 전.

그의 뒤에서 카이가 바엘라에게 약간 기대선 채로 등장했다.

"……!!!!"

그를 보고 심장이 멎을 듯 놀란 것은 밀테이너뿐만이 아니었다.

헤첸 4세의 얼굴에서 순식간에 핏기가 사라졌다. 지금 당장 건드리면 뒤로 쓰러질 듯한 표정이었다.

카이는 헤첸 4세에게로 똑바로 걸어갔다.

헤첸 4세는 그 눈을 보면서 저도 모르게 한 발짝씩 뒤로 물러나기 시작했다.

그러나 카이는 당황하거나 멈추지 않았다.

황제는 칼로 위협당하는 듯, 그렇게 한 발짝씩 물러나 마침내 벽에 붙어 섰다.

카이는 그 앞까지 한 발짝씩 움직였다. 걸음마다 자박거리면서 땅을 딛는 소리가 모두의 귀에 들리는 듯했다.

"……폐하. 늦어서 죄송합니다."

"……."

"그동안 불의의 사고로 인해 뒷정리를 하느라 그만 늦게 되었습니다."

"……."

황제는 입에 무거운 추라도 매달아 놓은 것처럼 입을 열지 못했다.

카이는 이어 다른 귀족들에게로 돌아섰다.

황제의 앞에 그 등을 내세운 채였다.

황제의 눈이 순간 광기로 번득였다. 그의 한 손이 칼을 찾는 듯 주변을 더듬거렸다.

그러나 순간 그는 카이의 옆에 선 여인을 깨달았다.

푸른 눈빛에서 섬뜩할 정도의 살기를 황제에게 내뿜는 여인.

그러나 그녀에게 죄를 물을 수는 없다. 그녀는 드래곤이니까. 그런 위대한 종족이 그를 바라보고 있었다.

카이는 귀족들에게 우아하게 인사를 했다.

"늦어서 죄송하외다. 모든 분들이 즐거운 시간을 누리시길."

카이는 이어 바엘라와 함께 황궁의 한쪽으로 천천히 걸어갔다.

모든 사람들이 그를 바라보고 있었다.

아무도 입을 열지 못했고, 아무도 움직이지 못했다.

이윽고 그들이 깨어난 것은 밀테이너 공작 때문이었다. 그는 박수를 치면서 악단의 주의를 끌었다.

"음악을! 무도회를 이어 나가라!"

음악이 시작되었다. 무도회가 이어졌다. 그러나 아무도 춤과 음악에 관심을 갖지 않았다.

대신 그들은 서로서로 모여 웅성거리면서, 카이와 그 옆의 여인이 정말 드래곤일까에 대해 이야기를 시작했다.

'가장 먼저 나선 사람을 죽여 버리겠다.'

밀테이너가 그렇게 작정했을 때.

공교롭게도 그의 막내딸, 세실이 가장 먼저 나섰다.

"……로인 공작님."

카이는 차가운 회색빛 눈으로 세실을 바라보았다. 세실은 그 눈빛이 어쩐지 섬뜩했다. 당장 자신의 심장을 파낼 것 같은 눈빛이었던 것이다.

그녀는 억지로 웃으면서 정중하게 무릎을 굽혔다.

"늦게라도 오셔서 반가워요. 그동안 제대로 인사를 못 드렸네요."

"그렇군."

카이의 말투가 확 바뀌었다. 냉정하고 차가운 말투였다. 아까 전 귀족들에게 말을 할 때와는 전혀 다른 목소리였다.

그러나 세실의 등 뒤에는 과연 무슨 대화를 나누는 것인지 궁금해 하며, 카이와 바엘라에 대해 호기심을 가진 많은 젊은 귀족들이 서 있었다.

"많은 소문이 있었는데요."

"오오."

"과연 세실 양이야."

그런 속삭임이 퍼져 나갔다. 세실은 그 속삭임들에 용기를 내어 질문을 이어 나갔다.

"다치셨다고 하던데, 이제 몸은 좀 괜찮으신가요?"

"괜찮을 거라 생각하는가?"

카이는 냉정하게 되물었다.

"……엣?"

"아니면 괜찮지 않기를 기대하는 건가? 어느 쪽이지?"

"로, 로인 공작님. 그 말은 너무 무례하신 것……."

세실이 억지로 웃으면서 말했다. 그러나 카이는 그녀의 말을 가차 없이 끊었다.

"세상은 네가 밀테이너라는 것을 알고 내가 로인이라는 것을 알고 있다. 더 이상 논해야 할 이유가 있는가?"

"로인 공작님!"

세실은 더 이상 어떻게 말을 이어야 할지 알 수가 없었다.

카이는 그녀를 흔들림 없는 강한 회색빛 눈으로 바라보며 물었다.

"달리 할 말이 있는 건가?"

"이런 무, 무례한 짓은……."

"해볼 텐가."

카이가 물었다.

세실은 순간 몸이 굳었다.

"뭐, 뭘요?"

"저번에 너는 이자벨 로인에 대해 물었지. 그녀를 존경한다고? 그렇다면 네 성을 무기로 이용하지 말고, 네 힘을 이용해라."

카이의 말에 세실은 입술을 깨물었다.

그녀가 한발 물러난 후, 카이의 주위 반경 5미터 내로는 아무도 들어오지 않았다. 서로 수군거리면서 카이와 그 파트너를 힐끔거릴 뿐이었다.

카이는 바엘라를 바라보았다.

"······지루하군, 어디나."

"나는 괜찮은데."

바엘라가 고지식하게 대답했다.

"나는 이렇게 가만히 사람들 대화를 듣는 게 좋아. 그리고 그들의 표정을 보는 게 좋아. 인간들의 다양한 표정, 다양한 이야기······. 그런 게 좋아."

"춤출까?"

카이가 가볍게 한 손을 내밀며 권했다.

바엘라는 카이의 상태를 가늠하듯이 바라보다가 고개를 끄덕였다.

두 사람이 춤을 추기 위해 앞으로 나서자, 주변 사람들도 춤을 추려는 듯 자연스럽게 주변을 에워쌌다. 하지만 여전히 일정 거리 내로는 들어오지 않는 모습이었다.

두 사람은 새로 음악이 시작되는 타이밍에, 조용히 발을 움직이기 시작했다.

바엘라의 드레스가 조용히 바스락거리며 카이의 다리에 살짝 휘감겼다. 카이의 다리는 마치 바람결에 흔들리는 나무처럼 조용하고 진지하게 바엘라의 춤을 리드했다.

귀족들은 저도 모르게 숨을 죽이고 둘의 춤을 바라보았다.

아름다운 여인과 당당하게 어우러진 카이의 춤.

흠을 잡자면, 카이의 눈빛이 그 순간에도 풀어지지 않은 차가운 회색빛이라는 것뿐…….

카이와 바엘라의 춤은 보는 사람의 심정을 들썩거리게 했다. 두 사람이 춤을 끝내자, 순간 우레와 같은 박수가 터져 나왔다. 카이와 바엘라는 그 소리를 들으며 다시 자리로 돌아와 앉았다.

분위기가 아까보다 한층 더 부드러워졌다. 몇몇 사람들은 서툰 솜씨라고 변명을 하면서도 춤을 추기 시작했다.

춤을 추는 무리가 생겨나면서, 역시 카이에게 말을 걸려 용기를 낸 사람들도 생겼다.

"로인 공작님, 자리를 빛내 주셔서 감사합니다."

"고맙소."

"공작님, 그래도 무사하신 모습을 보니 안심입니다."

"그런가요."

카이는 적절하면서도 짧게 대꾸했다.

워낙 매몰차게 세실을 내쫓은 것에 비하면 그래도 친절한 대꾸라 그런지, 그 말만으로도 젊은 귀족들은 안심했다.

그러던 중 한 젊은 여인이 접근했다. 그녀가 다가오자 다른 젊은 귀족들이 한 발짝씩 물러났다.

카이는 눈을 들어 그녀를 바라보았다.

"호. 땅의 정령이 가호를 내렸나?"

바엘라가 중얼거릴 정도로, 확실히 그녀는 아름다웠다.

"로인 공작님, 괜찮으시다면……."

카이는 고개를 흔들었다.

"오늘은 같이 온 레이디가 계시니 자리를 비우기가 어렵소. 춤 신청은 다음에 반드시 하도록 하겠습니다."

카이의 거절에 레이디의 얼굴에는 실망이 가득 찼다. 그러나 다음이라도 그 역시 탐나는 기회였다.

"그렇다면 다음에는, 저와 첫 번째 춤을 춰 주시겠어요?"

"그렇게 하도록 하지요."

카이는 고개를 끄덕였다. 그러자 여인은 연달아 부탁했다.

"약속의 증표로, 오늘 끼고 계신 장갑의 한쪽을 저에게 남겨 주실 수는 없을까요?"

"……."

카이는 주변의 젊은 귀족들을 둘러보았다.

"그 부탁이 일반적인 것인지, 아니면 도를 넘어선 것인지 저로서는 조금 판단이 가지 않습니다만."

그의 정중한 말에 한 젊은 귀족이 나서서 말했다.

"장갑 한쪽을 레이디에게 맡기는 것에는 다음 무도회 때에 그 손을 잡겠다는 약속을 남기는 의미가 있습니다, 공작님."

"……조금은 곤란한 상황이군요. 어쩐다."

카이는 잠시 망설였다.

젊은 귀족들은 그의 행동에 주목했다. 춤을 추는 귀족들은 모두

나이 든 귀족들뿐.

젊은 귀족들은 물론 많지 않았다. 그 수는 수십에 불과했지만, 그들이 카이에게 정신을 쏟고 있다는 것에 밀테이너 공작은 기분이 좋지 못했다.

, 그건 헤첸 4세 역시 마찬가지였다. 그는 카이가 들어온 후, 그와 정반대 방향에 앉아 있었다.

카이는 젊은 귀족들의 주의를 충분히 잡아끈 후, 끼고 온 장갑 한쪽을 천천히 벗었다.

그 손을 보는 순간 젊은 귀족들은 저도 모르게 숨을 헉 멈췄다.

드러난 카이의 한쪽 손은 까맣게 타 있었다.

"고, 공작님."

레이디는 그 모습에 가볍게 당황했다.

"제가 너무 무리한 부탁을 드렸나 봐요, 죄송합니다."

"아닙니다. 이런 상처 정도는 몇 달 지나면 금세 사라질 겁니다. 이것을 받아 주시겠습니까, 레이디."

카이는 부드럽게 말하며 한쪽 무릎을 살짝 구부려 여인 앞에 장갑을 내밀었다.

여인은 얼굴을 붉히며 그 장갑을 받아 가슴에 소중히 댔다. 카이의 검게 타 버린 손이 무섭기는 했지만, 그 말을 하던 순간의 카이는 더할 나위 없이 정중하고 친절한 목소리를 냈던 것이다.

"공작님, 죄송하지만 그 손의 상처는 저번 전투에서 입은 건가요?"

그 질문을 던진 것은 엘란 후작이었다.

카이는 그 시답잖은 질문에 훗 하고 웃었다.

"오랜만이네, 엘란 후작."

"……."

엘란은 그 손을 갑자기 붙들더니 한쪽 무릎을 꿇었다. 그 극상의 경의를 표하는 인사에 주변 귀족들이 잠시 술렁거렸다.

"덕분에 그때 목숨을 구할 수 있었습니다. 진작 찾아뵈려 했지만, 들어갈 수가 없더군요. 이렇게 무탈하신 모습을 뵈니 정말로 기쁩니다."

그 말에 카이는 고개를 끄덕였다.

"잠시 보안상의 문제로 내외를 모두 폐쇄했네. 그래도 오늘은 살아 있다는 걸 보이러 왔지."

"후작님! 목숨을 구했다는 건 무슨 이야기입니까?"

엘란이 카이를 바라보았다. 이야기를 해도 괜찮겠냐는 뜻이었다.

카이는 고개를 끄덕였다.

엘란은 기세 좋게 그날의 이야기를 늘어놓기 시작했다.

그의 이야기가 이어지면서 귀족들은 눈을 크게 뜨고 귀를 활짝 열었다.

카이와 바엘라는 한동안 그 옆에 앉아 엘란의 이야기에 귀를 기울였다.

카이는 그 과한 관심에 잠시 질리기도 해서, 자리에서 일어났다. 그는 바엘라에게 몸을 기대고 속삭였다.

"마실 걸 가져오지."

"내가 갈게요."

"괜찮아. 레이디는 이럴 때 기다리는 거야."

카이는 그렇게 말하고는 미소 지었다.

"더불어 내가 갖다준 음료가 마음에 안 들어도 참고 마시는 게 레이디의 의무고."

"……핏."

바엘라는 그렇게 웃으면서도 카이에게서 진지한 눈길을 떼지 않았다.

카이는 몸에서 기운을 뻗었다. 그의 예민해진 감각에 살기가 걸리지는 않을지, 계속해서 신경이 곤두선 상태였다.

카이는 음식과 음료를 준비해 들었다. 그러던 중, 그는 옆으로 한 사내가 다가오는 걸 깨닫고는 천천히 고개를 들었다.

처음 보는 얼굴이었다. 약간은 창백하고, 마른 몸. 그리고 눈이 좋지 않은 듯 한쪽 눈에 외눈안경을 쓴 사내였다. 기운이 없어 보이는 게 한눈에도 서생이라는 걸 알 수 있을 정도의 사내였다.

"로인 공작께 인사 올립니다. 저는 사벤 알……."

"금세기 최고의 역사가, 사벤 알 미네드 자작이로군. 반갑소."

카이는 그렇게 말하며 인사를 받았다.

사벤은 그를 신기하다는 듯 바라보았다.

"……왜 그렇게 보는 건가?"

카이는 그 시선이 어째선지 마음에 들지 않았다. 너무 노골적으로 관찰하는 눈빛이었던 것이다.

사벤은 그 말에 손을 흔들었다.

"죄송합니다, 그럴 뜻이 아니었는데……."

사벤은 반짝반짝 빛나는 눈으로 그를 계속 바라보았다. 책만 파고든 듯한 창백한 얼굴에 그 눈빛은 다소 어울리지 않았다.

"단지, 역사 속에서만 존재한 것으로 알려진 로인 공작이 과거의 모습 그대로 제 앞에 계신 것이 믿겨지지 않아서 말입니다."

"……역사가에게 나는 신기한 존재겠군."

"죄송하지만 그 표현을 용서해 주신다면…… 그렇습니다. 저는 드래곤을 책의 삽화로만 봐 왔는데, 덕분에 축제 첫날 드래곤을, 그것도 수없이 볼 수 있었습니다. 저는 로인 공작의 힘이 거짓이라 생각했는데 그날의 전투에서 땅과 불이 번갈아 뒤집히는 것을 보았지요."

"……무얼 묻고 싶으신 건가?"

사벤은 어설프게 웃으면서 머리를 긁었다.

"아니, 뭐……. 일단 제가 알고 있는 로인 공작에 대한 이야기가 어느 것이 진짜인지, 그런 걸 모르겠어서 말입니다. 로인 공작님, 지금 살아 계신 분이 정말 로인 공작님이십니까?"

"……내가 유령이라도 된다는 건가?"

"그렇게 느껴지기도 합니다. 섬뜩합니다만. 아니, 이런 헛소리 같은 질문을 하려던 게 아니고요. 제가 묻고 싶은 건……."

사벤은 다시 머리를 긁었다.

"저 옆에 계시던 레이디께서는 정말 블루 드래곤이신가요?"

"가지. 소개라면 시켜 주겠네."

"아, 아니요. 잠시만요. 가슴을 좀 진정시키고 난 후, 다음에 정식으로 인사를 드리겠습니다."

"그러겠는가?"

"지금 안색이 좋지 못하십니다. 나중에 정식으로 인사를 드리는 것이 좋을 셋 같습니다. 어차피 저도 지금 좀 제정신이 아니라서요."

"……그렇게 하게나. 기다리고 있겠네."

"그럼 나중에 인사 올리겠습니다."

사벤은 휘청거리는 걸음으로 귀족 사이로 섞여 사라졌다.

카이는 한동안 묘한 심정으로 그의 뒤를 바라보았다.

'저자가 당대의 가장 유명한 역사가라……'

카이는 그가 인파 사이에 완전히 섞여 알아볼 수 없게 될 때까지 그를 주목했다.

카이가 되돌아오자, 바엘라는 그를 걱정스러운 눈으로 살폈다.

"……오늘은 이만 돌아가는 게 좋지 않아?"

"그럴까?"

"사실 음식도 안 먹는 게 좋을 것 같아. 언제든 독이 있을 수 있으니까."

"그런가."

카이는 그 말에 피식 웃어 버렸다.

"지금의 나는 독 하나 이겨 내지 못하는 건가."

"이겨 내긴 하는데 포션이 너무 많이 들어."

바엘라의 농담에 카이는 고개를 끄덕였다.

"황제에게 가자."

카이는 자리에서 일어났다. 바엘라까지 일어서자, 젊은 귀족들은 그 둘이 다시 춤을 추는 건 아닐까 기대에 차서 바라보았다.

카이는 그들을 향해 조용히 인사했다.

"몸이 좋지 않아 이만 실례하겠소. 다음에 다시 기회가 닿아 제대로 인사를 나눌 수 있기를."

"돌아가십니까, 벌써요?"

엘란이 달라붙었다.

"……그러는 게 좋을 것 같네만."

엘란은 카이의 까맣게 탄 손을 붙들고는 한참이나 내려다보았다.

"……괜찮으신 거죠?"

"당연히."

카이는 짧게 대답했다. 그러나 엘란에게는 그 말로도 충분했다.

"다시 신세 지러 찾아뵙겠습니다."

엘란의 말에 카이는 고개를 끄덕였다.

카이는 바엘라에게 기댄 채, 황제에게 향했다.

황제는 카이가 자신을 향하자 발작적으로 몸을 떨었다.

"폐하."

카이는 그의 앞에 꼿꼿하게 등을 세운 채 서서 말했다.

"오늘로 잠시 인사를 드리겠사옵니다."

"······?"

황제의 얼굴에 잠시 의문이 스쳤다.

카이는 침착하게 말을 이었다.

"영지의 회복과 관련해, 여름 내내 신은 로인에 돌아가 있어야 할 것 같사옵니다."

"가을에는 온다는 건가?"

황제가 물었다.

카이는 그런 황제를 한동안 가만히 내려다보았다. 그 끝도 알 수 없을 정도로 깊고 냉정한 회색 눈동자에, 헤첸 4세는 겁에 질려 시선을 돌렸다.

"······언제 돌아온다는 말씀은 못 드립니다. 그러나 가을이 되면 올라오지 않을까 생각합니다."

"······."

헤첸 4세는 더 이상 아무것도 묻지도, 말하지도 않았다.

카이는 그에게 아주 잠깐 고개를 숙이고는 등을 돌렸다.

다시 드러난 카이의 등에 헤첸 4세는 강한 살기를 내뿜었지만 소용없었다. 카이는 파리가 떠도느냐는 듯 가볍게 그 살기를 무시하고 황궁 밖으로 향했다.

그리하여 역사상 그 어느 때보다 화려하게 시작했으며, 그 어느 때보다 무시무시했던 축제가 끝났다.

그것이 카이가 참가한 첫 번째 봄의 축제였다.

로인 공작이 로인으로 떠나는 날.

행렬은 매우 간단했다. 저택 내부에서 파이엘 백작에게 로인으로 오는 길을 가르쳐 주며 석 달 후 보자고 말한 게 전부였다.

일행은 테엘과 함께 마법진에 올라섰다.

드래곤들은 일단 자신들의 레어로 흩어졌다. 그러나 로인의 상황을 항상 주시하고 있기로 약속했다.

그들은 기본적으로 인간의 일에 관여하지 않음을 원칙으로 한다. 그 원칙을 깰 수 있는 것은 드래곤의 사제인 테엘뿐. 게다가 문령이라면 그들로서도 달리 대응할 방법이 없었던 것이다.

카이는 테엘을 돌아보았다.

"돌아가자, 로인으로."

"······가자."

테엘은 주문을 외웠다. 그리고 그들은 로인으로 되돌아왔다.

용신의 신전과 바로 연결된 마법진 위에서 카이는 잠시 숨을 다듬어야 했다.

눈을 뜨면 바로 로인이다.

몇 번이나 혹사당한 몸뚱어리는 지금 뛰는 심장의 박동도 버텨낼 수 없다는 듯 고통을 호소했다. 그러나 그 심장박동이 거세질수록, 그의 몸 곳곳으로 새로운 피가 흘러들며 회복을 재촉했다.

카이는 눈을 떴다.

가장 먼저 눈에 들어온 것은, 어두우면서도 거대한 드래곤의 신전.

고르진이 그를 향해 미소 짓고 있었다.

"어서 오시게."

카이는 약간 비틀거렸다. 리슨과 벨하임이 재빨리 그를 양쪽에서 부축했다.

카이는 저도 모르게 서두르는 걸음으로 앞으로 나섰다.

"어서…… 보고 싶다. 중앙 광장으로 가자."

"……천천히 보시지, 뭘……. 안 보면 그게 도망이라도 칠 것 같습니까?"

벨하임은 핀잔을 던지면서도 카이를 부축해서 앞으로 나아갔다. 카이는 중간부터는 부축을 받지 않고도 침착하게 앞으로 걸었다.

용의 신전을 가로질러 광장 앞에 이른 순간.

태양빛이 눈부셨다. 카이는 잠시 그 따뜻한 햇살에 눈을 찡그렸다.

이내 그는 앞으로 시선을 돌렸다.

광장의 모습은 그의 기억 속에 있는 것과 전혀 달랐다.

사람들은 하나도 없었다……. 마치 처음 로인이 그러했듯이, 그렇게 텅 빈 광장만이 있었다. 그 광장을 에워싸고 양쪽으로 강물이 흘렀다. 전에는 중앙으로 흘렀는데, 엘프들이 정령들에게 강물의 방향을 돌리도록 한 것이었다.

강물로 에워싸인 광장, 그 위에는 풀과 나무가 잔뜩 자라나 있었다.

카이는 그 낯선 광경에 잠시 어리둥절해서 고개를 흔들었다.

"정말 로인 맞아?"

"정말이지. 내가 그럼 인간들, 그거 바글거리는 걸 다 여기에 처박아 둘 줄 안 거냐."

테엘은 그렇게 퉁명스럽게 말하고는 카이의 한쪽 어깨를 끌어당겼다.

"다들 옮겼다. 적은 숫자라서 옛날처럼은 안 되겠지만……. 가자."

이어 둘은 사라졌다.

로인의 땅은 넓다. 그리고 옛날에는 풍족했다.

들과 산이 서로 어우러져 너울거리는 땅. 높은 산과 절벽으로 보호받는 땅.

그 가운데 살던 인간들이 많은 도시와 마을을 이루고 평화와 번영을 누렸다.

로인의 불행한 시기가 끝난 지금.

엘프들이 되돌아오는 걸음마다 살아나는 네크시아라와 더불어 로인 역시 회복되고 있었다.

카이와 테엘이 도착한 곳은 로인의 관문.

과거 수십만의 인구가 거주하던 대도시가 있었지만 지금은 완전히 무너진 곳에 새로운 도시가 지어지고 있었다.

드워프들은 로인의 관문을 다시 만들고 있었다. 날카로운 절벽 사이에 지어 올린, 돌로 쌓은 튼튼한 관문을 보면서 카이는 고개를 끄덕였다.

"내 힘으로도 자를 수 없을 정도로 부탁합니다!"

카이는 그들에게 외쳤다.

그의 백성들이 짐을 짊어진 채로, 도시를 처음부터 다시 만들어 내느라 움직이고 있었다. 흙을 개고 벽돌을 굽고, 나무를 베어 오고.

남자들이 집을 만들고 여자들은 땅을 일구었다. 정령들이 되돌아온 땅은 이제 푸릇하니, 그들의 손아래에서 새싹을 피우고 식량을 만들어 내고 있었다.

카이는 한참이나 그런 광경을 내려다보았다.

카이가 입을 열지 못하자, 테엘이 먼저 말했다.

"봐라. 새로운 도시다."

"관문과 너무 가까운 것 아닌가."

카이는 떨리는 목소리로 말했다.

"로인이 누구의 발아래 짓밟힐까 봐 걱정하는 건가?"

"하지만 이 도시로 과연 로인이 번성할 수 있을까."

테엘은 피식 웃었다.

"이제 겨우 몇만 명 가지고 로인을 채우고 싶은 거냐."

카이는 주먹을 불끈 쥐었다.

아직은 수풀에 불과하고, 아직은 어깨에 이른 나무가 전부. 그러나 사람들은 벌써 번성하기 시작했고, 진행 중이었다.

"네 녀석이 외쳤지, 이 인간들에게……."

"신의 축복을 그대들에게……."

카이는 더듬거리며 다시 말했다.

테엘은 카이의 어깨를 두들겼다.

"그래. 용신은 변함이 없으시고, 성천은 변함이 없으시다. 그리고 너희들 인간들도 희망을 갖고 살아간다는 점에서는 변함이 없고."

일하던 사람들이 하나 둘 몸을 일으켰다. 카이가 왔다는 것을 눈치 챈 모양이었다. 카이와 테엘은 꽤 먼 거리에 있었는데도.

그들이 손을 들어 올려 카이와 테엘을 가리켰다. 처음에는 한둘에 불과했다.

"우와와와! 로인 공작 만세!"

"영주님 만세!"

카이는 그 소리를 들으며 미소 지었다.

"……영주님께 신의 축복을!"

그리고 마침내 한목소리가 되어 터져 나온 그 소리에 그는 눈물 짓고 말았다.

『드래곤 킹덤』제4권에서 계속〉

정우 학원무협 장편 소설
-5권 발행 예정-

칠성회 보스의 갑작스런 죽음.
그의 죽음으로 후계자 백천이 수련에서 돌아왔다!
백천은 하루 빨리 보스의 자리에 오르고 싶어 하지만……
이게 웬걸?

"고등학교 졸업장이 없으면
보스 자리에 못 오른다고?!"

이제 조폭도 학업이 우선이다!

어린 보스의 **좌충우돌 학원가** 접수기!
보스, 학교 가다!

뿔미디어

BBULMEDIAFANTASY

리셋 라이프

이그니시스 판타지 장편 소설
-9권(완결) 발행 예정-

역사를 리셋한다!

눈을 떼지 마라. 호흡을 함께 해라!
예측불허의 세계가 지금 펼쳐진다!

10년의 시간. 다시 주어진 기회.
한 시간도 낭비할 수는 없다.
이전과는 다른 자신, 무력하지 않은 자신을 만든다.
나의 무기는 시간.
시간은 나의 검이 되어, 현실을 가르리.

"당연히 아는 길은 곧장 가야지. 아는 길을 왜 돌아서 가지?"
"전쟁이라면 익숙하다 못해 지긋지긋해."

내가 원하는 대로 , 세상을 통제하리라!

뿔미디어